【歷史與現場17】

地北天南敘古今

黃仁宇◎著

ISBN 957-13-0352-6

玉壘浮雲

書於《地北天南敍古今》卷首

這本集子收錄了我過去曾在各處發表過的二十六篇文字。最早的刊於一九四四年，至今已將近半個世紀。最遲的則出版不久，彷如昨日。雖說當中有些文字帶著旅遊性質，有的則暴露著個人經歷，全書的範圍可以概說為一個學歷史的人之耳聞目見與腦內的構思。積之則提供了他的歷史觀之側面背景。正因為其不拘形式可以補助有體系的文章之不足；也因為全書缺乏長篇大論，讀者也可信手翻來，隨時釋卷。

只因為不能令一部書完全漫無頭緒，與編輯先生小姐們商量之後，將這二十六篇歸納為五類，分別為「緬甸戰場的聞見」，「五十年來的撫今追昔」，「各種思想體系及其實用」，「歐遊觀感」和「古今人物」。只是這樣的分類仍不能全部囊括各篇的內容，也無從避免彼此間的重疊，所以又各用唐詩兩句為題。詩歌的好處則是放漫不拘形跡，有時則又辭句隱蓄，不全受一般修辭學的限制。

我想讀者具有同感：我們今日已面臨著歷史上一種前所未有的局面。只舉著近身一例：自從一九四五年內戰之展開，已使近兩百萬的軍民，於極短期間自大陸移居於台灣。這即已是中國歷史裏自洪荒以來未有的事蹟。因爲如此，再加以很多類是打破紀錄的變故，使我們過去用以衡量歷史的尺度至此大體失去效用。再瞻望著最近台灣海峽兩岸人事的轉變，也使我們領悟到內戰之眞意義並不是所謂無產階級清算有產階級，而是中國需要徹底改組迎合全世界潮流所帶來之不得已的動亂。其中大陸的一部份因爲要剔除農村裏阻擋著全面改革的各種障礙，所以爲患至烈。台灣這方面倒可以因利就便，只引用了一九五三年的「耕者有其田」法案再配合美援，即先期完成了一個「能在數目字上管理」的局面，能迅速的存積資本，發生了領導的作用，這不可能在五十年前一眼看清。也因爲如是，當日各方面依據意識型態所寫的歷史也因爲時過境遷，今日都亟待修訂。

有了這半個世紀的動亂，我們也可以看出：歷史之發展如僅以各人的人身經營評判，有時也確是慘酷少恩。中國法家所謂「天地不爲堯舜而有亦不爲桀紂而亡」的說法也能在很多的場合上適用。可是在長期間裏引用著超過人身經驗的眼光看來，歷史之衍進却不可能全部出諸偶然，到頭也仍具備它的合理性。此中的關鍵在我看來即是黑格爾和盧梭所說「公共意志」(general will)這一觀念之不可漠滅。

大凡一個民族或一個國家遇到社會環境劇烈的變化，承受著內外空前壓力之際，人民鋌而走險，在此時發生戰爭與暴動，初看起來，必是激情多於理智。一到事後，有了前後史蹟之縱深，則使我們瞭解當日犧牲了十萬和百萬以上的人命，決不可能僅因少數的人一意爲非作亂，其他則盲目附從。尤其因爲這種行動所造成的局面幾十年後尚不可逆轉，更不能輕易的指斥其爲一種錯誤，免不了當中尚有公共意志在。在這種情形之下，縱使此局面與我們個人的志趣和期望相違，我們也應當在追求眞理的前提下，虛心考究其積極性格。

中國歷史裏雖然沒有與刻下完全相同的前例，可是經過長期大幅度變動之後重新創造帝國的事蹟却也有好多起，當中以秦漢帝國崩潰之後通過魏晉南北朝之一段分裂的局面至隋唐之勃興的例子最爲顯著。當日法制簡單，中樞的存在全靠能向全民直接的抽稅。思想上的統治則倚賴於漢武帝時董仲舒所提倡的「天人合一」學說以儒家、法家、陰陽家利於中央集權的教條混合一起解釋而爲自然法規(naturallaw)，再加以東漢以來注重星象圖讖等神秘力量作行政的支撐。一

到公元三世紀「強宗豪右田宅踰制」，亦即是將小自耕農兼併，將以前向政府當兵納稅的人收束爲奴，併爲「部曲」，中央政府一籌莫展。一到內憂外患興起，各大姓更築「塢」自衛，有了私人軍事力量的根據。統一的中央政府既失去了憑藉，此期間道家和佛教思想風靡一時，也不過在注重各個人之超脫，中國缺乏有體系的組織踰三個半世紀。

我們再翻閱重新建造新帝國的程序，其歷時之久費功之多，遠超過以前的想像。最初主持重新統一之工作者不爲李唐王朝，也不是楊隋王朝，而是北魏拓跋氏，亦即迄至公元三世紀漢亡時仍無文字無居室的游牧民族。從本書「崔浩」一篇也可以看出，當日拓跋民族利用了他們人文單簡的長處，在初期漢化的過程中採取了南守北攻的政策，將其他游牧民族強迫的改業爲農民，構成了一個以小自耕農爲主體的新國家，不到羽翼豐滿不問鼎中原。有了這種基本的工作，政府才能確切的掌握到全民。以後縱再度經過分裂與合併，漢化與反對漢化的各種階段也透過了北齊與北周，仍然由於這小自耕農爲主的體系才能奠定了隋唐大帝國全體人民當兵納稅的基礎。以後的租庸調制、府兵制、律令格式等等系列無不倚靠這下面一個龐大的扁平體爲基礎。這樣一來，新帝國近乎人工孵育而成。所有高層機構、低層機構及當中法制性的聯繫全未得到由劉漢王朝遺傳過來的好處。這種亘世紀超過人身經驗，也透過朝代的籌劃，除非我們相信冥冥之中確有天神作主，只能稱之爲公共意志之所獲得的成果。即像崔浩本人死於非命，在歷史家的筆下也只成爲了一個三等脚色，却已在言行之間表示著這樣一段公共意志的存在。

恐怕刻下不少的讀者還沒有想到，今日之中國不論是在大陸或是在台灣，也是由重新創造而產生。彼此得自滿清的都至少。不僅在法律、軍制、財政、稅收以及思想信仰各方面都與前朝缺乏聯繫性；又縱算在社會價值(social value)的一方面保存了一些昔日情調，這樣的價值至今已只能作爲私人操守之南針，已不復爲組織國家與社會之綱領。如果本世紀的初年中國還是一個「開祠堂門打屁股」的社會，迄至世紀之末已是「十年之後國民生產總值再翻一番」的社會。這也就是說，以前全靠宗族鄰里鄉紳保甲以傳統道德保障治安，今日之中國則已進入一個帶高度競爭性的世界裏，以國民經濟的活力爲衡量國運盛衰的尺度。以當中幾十年內變化之大則可以想見改革過程中動亂程度之深。

在最近十餘年內，我已經在各處用中英文發表，以上的改革大致可以分爲三段。國民黨與蔣介石因著抗戰替中國創立了一個新的高層機構。中共和毛澤東則因藉著土地革命翻轉了大陸農村的低層機構。於今鄧小平等人則因著經濟改革，有重新敷設上下間法制性的聯繫之趨向。要是其間功績不歸於各個人，至少要歸於他們所領導的羣衆運動。這種說法不因兩年前北京天安門所發生的慘劇而動搖。其所以如此，也還是當中有一個中國人公共意志在。

在提出這種說法時，我當然知道我沒有實切的證據爲憑藉。即以上諸人尚且曾未以上述的行動作爲他們自己一生事業之總滙。那我豈不是替人作義務宣傳而冒犯著一個平白招討沒趣的可能？

說到這裏我又不得不申明：現代歷史家的主要任務，已不是「褒貶」。除了一些考據的工作之外，也不必引用證據。最重要的，他應能將已經發生的事蹟，面對著現狀，解釋得兩頭合理化。如果他有了充分之理由，即應當爭取主動。因爲刻下之目的，不在替任何人爭取歷史上的地位，而是使下一代的人士明瞭他們自己的立足點。

上述的三段改革在中國歷史裏尚乏成例，在歐洲初期的現代史裏却有不少類似的事蹟，此間已不及一一敍及。總之則我多年的著作大都與這主題有關，當中一定有局部的錯誤，也容以後發現更正。這一體系之理論能夠與讀者見面則是每一冊書內都能保持其前後之聯繫，各書間也能保持彼此

之聯繫。換言之，我的「證據」即是在某種範圍之內古今中外的事蹟都可以窮極其因果關係，解釋得合理化，也與刻下所述的改革含接。計有：

● 《萬曆十五年》這是傳統中國政治社會的一剖面，雖說所敍的爲晚期，當中組織結構之綱領，一直可以引用到上述改革之前夕。

● 《赫遜河畔談中國歷史》將中國歷史發展的要點從春秋戰國敍至明朝的登場，可是也仍引用現今改革後之立場作基點回溯前去。所以在「開場白」裏提及今日中國已是「雨過天青」，「完成了可以在數目字上管理的條件」，中國歷史「正式與西洋文化匯合」。各篇曾在《中國時報》刊載。

● 《資本主義與廿一世紀》分述歷史上其他國家作類似改革的程序，已在《歷史月刊》連載，單行本籌備已久，希望最近出版。

● 《放寬歷史的視界》大致以論文的方式從明清敍述到現今改革之前後。

● 《中國的大歷史》將以上各書内容按時間的順序綜合。也加強了明清及民國初年的敍事部份，希望能接近初學者，已由《歷史月刊》及《民生報》連載。單行本預計明年成書。

● 以上《萬曆十五年》已有英、法、德、日文本和大陸出的簡體文字。《大歷史》已出英文本，日文本正籌備中，《放寬視界》之一部已曾英譯在美國期刊上發表。《赫遜河畔》希望不久可以出大陸版本。

本書也可以說是在正式論文之外提供了參考的線索。我認爲讀者需要瞭解中國在二十世紀的長期革命時，不要忽視十七世紀英國之經歷的參考價值。這一點已由〈怎樣讀歷史〉說明。即〈克侖威爾〉和〈霍布斯〉各篇也針對著當日英國發生的問題，在實踐上和理論上提出了可供參考之處。

書中的〈重遊劍橋〉，〈英倫鴻爪〉和〈母后伊莉莎白〉原應《中時晚報》時代副刊的邀約而作，注重旅途情形，可是現在看來，也仍離不開一個教學歷史的人所留下來的觀感。我和內子因往英國的次數較爲頻繁，逗留也較久，更因著語言的方便，就有了一段稍微深刻的觀察之機會，歷來也欽慕這國家苦心孤詣的一意維持傳統之性格。可是以最近的情形看來，此邦已愈像美國，倫敦也越像紐約。究其原因也仍是經濟發展之所致。因之也回憶到一九七三年劍橋的人士辯論英國應否加入EEC(歐洲共同市場)時鄰居人士抗議著：「英國要給歐洲大陸呑併去了！」(England will be swallowed up by Europe!)實際上現代經濟愈展開，每個國家之獨特形貌及作風必受國際間接觸的關係而衝散減低，影響所及甚至以前之優雅恬靜和社會上合法守禮的態度也可能隨著而減退。這也可以看作過去英國人士堅持「光榮孤立」之一主因。反面看來，以前有這些優美的成份在，大體上也只有社會上一部份之人士才能欣賞，此因其帶服務性質之事業尚未大規模的普及化，這樣的事業只專重於質量而不及在數量上全面擴充之故。即此也可以想見其優美之代價大部由低層階級單獨的付出。更推而廣之，中國近幾十年來，過去有「文化大革命」，近日又有「防制精神污染」的運動，又何嘗不與類似的矛盾有關，只是提倡的人愈將實際的問題解釋得抽象化，愈受意識型態的支配，愈走極端而已。

我們旅行於其他的國家也不自覺的在有些地方沾染著某些高級市民的觀感（因爲旅行時總是受人服侍），同時又感到通貨膨脹的壓迫。平心靜氣的想來，則領悟到現代經濟之展開具有孟子所說「獨樂樂不若與衆」的邏輯在，總之即是無可抵擋。至此〈英倫鴻爪〉一篇也可以與書中〈摩天樓下的芻議〉同時看去。過了時的社會價值不復成爲構成國家與社會的綱領，前已言之。可是我們也還是希望人類精神上和倫理上共通的長處仍能保留，作爲一般人處身立世的南針。因爲所說已逾越於歷史的範圍，故曰「芻議」。

普通我們對著歷時已久，與個人的人身關係較稀之事物

容易作斬釘截鐵的論斷，有時甚至可以在三言兩語之間說得義無反顧。及至提及與我人實際接觸的事物，則不容易於是的處置，有時即在下結論之際亦免不了一再躊躇。在這些地方雖長期學歷史的人不能避免。既知道自己有些弱點，則只有心存警惕。寫輕鬆而無一定格式的文章則有一種好處，可以使作者和讀者同時理會到思潮的線索與矛盾之所在。可是我發表這樣的文字，當然不是暴露我自己的信念不深，勸說讀者對我所說不要過度認眞。而是與讀者共勉，接受歷史之仲裁。因爲我有了一段從中國社會裏實地體驗以後又在外徹底思索比較的機會，深切的感覺到歷史上的長期之合理性不僅不能因個人情緒上的反應而取決，多時尚超過小範圍內我們自以爲引用理智所作的判斷。〈爲甚麼威尼斯〉從長沙車站牽扯到緬甸叢林，又從威尼斯河上的紅綠燈提及里昂教學的明燭，也是貫徹我歷來的宗旨，將眼光放寬放大。有了大範圍、長時間、遠視界的歷史眼光之後才敢說五四運動之後中國的知識份子，不容再構成一種特權階級。〈從綠眼睛的女人說起〉也保持類似的觀點，其重點則在指出歷史上西方人士所提出之「自由」與「個人主義」有了很大的差別。

〈資本主義、社會主義、共產主義〉及〈赫遜河畔縱談主義〉同爲應《中國時報》人間副刊之邀約而作。我極爲高與有這樣一個機會發揮我對這問題的觀點。我認爲世界上所有國家的現代化，無一不企圖用商業管制的方法代替過去以農業作主的管制方式。這樣的法制能夠付諸實施要在所有的經濟因素概能公平而自由的交換，一經施行，則以私人資本爲主體並且儘量保障其牟利的體制爲資本主義，在內中滲入公衆的資本，也藉社會之福利之名目限制私人財產的體制則爲社會主義，兩者只有相對的不同，無實質上基本的差別。至於完全不承認私人財產的權利，雖稱爲共產主義，只有「原始共產主義」、「烏托邦共產主義」和「戰時共產主義」三種實用上的型式。第一種見於初民社會，第二種由私人團體組織，却始終沒有一個長久存在的例子。第三種型式見於蘇聯及中國大陸，現在看來，也只是非常期間經濟動員的一種辦法，不能長遠的立足，否則不會引用今日的經濟改革。

所以我以一個學人的身份承認中共和毛澤東在歷史上的成就，却不接受他們的意識型態。也希望有朝一日中共放棄共產黨的名目，接受客觀的歷史學之支持，減輕他們本身對意識型態的負擔。

在我研究各國進入現代化的過程中，通常以其能進入「在數目字上管理」的局面爲轉捩點。一般的在達到這局面之前，需經歷到大規模的變亂與暴動，可是也有極少數的例外。一九九〇年我們參加李約瑟研究所的第六屆中國科技史會議後，去挪威、瑞典、丹麥巡行一周。書中也有兩篇文字，記述在斯堪底那維亞半島所見之外，涉及這三國的歷史。這三個國家能避免上述大規模的變亂與暴動，由於她們能夠向外大批移民，也能夠在開發她們的資源時與外間各國的經濟配合，如丹麥之全面以畜牧業代替耕種，挪威之開發水電，瑞典之利用木材與鐵砂都發生了決定性的功效，至此也使我們更感到地緣政治的重要。至於斯堪底那維亞國家能如是，何以中東的國家有原油則不能如是，當中也值得考慮。又這兩篇文字成稿之後，挪威極受人民愛戴的國王奧拉夫第五已逝世，王位由太子繼承，瑞典放棄了不參加國際組織之宗旨，申請有限度的加入歐洲共同市場。

書中敘人物的兩篇〈薩丹・海珊〉和〈沙卡洛夫〉可算與現代政局接近，一方面也由於我仍在不斷探試將中國長期革命的史蹟歸納為世界歷史之一部的後果。既提及世界史，則不能只以西歐美國和日本的圈度為限。我希望讀者和我保存一段共識：彼此都相信今後很多待開發的國家之去就，仍有左右我人對中國現代史所作結論之可能。這樣的可能性對歷史學家付予相當之壓力，一方面強迫他們擴大視眼，立即倉皇對付在本人專長之外準備得不充分的問題，一方面又覺

得無可推諉。要是我們所講所說，對當前世界上發生的大問題毫不相關，則要它何用？此中矛盾，已在最近《歷史月刊》（一九九一年八月號）所作〈從拉吉夫．甘地被刺說起〉提及。

不過全書內一大部份，則是一方面參考已刊印之文字，一方面引用我個人人身經驗，說明中國利用抗戰而構成新體制的高層機構之情形。舉凡〈成都軍校生活的回憶〉、〈憶田漢〉、〈張學良、孫立人和大歷史〉、〈闕漢騫和他的部下〉、〈蔣介石〉和〈白修德〉各篇都有對這題目發揮之成份。其重點則是「無中生有」。當日國軍之軍令、軍政、軍訓、軍需、軍法全非舊式農業社會所能支持，當中種種捉襟見肘的情形，半世紀之前尚且不能公開道說，只是置身重慶、成都、西安、柳州、桂林、貴州、和昆明的人士應當有切身的瞭解。今日這最基本的史實，也不容我們屬於左派或右派或前進或頑固可能傾倒或遮蓋。當時很多人對國軍的批判，大體忽視歷史上之背景。刻下將這些詳情公佈，其目的尚不是掩過飾非。只因為中國近代史裏的積極性不予以表彰，所寫出的「歷史」只有一片呻吟嗟怨滿紙謾罵，其實這並非歷史，而係作者本人對歷史狹隘之反應。

〈蔣介石〉一文刊出後，《人間副刊》接到讀者梅寅生先

生三月六日的來緘，刊載於三月九日之「讀者來緘」，信中指出：

●白修德等所著書*Thunder Out of China*應譯爲《中國的雷聲》，作者譯爲《雷霆後之中國》殊舛原義。

●文中提出六中全會受蔣委員長斥責之王姓委員爲王崑崙，他所質問的對象爲防守衡陽的方先覺，也有他質問之理由，作者所敘失之過簡。

●「時間上之湊合」應稱爲「因果關係及時機」，因爲timing通常爲「時機的選擇」，此字無「湊合」的意義。

●尤特里所著書*The Last Chance in China*應譯爲《中國最後的角頭》。

●文中所述「毫不假借」文義欠妥，大概作者根據傳統公文中「嚴究不貸」的字樣將「貸」引伸而爲「假借」。

因爲我看到這「讀者來緘」時，已有相當的時日，只能請副刊編輯將我的答覆緘寄梅先生。現在此文既已收入專集，而提議應當改之字句又全未修改，應將理由條列於次：

白修德之書名無完全恰當的譯法如仝部按字義，即應爲《雷霆出自中國》。可是這使讀者不知所指。即提議的《中國的雷聲》雖說較爲適切，只是內中的「的」字和「聲」字，也爲原文所無。在這情形之下，譯者應有相當之自由。此書結論中既提出中國重享和平時未來建設的景貌，則稱「雷霆後」應不與原作者的創意衝突。

文中雖未指出王崑崙質問對象爲方先覺，但已指出其範圍有關國軍軍令。其實一九四五年當日我曾在重慶六中全會大會會場之停車場內即時聽到兩位出席的中委談及質問和申斥的經過。方先覺在被俘逃回後謁見蔣委員長的談話也由侍從室的一位朋友告知，據我所知，方稱被俘由於援軍之不能及時到達。其詳情應已收入委員長之永久紀錄。又委員長在申斥王崑崙之後仍在當晚派人向之道歉。只是目下發表的〈蔣介石〉一文係「赫遜河畔敍中外人物」專欄中之一篇，限五千字概括蔣總統一生的爲人及在歷史上的地位，即提到這段曲折亦只表現其極端容忍之餘有時仍不能抑制其怒氣，不能也無需注入當中細節。再則關於蔣與方先覺軍長之一節先已在《歷史月刊》一九八八年九月號提及，亦即此書中之〈張學良、孫立人和大歷史〉。

Timing如由自己一身作主確有「選擇」性質，有如日軍timed星期日早晨美方防備鬆懈之際突襲珍珠港。但是出於一種機遇，即係兩種事體在時間上的「湊合」，有如努爾哈赤之興起timed在明朝財政感到困難之際。我用timing一字，通常只有後者的意義。這也是要在文內註入外文的由來。

尤特里所著書，我文內誤作China's Last Chance，趁著這機會修正。只是兩者之區別，在一個機會之「在」中國或中國「之」機會，將機會改爲「角頭」無益於事。「毫不假借」係「毫不通融假借」之意，與「借」「貸」無關。

總之，我筆下頭緒紛紜，錯誤在所不免，也承望各界告知，以便次版改正。有如《萬曆十五年》的錯誤，即蒙呂士朋和陳萬益兩先生指正，至今感激不盡，可是另一方面則任何著書人都希望保持自己的宗旨與作風。況且我提倡孟子在中國歷史上的影響超過孔子，我們應當承認中共在歷史上的成就，但不接受共產主義，更不能不維護自己的特別立場，讀者諒之。

〈闕漢騫和他的部下〉有替我自己矜誇的嫌疑。「舊業已隨征戰盡」的大標題下重印了四篇四十七年前的舊作，也難能避免批評。然則我既已早就說明我的歷史觀與個人的人身經驗互爲出入，中國歷來的羣衆運動尚待將其積極性表彰，我就想不出有何理由，有將自己年輕時參加這種群衆運動之詳細情形隱瞞的必要。何況文中還提到不少我所景慕的中下級軍官。在這卷首即介入緬甸戰場之所見，則是樹立本書風格，使讀者體會我所說實踐的意義，瞭解我研究歷史時注重社會下層所產生決定性的力量之由來。雖說這幾篇文字稚氣在所不免，現在也不予更動，除了部隊番號已據實提出之外，其他全部複製如當日之刊載。

至於我有機會寫這樣的文字，則因一九四四年駐印軍反攻緬甸時，我和另一位上尉參謀朱經態（亦即〈八月十四日〉中的「小朱」，現在台北）同任前線觀察員，多時隨第一線部隊出入前方，每日以副總指揮鄭洞國將軍的名義以密碼向重慶統帥部提出報告。〈拉班追擊戰〉是我任務之開始。前線觀察員行動自由，不受部隊長約束。朱經態和我的報告，也無人檢閱，逕送電台，但具副本向駐雷多的副總司令備案。只是我們成爲了高級將領的耳目，必須實踐的對報告負責。也眞料不到這一年多的工作，構成了我幾十年後作歷史從業員一種極嚴謹的訓練。

當然的，戰場上的艱苦與殘酷不盡如這幾篇能在戰時大衆刊物發表的輕鬆。我曾在八莫附近看到一個陣亡的日兵，還如生前一樣的坐在機關鎗掩體之後，面上却黑黝著的蓋滿了蒼蠅。我曾在孟拱河畔看到被火焰放射器燒透過的陣地。還有幾具植立在戰壕內的屍體雖然臉上已燒得一團紅黑，却仍因著眼眶與下頦留下的痕跡顯示著最後一分鐘籲天的情景。我也曾爬上被敵人四七平射礮射穿的戰車，也眞想不到，彈速如是之大，它們在一吋半的裝甲上所戳洞，竟像截洞機在紙上所截圓洞的完整，圓周全部光滑，內外的邊緣也毫無殘留多餘的鋼鐵和裂痕。我不禁以手指循著一個圓洞的內壁旋轉，想像著當時官兵油煎火化的光景，和裝甲兵稱他們的戰車爲「鐵棺材」之由來。不過這已與主題越說越遠。除了在〈爲甚麼威尼斯〉流露了一些個人的情緒之外，這一切只能留在其他的地方發表了（假使還有此需要的話）。

闞德基先生所作〈也談猛將闞漢騫〉以傳統傳記手法寫出，和〈闞漢騫和他的部下〉著眼於當日軍令、軍訓、軍需都未上軌道時各人掙扎的情形不同，但是兩人能互相印證，也更正作者若干錯誤，茲徵得闞先生同意附載並列，謹此向闞先生致謝。

最後我感謝各刊物的編輯先生小姐們，也珍重的體念到他們和她們讓我抽出各篇出專集的好意。

一九九一年八月三十日於紐普茲

十月十六日校排後補訂

目錄

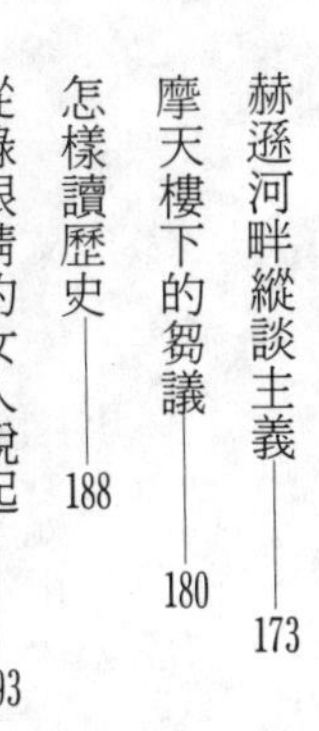
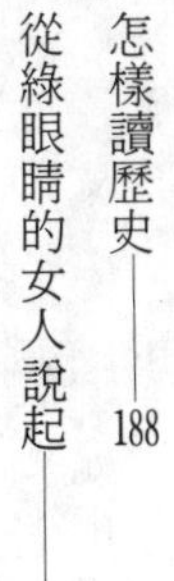
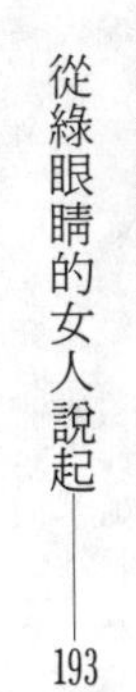

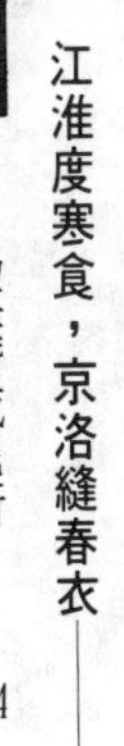

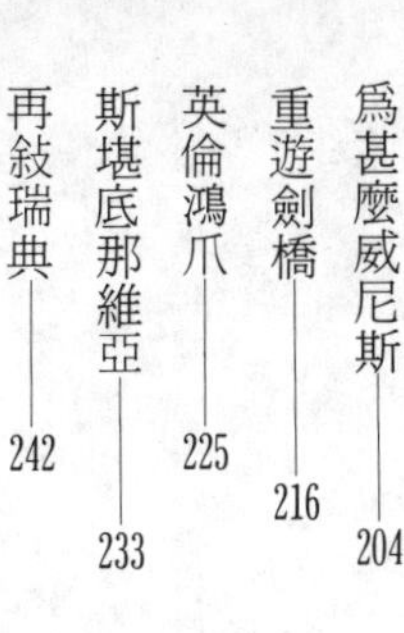

舊業已隨征戰盡
更堪江上鼓鼙聲

拉班追擊戰

擊破敵人的抵抗線

三月下旬，我駐印軍爭奪傑布山以南的隘路，與敵十八師團殘部發生激戰。三月二十一日開始於康撈河北的陣地攻擊。持續達一周。敵我常常在幾碼，甚至一株大樹之下膠著。叢林中，隘路內，敵人堅強工事之前，既不能展開多量兵力，也無從施行細密的搜索，我新廿二師六十六團奮勇以衝鋒槍手榴彈——尋求敵人步兵與之接戰。該團過去在腰邦卡，曾經以一敵六，創造以劣勢兵力獲得輝煌戰果的奇蹟，這一場戰鬥，更使該團的軍旗生色。雙方的火線由二十碼而十碼，推至五碼，甚至接觸，重疊，交錯。而這樣一條犬牙交錯的戰線，隨著敵我的接近，因爲攻守兩方戰鬥精神的旺盛，以致處處開放著投擲兵器的彈花。戰鬥最慘烈的兩日，步兵勇士連續以手榴彈投入敵人掩體的火口內，但是被敵人在未爆發的瞬間拾著投擲回來。在某一處工事之前，相持達幾十分鐘。三月二十六日，我軍攻擊敵加強中隊陣地一處，敵官兵九十七員頑強抵抗，戰鬥結束，我軍發現敵屍九十四具，殘存三人狼狽逃遁，某班長拔出刺刀作飛鏢，中其中之一人。二十七日，六十五團繼續攻擊高樂陽附近的陣地，團隊長是一位勇敢、好沉思，主張出敵意表的將才。他的攻擊準備射擊，耗用了近兩千發的砲彈，然後找到敵人陣地的弱點，施行中央突破及分段席捲。二十八日敵人不支潰退。

▷在中印公路上蜿蜒而行的軍用卡車隊。

十天之內，我軍為敵掩埋三百具屍體（計算敵軍傷亡當在一千以上）。擄獲敵砲四門，輕重機槍十二挺。

同日一一三團迂迴至敵後的一支隊，以及密里爾將軍統率美軍相繼到達敵後交通線上。雖然敵軍在以西的叢林內另闢了一條汽車道，但是主要抵抗線既被擊破，側翼又受威脅，不得不望南逃命。二十九日之後，我軍開始縱隊追擊，三十日清晨，超過交通要點沙杜渣，一日進展約十哩，步兵在叢林戰中有此速率，實在令人敬仰，以致三十日午間，我們以指揮車追隨至六十五團後面，久久不見第一線營的踪影，為之深感驚訝。

找到竇營長

那天，我們到第一線營去。

我們午前十一時由六十五團指揮所出發，一路經行山腹，路幅寬窄無定，路面又未鋪砂石，車行非常不便。沙杜渣以北，輜重部隊的馱馬不絕於途，車行速率不能超過五碼。這條路上還沒有經過工兵搜索，半點鐘以前，一匹馱馬正遇著觸發地雷，左前蹄炸掉了，屍骸委曲的躺在路側，地上一灘鮮血。駕駛兵換上低速排檔，眼睛不停的注視在路面上，左右擺動著方向盤，處處吸動著車上人員的神經，使我們感覺著若斷若續的緊張。

沙杜渣是孟拱河北渡口的一片林空，原有的幾十家民房，只剩著焚後的屋柱，與附近彈痕寂寞對照。但是這些戰場景象與叢林內的屍堆相比，則感覺得太普通，太平常了。

車子沿著渡口彈坑轉了幾轉，我們進入了孟拱河谷。

這一帶樹林仍舊很密，路左是孟拱河的西岸，碰巧在一推蘆草空隙處，可以望見西陽山（Shiyang Bum）上的晴空。

路上幾百碼的地方沒有一個行人，我們好容易遇到一個通信兵，但是他也不知道第一線營的所在：「剛才還在前面一哩的地方，現在恐怕又推進了。」

道路筆直，好像森林裏面開好的一條寂寞小巷，路面鬆軟，車輪在上面懶洋洋的走著，叢林裏面各種飛禽與昆蟲很活躍。

在孟拱河第一道河曲處，我們終於遇到了一群祖國的戰士，但是他們並不屬於第一線營，他們是一一三團派出的敵後支隊，他們在兩個星期之內，爬經三千呎的叢山，迂迴三十哩，經過人類從未通過的密林，自己闢路前進。在河東岸，他們以機關槍奇襲敵人的行軍縱隊。在河西岸，他們擄獲了敵人一部汽車，擊斃了敵人幾十名，前面一百碼的地方，還有敵人遺棄的屍骸。他們正擬北進沙杜渣，不期在公路上與六十五團會師。他們的任務已經完成，正待接受新命令，但是，他們已經快三天沒有吃飯了。

這些弟兄們精神體格非常之好，他們正在打開罐頭，填塞著空了三天的肚子。有的已經坐在道旁，燃著一支香煙。這裏隔第一線營不到三百碼，已經聽到前面的機關槍聲音，我們跳下了汽車，果然在道左樹林下面僵臥著兩具敵屍，蒼蠅飛在死人的面上，醞釀著一種奇臭。

我們到了第一線營，戰士們散開在公路兩旁，右面森林內，相去不到五十碼，第六連正在向西搜索，不時有幾聲步槍，有時有三四發衝鋒槍的快放，敵人三八式步槍刺耳的聲音，夾雜在裏面。

「屋務——」

敵彈彈頭波正在衝開空氣前進，可是道路上往來的通信兵、傳令兵和輸送兵都是伸直腰很神氣的走著，我們也學著挺直著腰。

在一棵小樹下，我們見到了聞名已久的竇思恭營長，他是第一位率部至敵後，首先以寡敵衆的青年將校，同行的鄭參謀替我們介紹。

竇營長告訴我們：發現正前面敵軍一處掩護陣地有兩挺機關槍，第六連正在與敵人保持接觸。左翼孟拱河可以徒涉，已經與隔岸友軍聯繫好了。右面森林裏還有敵人的散兵和狙擊手，第六連正在向西搜索。右側敵人另外闢了一條公路，可以走汽車。這方面友軍還在我們一千碼後面。

鄭參謀另有任務，將指揮車駛回去，我決心留在營指揮所看看戰鬥的實況，約定請他明天日落時候派車來接我。

陣地之夜

現在我看到他們的指揮、聯絡與戰鬥了。

傍晚，第一線連搜索兵回來報告：「正前方兩百碼公路兩側有敵人，攜有機關槍，右側森林裏有敵人，右前方草棚裏面也有敵人。」營長決心在附近構築工事，準備明天拂曉攻擊；一聲命令之下，幾百個圓鍬、十字鎬，向泥土內挖掘，有些士兵拿著緬刀在砍樹桿，準備作掩蓋。

我卸下了背囊與水壺，坐在背囊上與竇營長安閒的談著。

我發現竇營長有一個奇怪的習慣，他喜歡把鋼盔在布軍帽上重疊的戴著，到了沒有敵情顧慮的時候，就把鋼盔拿下來，用不著再找布帽。還有，他的步槍附木上有一處傷痕，後來我才知道是泰洛之役砲彈破片打中的。

「敵人很狡猾，今天晚上說不定要來夜襲。」

「我很希望能夠參觀你們的夜戰。」

電話鈴響了，通信兵接著，將耳機交給營長：「竇先生，第六號要你講話。」我在旁邊聽著，竇伸過手來，對我說：「黃，請你把航空照像給我。」我從圖囊上把航空照片遞給他，依舊聽著。

「喂！你是六號吧，喂，你前面應該有一片林空，大概三十碼長，五十碼寬，有沒有？通過前面第二個林空就是拉班了……有房子沒有了？……河左邊有一道沙洲，有沒有？……還看不到嗎？你們隔拉班只有兩百碼了。六十四團還在我們後面一千碼的樣子，今晚上你們要防備敵人夜襲……茅篷裏面還有敵人？……喂，你等一等，我自己來看看。」

竇放下電話機，對我說：「黃，你在這裏等一等，我到第一線去看看。」

「我很想跟你去看看，不會妨礙你吧。」

竇戴上了鋼盔，一面說著「沒有，沒有……」我已經跟在他的後面，更後面，還有竇的兩個傳令兵。

我們彼此保持幾步距離，沿著公路前進了一百七十碼，到達第六連的位置。這裏有一座茅篷，右邊有一處林空，和航空照像完全吻合。前面五十碼還有一座茅篷，敵人的機關槍就在緣角射擊。右前方突然一聲「三八式」，彈頭波震動著附近的枝葉，我們的步槍和機關槍馬上向槍聲起處還擊，枝葉很濃，看不見敵人。

竇指示了連長幾句，我們依舊還回營指揮所。

夕陽照著河東來去的運輸機，這傢伙正在樹頂五十碼的低空投擲給養。槍聲較稀，伙伕蹣跚著送了飯菜，美軍聯絡官也來了。

我們在小樹枝下打開飯盒，裏面有鹹肉與豆莢，聯絡官帶來了啤酒，他用小刀把啤酒罐弄破，啤酒泡沫溢在罐外。

就在這時候，前面很清脆的一聲，竇的傳令兵叫著：「敵人砲彈來了！」我們臥倒，儘量的使身體和地面平貼。

「屋務五務——」彈道波浪很尖銳，然後「空統」！砲彈在我們後面一兩百碼的地方爆炸，爆炸的聲音既清脆又沉悶，叢林裏面有迴響，還聽得著幾根枝幹的斷折聲。

第二砲比第一砲落得更近，敵人在修正彈著。

砲彈一群一群的來了，敵人山砲連在施行效力射，空中充滿了彈道波，一百碼以外，落彈爆炸聲音堆砌著，我彷彿看到孟拱河的河水在震盪，但是河東的給養飛機依舊在盤旋。

竇貼在地上和部隊在通話，我回頭看去，我們的豆莢和啤酒，在我們匆忙臥倒的時候都打潑在地上了，我拾起一個啤酒罐，罐內的液體已經只剩三分之一。聽敵人火身口的聲音，還是四個一群的在吼。

入幕以後，礮聲較稀，我們嚼著冷飯與剩餘的鹹肉，竇一面吃飯，一面和美國聯絡官講話：

「McDaniel上尉，你要陞少校了。」

「我一點也不知道。」

△1945年3月24日蔣介石與雲南遠征軍司令衛立煌將軍在昆明檢閱新兵。

▽1944年2月在印度訓練完畢接受中、美將領檢閱的中國軍隊。

▽1944年12月26日從印度經緬北開往雲南途中的精銳裝甲兵。

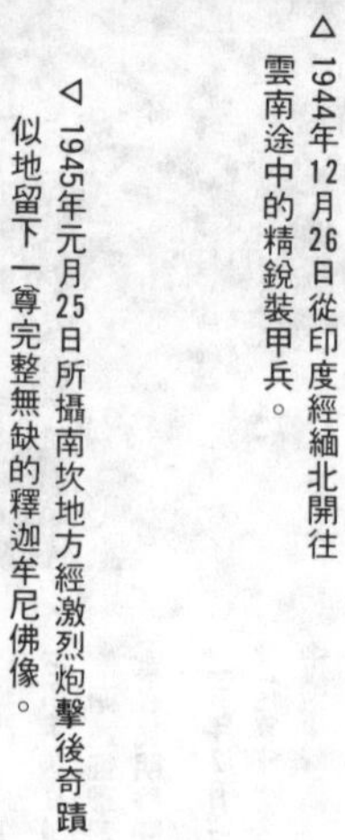

▽1945年元月25日所攝南坎地方經激烈炮擊後奇蹟似地留下一尊完整無缺的釋迦牟尼佛像。

▷1944年5月15日運送彈藥經過緬北山區的第22師砲兵步隊。

▷1944年3月的緬北戰場，一隊中國兵士經過日本菊兵團陣亡者屍體。

「他們都說，你下個月就要陞少校。」

「或者——或者可能。」

「爲甚麼要說或者呢？」大家都笑。

送小礮彈的貨車，爲貪圖倒車容易，一直開到敵兵出沒的林空裏去了，副營長和傳令兵張大著嗓子叫他回來：「你們上去送死呀！」但是駕駛兵居然在林空裏將車子倒了一個轉，很敏捷的開回來，防滑鏈條打在地上鏜鏜的響。

暮色更濃，森林雖然經過一天槍彈砲片的蹂躪，還是表現著一種幽靜陰沉的美。

我和寶睡在一個掩蔽部內，面上手上都塗了一層防蚊油，一隻螞蟻跑進我的衣領，我想去抓牠，身體蜷曲著不能翻轉，感覺得很苦惱。現在槍聲砲聲同時來了，我們的前面，右面，和後面都有機關彈在射擊。

今晚敵人果然來夜襲，我們豈不是佔領著一道背水陣？

敵人砲彈雖然都落在我們後面，我又記起寶營長的一句話，「如果敵人砲彈多的話，或者會沿著公路來一個梯次射。」

背水陣，梯次射，這些念頭不住在我腦內打轉，我又記起今天是三月三十日，明天三十一，後天就四月一日了，掩蔽部外面電話兵嘮嘮叨叨的在砲火下利用電話空閒和同伴談著不相干的事，五碼之外，步哨叫著「那一個？」我感覺煩悶，潮濕空氣令人窒息，瞧著寶一會聽電話，一會翻過身又睡著了。……

那一晚沒有夜襲，也沒有背水陣和梯次射，我那陣煩悶的情緒不知在甚麼時候漸漸平靜下去，我的呼吸漸漸均勻，也就一睡到天亮。

第二天早上

第二天早上，是三月最後的一日。

拂曉攻擊沒有實施，敵人都後退了，但是我們搜兵前進了不到一百碼，又和敵人接觸，擲彈筒，「三八式」，從樹葉叢裏飛過來，我們也回敬以衝鋒槍。半小時內，前面射擊得非常熱鬧。

電話鈴又響了，第一線連報告：「正面敵人後退了一百碼，右側翼沒有敵蹤。我們斥候向西搜索，半哩，沒有發現敵兵，也沒有發現六十四團友軍上來。……」

「正面敵軍非常頑強，我們前進，他們射擊得一塌糊塗，我們一停止，他們藏起來一個也看不到……」

竇決心親自到第一線排去視察，我跟著他一同去。

我們有了前面林空的一半，第一線連已經逐漸滲透至右側林緣，一路大樹根下，都有第一線連的急造工事。左邊公路與河岸相接，河岸有幾棵大樹，一堆蘆草，我們可以看到河裏的草洲。這就是拉班，地圖上用大字寫著的LABAN。我眞奇怪，地圖上的家屋，這裏連蹤影都沒有，這裏只有幾座茅篷，看樣子還是新近修築的。

機關槍和小砲射擊手對著公路上和林緣的出口，小迫擊砲彈藥兵正在打開一個個彈藥筒，他們表現得那麼安閒和鎭靜。

邱連長引導我們分枝拂葉的到了第一線排。弟兄們臥倒在大樹下面，有的把橡皮布晾在樹枝上，還有人吸著香煙，樹桿上兩公尺以內都是槍砲刮穿侵透的彈痕，偶然還有「三八式」刺耳的「卡——澎！」我眞羨慕這些祖國健兒們安之若素的態度，這時候說不定可以飛來一顆槍榴彈和擲榴彈，說不定會掉下來一串機關槍的彈雨。恐怕這幾個月來的陣地生活，已經使他們不知道甚麼叫做緊張了。

「這前面二十碼的茅篷裏面就藏著敵人，——」邱連長指向前面。

我蹲下去只看到叢林裏面一團靑黑，或者最黑的地方就是所指的茅篷，但是看不到敵人。

我看到營長給連長當面指示，說話的時候兩個都站著，去敵人只有二十碼。

「我想敵人正面雖然寬，當面敵人沒有幾個人了，我們得馬上攻上去，無論如何得把道路交叉點先拿下來。第五連配屬一排給你指揮，警戒右側翼。——你小迫擊砲彈夠不夠？……」

「夠了。」

「你儘管射擊，我叫他們再送幾百發到營指揮所，——要是右翼李大砲他們早一點上來更好。迫擊砲我親自指揮，山砲連的前進觀測所就在你們這邊吧？你叫他們延伸射程——」

攻擊開始之後我跑到砲兵觀測所，那邊靠孟拱河很近，左右都很開闊，是觀戰的理想地點。

「請給我一個救急包？」

我看到他們一個個前進停止，看到他們射擊，同時敵彈的敵頭波也在我們頭上成群的飛過去，我們選擇的地形非常之好，對直射兵器毫無顧慮。

敵人知道我們步兵脫離了工事，開始向我們砲擊。

「屋務五務——嗤！空統！」第一砲在我們後面兩百碼處爆炸。

「屋務五務——嗤！空統！」第二砲在我們前面一百碼處爆炸。

這兩發試射的砲彈既然這樣接近，顯示著敵人已經選擇這一片林空附近做目標。一群砲彈落在營指揮所的右側，一群砲彈落在前面樹林裏，一群砲彈落在正前面空曠地，帶給了我們塞鼻的煙硝味，一群砲彈落在後面孟拱河裏，邀起了幾十碼高的水柱。

我們衝動而忍耐的蜷伏著，但是砲兵觀測員和砲兵連長正在聽著敵火身邊聲音，他們對著射表討論，然後：

「三二〇各一發——三一四各一發——二九八各一發！」指示我們自己的砲兵陣地。

我們的聽官確實應接不暇，敵人的砲彈有山砲、重砲和迫擊砲，現在我們的砲彈群也充塞在空間了。

衝動著，忍耐著，蜷伏著，四十分鐘之後，敵彈才離我們遠去，我瞧著一位受傷的弟兄，頭上纏著救急包，口內不停的叫著哎喲，三步兩步的經過我們的位置。另一棵大樹之下，一位弟兄傷了背脊，他靜靜的俯臥著，戰友們幫他撕開背上的衣服。還有一位弟兄腿上沾滿了鮮血，身體靠在歪斜的樹幹上。他的一身都不能動，但是痛得將頭部前後擺，眼淚淌在面上，我看著旁邊的士兵替他包紮，我問他：

「你們救急包夠不夠？」

正在幫他包紮的士兵抬起頭來：「有嗎，請你再給我一個救急包。我的兩個都給他們用掉了。」

我分了一個救急包給他，這時候擔架隊已經扛著沾滿了新痕舊印血跡斑斑的擔架跳著跑上來。

這一次攻擊，我們前進了兩百碼，迫擊砲連一位班長殉職。剛才還是一位勇敢負責的幹部，半點鐘內已經埋葬在陣地的一端。第六連也陣亡了一位弟兄。

不知道甚麼時候下了雨，一點一滴，落得非常愁慘，我冒雨跑到那位班長的新墳上去。林緣附近，士兵們正在砍著樹木，增強新佔領的陣地。剛才用作迫砲陣地的地方，現在只剩得縱橫散放的彈藥筒和刺鼻的煙硝味。前面很沉寂，只有幾門小迫擊砲和小砲，爲了妨礙敵人加強工事，半分鐘一次的盲目射擊著。

陣亡者的武器，已經給戰友們拿去了，墳邊只剩著一個乾糧袋，裏面還剩著半瓶防蚊油……

雨落得更大了，一點一滴掉在陣亡者的新墳上……

那一晚

那一晚我並沒有回去，森林裏面我聽到右翼六十四團的機關槍和手榴彈越響越近，快要和我們並頭，部隊長因爲了雨聲可使行動祕密，又加派了第一營另闢新路到敵後去。這都是很好的消息，我想再待一夜。黃昏之前我打電話給鄭參謀，叫他不用派車來接我。

相處兩日，我和營長以下樹立了很好的感情。我才知道我們的軍官都是面紅紅的像剛從中學校出來的男孩，但是事實上他們比敵人留著半撇小鬍鬚好像都是兵學權威的傢伙不知要高明多少倍。我看到這些幹部早上擠出牙膏優閒的刷著牙齒，或者從背囊裏拔出保安刀修面，我才知道，他們並沒有把戰鬥當作了不得的工作，僅僅只是生活的另一面。

起先，我總奇怪，這些弟兄們作戰這麼久，怎麼一身這麼潔淨？後來我才知道，他們任務稍微清閒或者調作預備隊的時候，就抽出時間洗衣，一路晾在樹枝上，隨著攻擊前進，至晒乾爲止。有時候看到他們吃過早飯就將漱口盃緊緊的塞一盃飯準備不時充飢。有些弟兄皮鞋短了一隻，一脚穿上皮鞋，一脚穿上膠鞋，令人觸發無限的幽默感，也令人深寄無限的同情。部隊裏的工兵和通信兵，技術上要求他們緊張的時候鬆弛，鬆弛的時候緊張，而他們也就能夠做到那麼合乎要求。……

一位弟兄分給我一包餅乾，我知道他們自己的餅乾都不夠，但是他們一定要塞在我的手裏：「這是上面發下來，你應該分到這一包！」

另一位弟兄幫我培好掩蔽部的積土，然後笑著說：「保險得很！」

那一晚我有我「自己的」掩蔽部，竇的兩個傳令兵找了很多迫擊砲彈筒，替我墊在地面，筒上有一層桐油，我再不感到潮濕，我把背囊裏的橡皮布和軍毯，學著他們一樣，好像在鋼絲床上慢慢的鋪得很平，再不想到背水陣和梯次射，很安穩的在槍砲聲裏睡著了。

橋底下的大尉

早上，我爬出掩蔽部，在朝氣裏深深呼吸，抬頭看到四月份的陽光。

竇和他們的士兵忙碌得不得了，我們的重砲、山砲、重迫擊砲、輕迫擊砲一齊向敵人射擊。第一營開路威脅敵人已經成功，又和我們並肩了，我們準備奮力一戰。

昨天砲彈落得最多的地方，今天是我們迫擊砲陣地，我看到射擊手將魚雷形的重彈一個個向砲口內直塞，然後這些怪物以五十多度的發射角直衝而去。敵人砲彈也不斷向我們飛來，五碼以內，竇的傳令兵拾起來一塊兩吋長的破片，生鐵的溫熱燙手。但是這時候每個人只想著如何發揚我們的火力，每個人都竭心盡力於本身的工作，大家都感覺得敵彈的威脅輕微不足道了。

射擊手依然將砲彈一個個塞進去，砲口很頑強的一個個吐出來。這時候只少了班長，班長長眠在砲盤右面三十碼的地方，已經經過十六小時了。

步兵勇士們好容易耐過砲戰完畢，現在是他們活躍的機會到了。他們長驅直上，前進了五十碼，一百碼，一百五十碼，我們越過那幾座茅篷。昨天，我們還僅僅看到河上草洲的一個角，現在我們已經在草洲的右前面。第一線連還不斷的在推進，機關槍和手榴彈震動著叢林內的枝葉與孟拱河水。

右邊叢林裏發現一具敵人的屍體，我和竇的一個傳令兵去搜索，我們彼此掩護著前進，恐怕遭敵人的暗算。進林十碼處我們看到兩頂日本鋼盔，和一頂軍便帽，草堆上躺著一具敵屍，頸上腮旁都長著一些鬍鬚，綠色軍便服上凝結著血塊，機關槍子彈穿過他的喉頭和左胸部，地上一堆米飯，一群螞蟻……

我拾起那軍便帽，裏面寫著：「×××——四七七部隊」（以上×××在原文刊出時，曾載當時陣亡日兵眞實姓名。現本避去不錄）。

傳令兵把他的屍體翻轉過來，在他的身上找到兩張通信紙，上面寫著：「菊八九〇二部隊第二中隊」，此外在一個小皮包內找到長崎甚麼寺的護身符和一塊乾硬了的牛肝，那牛肝是甚麼意思，我至今還不懂。

傳令兵很悵惘，沒有他所要的日本盧比和千人縫。

我們回到公路上。一棵大樹，被砲彈削去了一半，地上躺著一個士兵的屍首，破片打開他的腦部。傳令兵打開他的背囊，背囊裏還有一箱重機關槍子彈，看樣子是彈藥隊躍進的時候被砲彈擊中的。翻開乾糧袋，乾糧袋裏有一包白錫包香煙，和一包餅乾。

傳令兵拆開餅乾，一面說著：「昨天發的餅乾都還捨不得吃，現在又打死了。黃參謀，你吃不吃？」

我默默的搖了搖頭。

我們繼續前進。沿途看到擔架隊抬下來幾位負傷同志，我們又穿過兩個林空，循著公路向右轉，跨過一座橋，橋底下歪倒著一個敵人的屍體，頭浸在水內。

好容易追上了第一線連，全身裝具弄得我汗流浹背。

邱連長給我看他新俘獲的一枝手鎗：

「你看見橋底下的屍體沒有？」

「看見的，頭還浸在水內。」

「這是敵人的一個大尉，手槍就是他送我的。」

樹枝上晾著水濕的地圖和日文字典，這也是橋下大尉的遺產。

我得了一個大尉領章和一張十盾的日本盧比。

前面還在推進，機關槍還在怒吼。

敬祝你們攻擊順利

緬北四月的氣候是這樣的毫無定算，午前還是大晴天，午後就下傾盆大雨。我沒有找到汽車，只好包著橡皮布回去，路已經被雨水沖爲泥坑了。

我在雨中蹣跚著回去，離前線漸漸遠了，雨聲裏，還聽到敵人向我們步兵陣地不斷砲擊。

竇營長，邱連長，六十四團，六十五團，新卅八師第一一三團，一步一步離你們遠了，但願你們攻擊順利，早達孟拱！

一九四四年四月十日寄自緬北

四月廿一日、廿三日、廿四日重慶〈大公報〉

貴陽廣播電台播送

八月十四日

八月十四日，中美混合機團的朋友們在印東基地慶祝空軍節，他們邀請我們去玩，我們一窩蜂似的湧去了。

一到那邊，我們才發覺他們幾十個隊員們住在草地的帳幕區內，連一個勤務兵也沒有。我們這一群內還有兩位將官——龍師長和盛書記長，他們自隊長以下給我們以優渥的招待，忙得每個隊員都當差，我們感覺得不安之至。於是我們到外面亂跑免得太麻煩他們；朱參謀找到了一位飛行員是他軍校時候的同學，他們去談空軍裏的生活去了；小鍾到飛機場去看P47；我不知如何鑽進美國帳幕區，我被一位照像專家吸引住了，他說他是航向員，照相不過是玩玩，但是事實上他擔任拍攝全隊的生活照片。

等到回到他們的餐廳時，朱參謀已經收集了很多資料，他就在一角落向我們廣播，他說：這些隊員都在美國受過訓，他們的待遇不過和陸軍差不多，他們自作戰以來還只掉過一架飛機，沒有損失過一個人員，他們的軍士級人員都戴人字臂章，和美國軍士一樣，不過質地是紅的。

他們的中國隊長是吳超塵，最近才陞少校。我說好像在哪裏看見過他的名字，但是記不清在哪裏了。這位隊長身體不高大，說話的時候也是柔聲柔氣的，和美國隊長（也是一位少校，他的名字我忘記了。）的粗肥體格成一個強烈的對照。說到這位美國隊長，令人不大相信他是一位飛行人員，看上去年齡在三十五歲左右，體重起碼有二百五十磅，眼睛是大而藍的，面頰是紅的，就像一位慣喝啤酒的中年人。但是他的精神非常好，工作效率非常高，那天，他自己就親自率機群去轟炸，聽說他歷來常常如此。

還有中國方面的張副隊長，是一位熱情流露在外面的東北青年，他曾親自駕車邀我們參加慶祝會，並且一塊去找新六軍商借軍樂隊和向汽車兵團請業餘劇團參加表演。所以我們好像很熟，眞想不到這次一晤面，我們就生出了這麼多事。當時他又替我介紹他們隊裏的作戰參謀崔上尉，崔上尉是八一四以來的老將，他和我們談淞滬和武漢時代的古戰場，以及後來在成都駕轟炸機逃警報的險遇，他又感慨的說，他們在陸軍裏的同學，都當少將了。我們很同情的說，我們覺得你現在的地位比陸軍少將好。

在他們的餐廳裏我們還認識了美國方面的作戰參謀（他們叫做OPERATION OFFICER）西格菲司上尉，這是一位淺褐色頭髮，淡藍眼睛的小孩（大概二十二、三歲），他不大說話，但是他的精力到處想找地方發洩，看著他靜靜的坐在那兒，可以窺見他的內心正在想著甚麼激動的玩意。後來我們聽到人家說：他是十四航空隊裏的出色人物，他有炸沉敵人十四條艦艇的紀錄。但是看他的樣子不過是一個帶稚氣的青年，頂多不過是一個棒球選手而已。

九點鐘左右，他們集合升旗，甚麼東西都是雙份：中國國旗，美國國旗，中國空軍旗，美國空軍旗，中國隊長和隊員，美國隊長和隊員，中國和美國軍士，躋躋蹌蹌，站滿了一大坪。所不同的，我們有兩位將官率領著我們觀禮，他們沒有；他們找來了幾位美國飛行護士小姐，我們這邊沒有。

升完旗之後就舉行紀念儀式，這種儀式單調而冗長，完全中國式的。一下稍息，一下立正，美國帶隊官不懂這些禮節，就只好看著中國隊的値星官動作，有時候也不免做錯，而適得其反。太陽越曬越厲害，演講的越來越多，美國朋友們聽不懂，也耐不慣，有些頑皮一點的軍士就慢慢的，很自然的坐在地上了，還有些也不報告，就逕自走了。這裏可以看出中國人的刻板嚴厲和美國人的活潑隨便。我不在這裏討論那一個好；我只記得去年，我們在德里參加聯合國日的時候，全典禮只有國旗，軍樂隊，五光十色的制服和輕快的縱隊行進，沒有一個人演講。我覺得，我們國際性質的集會裏所有的儀式還是輕快一點的好，就是純粹中國人的集會裏，最好也弄得簡單一點，請演講的時候尤其不要把所有有地位的人都拖出來應酬一下，因爲在台底下肅立聽幾小時的味道實在不好受。

好容易典禮完畢，我們回到餐廳，崔參謀告訴我，他們今天下午還有任務，恐怕要派飛機出去轟炸。很早以前我就希望有機會隨機觀戰一次，因爲地面戰鬥我已經看得夠了，總不能脫離那一範疇。空戰，轟炸，這是多麼有刺激性的節目！五千呎的靈感，高速度裏的偶然性，簡直要使我們心醉！恐怕那天是中國空軍節，他們對於觀戰的座席特別慷慨吧。我們和崔，西格菲司商量，西格菲司去請示，回頭他告訴我們，陸軍方面的同事們如果想去觀戰，你們可以去五個。他還把左手五個指頭伸出來，用中國話講：「五個！」那一下使我們高興得幾乎跳起來！

朱和小鍾還在帳幕裏休息，我跑去大驚小怪的告訴他們：「喂，他們去轟炸，我們可以坐他們的飛機去，還有座位，你們去不去？」

他們當然說去，我們六隻脚板劈劈頗頗的跑回餐廳，馬上跑去報名。五個人已經足數了。第一個是呂德潤，那時候他還在軍部兼祕書，他比我們先來一天，到此的目的就是隨機出征。此外就是我們三個和凌課長。凌課長天性好動，好奇心比任何人大。據說在雷多的時候，無論是誰的車子，也不管開到哪裏去，只要給他碰到了，他總要跟著去，這次，他更沒有不去的道理。

西格菲司一定也很贊成我們這種莽撞，但是他笑著說：

「你們四個人可以隨著編隊參加中空轟炸，一個參加低空轟炸……。」

他的話沒有說完，凌課長搶著說：「那麼我參加低空轟炸。」

西格菲司接著說：「低空轟炸是去破壞臘戍附近的一座橋樑，炸完就走，非常危險……」但是凌課長接著：「Me——Low——Altitude」。

我想和他妥協：「課長，西格菲司上尉講低空轟炸很危險，你是一個課長，出了事不大好，並且，我這裏有照相機，讓我去算了吧，拍幾張照片回來大家看看……」

但是他一乾二脆的堅持著：「我去低空。」

我眞後悔在雷多的時候不該把空軍節的消息告訴他，假使在平時，我一定要和他爭執辯論一番。但是現在許多人面前，他是中校，我只有尊重他的意見。於是他一個人參加低空轟炸，我們大夥參加中空轟炸，事情就是這樣決定了。

指揮車停在餐廳外面，他們說吃完就出發，並且要快，所以我們那一頓午餐，極盡狼吞虎嚥的能事。這一次轟炸要飛行三個多鐘頭，我不知道是多吃東西還是不吃東西好。加以沒有參加低空俯衝轟炸的機會，多少有些不快，那一頓飯更吃得莫名其妙了。

剛出飯廳，看到凌，朱，鍾，每人借了一件飛行員的皮夾克，我也不知道是哪裏借來的，倉卒之間，我也借了一件毛繩衣，加上我自己的毛繩衣，想總也可以對付了。後來我才知道完全用不著，這三小時內，我們連穿一件毛繩衣的需要都沒有。在野人山一帶飛行時，我們坐上C47也飛一萬三四千呎，那天我們最高卻只飛到一萬二千多呎，有許多飛行員始終穿著一件薄薄的白背心，就像在雷多區開卡車一樣。

現在，我寫這篇紀錄的時候，雖然事隔多月，一切印象如在昨日。我記著人員坐滿了小指揮車，大卡車小卡車的簇擁到司令台下，有的攀在車沿上，有的坐在引擎蓋上，和電影裏看到的毫無二致。下車到佈告處，每一組飛行員，航向員，通訊士和射擊士的姓名已經用打字機打好釘在佈告板上（都是用羅馬拼音），連我們觀戰人員也在內。我趕緊找人介紹認識我那一組的飛行員，名單上寫的K.L. CHANG，後來我才知道他叫做張廣祿，我又趕快記住他的面孔，是一位眼睛眶很深，頭髮墨黑的青年。那時候大家聚散在走廊上，我隨時注意著張的行蹤，恐怕一下出發找不到人，把我遺忘掉了。

那天九架飛機參加中空轟炸，轟炸的目標是MOHNYIN村內敵人的倉庫和軍事設備。那時候中英部隊正沿著鐵道線前進，MOHNYIN是敵後三十五哩的一個重要補給站。九架飛機內，有三架是美國人駕駛，其餘都是中國人員。我再看名單：小鍾排在美籍人員的飛機內，我們四個人外，臨時又參加了兩個觀戰者，這是特別黨部的鄒幹事和新聞記者樂恕人君，西格菲司用鉛筆替他們添上去了。小朱由一架飛機換到另一架飛機上，理由是：他高興坐在他老同學飛的飛機上，西格菲司也用鉛筆替他改了。

我只知道他由一架飛機換在另一架飛機上，殊不知他由我們這個編隊換到旁的編隊！當初派遣轟炸臘戍鐵橋的時候，決定只有西格菲司上尉單機去，所以也只有凌課長一個人去觀戰。到午餐之後，我不知道他們決定再加派一架，正好由朱的同學駕駛，這一更換，朱也跟著到臘戍去了。在那一陣更改的混亂裏他們沒有告訴我。事後朱說，他自己到上飛機之前也不知道是低空炸臘戍鐵橋，現在，我想他是知道的，他的同學一定和他說過。大概是遠征臘戍，又是俯衝轟炸，他恐怕好機會給人家競爭去了，所以只說換一個座位，就悄悄跑到兩架編隊裏去了。我一直到轟炸歸來吃晚飯的時候才知道這回事，當時後悔得要擂自己一頓。我想：我首先發起參加空軍節，又首先提議坐轟炸機觀戰，現在頭等座位一個也給人家坐去了，兩個也給人家佔去了。到後來幾天，我才知道他們坐頭等座席可增加了不少的麻煩。

我那樣想看俯衝轟炸，因爲我看過一套富於刺激性的照片，影寫著一架俯衝轟炸機接近目標的情景，各影片的距離是兩千呎，八百呎，四百呎和兩百呎，但是從俯衝投彈到拉高，不是照片、電影或者文字所可以表露的，像很多類似的場合一樣，眞實要體味到這種動作的經過只能憑感覺。所以，從上車到出發我還苦苦央求凌課長和我換一換座位，一方面他不會答應，我也知道這種央求爲徒勞。

位次組別排好，到地圖室裏聽美國隊長講解任務。這一間房子，有黑板，有講台，有一排排的座位，和滿壁琳瑯的航空照像，和我們常見的教室沒有兩樣。美國隊長當講師，旁邊還有一位翻譯官當通譯。大概這種任務他們是常去的吧，所以沒有多少可以再講的。我只記得他規定投彈時飛行高度是五千呎，進入目標時角度爲一百多少度，甚麼情況解散隊形，甚麼時候集合，我又記著他叮嚀如果有敵機攔截一定要記住飛機的式樣或種型等等。

我們眞的出發了，崔參謀領我們到降落傘室領了坐式傘和錢袋。這錢袋裏面密密的縫著九十六個銀幣。在緬甸，鹽糖、布、線、鴉片和硬幣是可以收買人心的東西，也只有這幾樣東西引得起土人的興趣，我們學著他們把錢袋繫在腰上，多少有點好玩的心理，假使我們眞被擊落，像半個月前他們隊裏的一組人那樣，爬山涉水的逃命回來，這九十六個盧比就是我們的旅費。

於是我們再爬上卡車，各就各位的到停飛機的掩體裏去了。卡車經過一飛機的位置，坐在頂上的人大聲叫著飛機的號碼，車子停一停，這一組人跳下車來；到另一架飛機，又一組人下來；到第三次是我們這一組，航向員劉，射擊士馬，都相繼跳下來，我跳下來的時候，他們幫我接住降落傘，這時候我看到飛行員張，通信士，和另外一位射擊士也從另外一輛車上下來。

一架B—25張開肚子伸著三隻脚停在那裏，地上都是敷著鑿孔的鋼板。這種B—25，初看上去是很不順眼的，引擎比翅膀還要長，頭大身體瘦，滿身槍礮林立，後面還是雙尾舵。但是，牠是世界上最好的中型轟炸機之一，第一次轟炸東京就是它幹出來的。它要飛上雲天的時候，才特別有一種美感。這時候劉又告訴我：它現在還在一天天的改良，它們姊妹的名稱有，B25A，B25B，B25C，……B25E，又還有B25E1，B25E2……新型的一架架比老型的好。你看過勞森上尉著的東京上空三十秒沒有？比如說：他的B25上面就有副駕駛手，我們的沒有。

張和他的三位軍士在摘炸彈上的保險絲，我也彎腰跑到炸彈下一看。怪不得他們摘了那麼久還沒有摘完！他們替飛機掛了這麼多炸彈！不過我又感覺懷疑：都是這種輕迫擊礮彈大小的傢伙，用到敵後去轟炸到底有沒有價值？後來再想：緬北的目標多半是沒有多少抗力的村落，有這種炸彈的殺傷力和破壞力也就夠了，他們的選擇是不會錯的。

飛機場上遍處引擎響，友機一架一架的起飛了。張廣祿催著他們：「快一點，他們都起飛了。」但是只怪炸彈太多了，摘保險絲也不是一件容易的工作。

在那九架飛機裏，我們大概是第八架起飛的。我跟著他們從機腹的小門裏爬進去的時候，感覺得一切都新奇。在機頭部這間小艙裏，有飛行員、航向員和礮塔上的射擊士。機腹的通信士和尾部射擊士另外有一間小門在後面。假使不怕麻煩的話，前後的小艙裏也可以爬行。當然，設計這種飛機的工程師沒有打算還有一個人觀戰，所以我沒有固定的坐席和無線電耳機。我把幾具降落傘在張和劉的正後方搭成一個舒服的沙發，把毛繩衣墊襯著凹處。座位剛弄好，張已經把飛機滾到跑道上。沒有多少時候就起飛。他們機內人員沒有甚麼通話，司令台上怎麼叫張起飛我聽不到。我那時候注意到的：這種飛機起飛比運輸機簡便，調整旋率就很快；他們說，轟炸飛機的跑道比運輸機要長，但是我看他們只在跑道三分之二的地方就升空了。

現在我想：我們同來的伙伴們都已升空，馬上就要編隊了。飛機繼續爬高，向左轉，又繼續爬高，劉已經把起落輪收進了機腹。向上一看，藍天如碧，氣候眞是再好沒有。我們左邊有兩架，右邊還有四五架友機，我們的飛機趕上左邊的一分隊裏去，好，已經趕上了，這一分隊的機長是美國飛行員，他的飛機上塗著美國標幟。這兩架僚機卻漆著青天白日的國徽，尾舵上也保持著中國空軍慣用的藍白條。但是每架飛機的鼻子上卻都塗著他們這一隊共同的隊標——一條龍跳起來向著旭日。這就是中美空軍混合團，我想平常人家說與盟友並肩作戰，沒有一個單位再比他們確切了。

那位美國隊長，那麼胖的身材，那麼莊嚴的面目，也親自駕著一架飛機向敵陣飛去，令人有滑

▷停放在機場上的C46運輸機(1944·9·30)

▷談笑中的中、美籍軍官，1944年10月1日攝於密支那。

△中印公路是二次大戰中國內地最重要的生命線之一，通車於1944年底(1944・12・28)

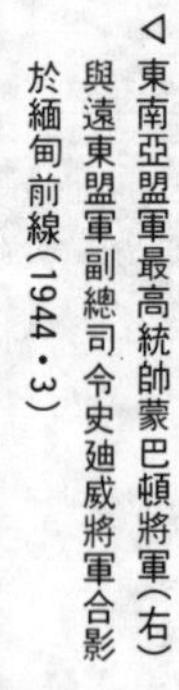

◁東南亞盟軍最高統帥蒙巴頓將軍(右)與遠東盟軍副總司令史廸威將軍合影於緬甸前線(1944・3)

稽之感。又轉了一個圈，飛機更升高了，看到下面的帳幕只有一塊橡皮那麼大。九架飛機都到齊了，開始振翼向東而去。但是各分隊還是自己爲單位飛著，分隊間的距離起碼有好幾千碼。

張廣祿望著他的長機飛，他的工作很麻煩，有好幾十個儀表要看，又有這麼多操縱具，頭還要向左扭著，以便和長機保持間隔和距離。長機隔我們眞近，尾塔上的槍手看得淸淸楚楚，要是我認識他的話我一定可以和他打招呼或者做鬼臉。張廣祿的頸力眞強，我要像他那樣把頭扭上幾個鐘頭，恐怕以後一輩子都擺不正了。

底下巴馬布特河在望，公路上各城鎭像一幅地圖樣的擺在那裏。在這種編隊飛行裏面航向員比較閒，劉就和我寫出飛過每一村落的名稱。他有一大幅航空圖，和一隻膠質角度板，手裏還有一枝鉛筆，因爲他們航向員隨時都要準備用數學。機頂槍塔射擊手馬應龍老是旋轉他的坐椅，在沒有飛出印度以前，對於敵機倒用不著那樣顧慮，但是也要防備萬一。況且他的膠質槍塔上沒有遮陽板，現在太陽曬得正厲害，所以他口裏的口香糖嚼個不停，坐著的轉椅也旋轉不停了。

里多區和附近那些空軍基地，都一飛就過去了，現在我們在山上飛，高度雖然增加，但是並不冷。我覺得轟炸機比運輸機還要平穩，速率快了好多，這是感覺得到的。飛上野人山的時候，三個分隊稍微密集一點，但是還沒有像飛機與飛機間編隊的那樣密集。並且右邊那個分隊就顯然要比我們飛得高。

到孟拱以後我們飛低了點。這片天空，連一點雲彩都沒有。下邊的鐵道線，右邊的英道吉湖，

以及鐵道兩邊的山，與地圖沒有兩樣。我們的隊形更要密集了，並且沿著鐵道線飛。我們就是這樣進入敵人的上空！恐怕我們這樣大模大樣一來，敵人已經在MOHNYIN放警報了。我回想這幾年來，我們到處躲警報，到處都碰到敵人的飛機嗡哎嗡哎呼嘯著從天邊出現，提心吊膽的看著他們投炸彈，現在易地而處，倒也大快人心！我雖然不是空軍人員，瞧著張廣祿他們在這裏造一點禍害也可以平一平我們的氣。我希望敵人的戰鬥機出現，我記著張副隊長講的，我們九架對他們九架毫無問題。這十五挺槍礮發射起來不知道是怎樣景況，突然敵人的機關槍穿進機腹可又怎樣驚心動魄！我希望他們幹一場，但是我希望他們不要把飛機給打掉下去了。我也希望看一看敵人的高射礮，但是又覺得不大好，我們隊形這樣密集，高度又不到兩千碼，高射礮打來一定有損傷……。

我正在胡思亂想，航向員劉遞過來一張紙條：「進入敵境。」

這時候身體的反應和在地面進入敵人機關槍射程內是一樣的，心跳加快；各種印象雖然一樣清晰，但是好像在腦部升高了一點；這時候自己講的話音調和語氣縱然和平常一樣（別人可以聽不出破綻），但是自己聽去覺得不馴熟。假使你對「預期的突然的不幸」想像得更多一點，你會露出馬脚，而會被人稱爲懦夫。事後想去，這種情景是很可笑，有趣，而且願意再度嘗試的。在飛機裏面所不一樣的：是機械與槍礮上的操縱要求一點思考，不能將全部腦力任直覺發展，空軍人員，心理上與生理上也經過一番選拔；引擎的響聲多少也給人一種安慰。

張廣祿仍舊扭著頸子飛，馬應龍的槍塔仍舊在左右搖擺，我們可以看到戰線的痕跡了。在這走廊內，有一條鐵路，有一條和鐵路平行的公路，此外，交錯著一簇簇的叢林和一片片的開闊地。剛才我們過來的時候，那一截公路上車輛還是很多的，現在這邊一點活動的痕跡也沒有了。我們看到叢林裏突然出現的煙霧一閃，那是我們的礮兵在射擊（那幾天，新一軍的礮兵正在英軍步兵後面協同作戰），我盡眼力瞧去，希望看到下面的步兵勇士，但是沒有看到。再飛過去一點，看到一簇樹林正在燃燒，火焰很猛烈，連綠色的樹葉都燃著了，豎起來的煙柱有兩百碼高。我用右邊的友機做陪襯，對著這叢林烈焰和默默的鐵道拍了一張照片，但是距離太遠了，又沒有濾色鏡頭，後來沖曬出來看不出甚麼。

又再飛過去了一點，隊形更密集了。我再看下面，這附近有很多村落和林空，但是沒有一個地方不是重重疊疊的掉遍了彈痕，他們對這些地方可眞費了一點勁！

太陽還是那樣出得神氣，天上還是一點雲彩也沒有，向南藍天半壁，那裏有敵機的影子？今天的空襲大概是很平淡的。

「HOPIN」，劉用鉛筆在他的紙上畫著，並且要我看那下面的村子，這是一堆竹房子，當中夾著幾棟漂亮一點的房子，統統炸壞了。我點了一點頭。

「MOHNYIN」，劉又寫好了，老遠就用指頭指在機窗上要我看，他的指頭一直擺在機窗上擺了好久，我知道他的心神一定被目標吸引了。

等到我們可以比較詳細的看到MOHNYIN，長機的炸彈門已經打開了。我們對著一座白色的小塔直飛。現在可以看得更清楚了：房子很多，有幾座比較新式的建築，還可以看得清黃色的圍牆。就在這時候，長機裏掉下了三顆，四顆炸彈（我的注意力完全集中在長機上去了，劉和張在那邊做了些甚麼動作我不知道），一下炸彈脫逸了我們的視線，底下圍牆內外煙灰突湧出來了。我記得很清楚，我聽不到爆炸音響，但是小鍾以後堅持著他聽到，或者他是對的，因爲他坐在機腹的槍座附近。

沒有幾秒鐘，隊形已經飛過了MOHNYIN，飛機還是向南飛，又飛了幾秒鐘，整個隊形向右大轉彎，因爲我們是左翼分隊，各個飛機的動作都看得淸淸楚楚，那一下眞好玩。隊形向西，向西北，折轉向東北，難道丟了這幾個炸彈就回去了嗎？不，劉在紙上回答我，「還要再來一次。」不過這一旋迴轉動得眞大，幾乎又跑到孟拱和英道吉湖上面來了。隊形還在大轉彎，於是，太陽又在右前方，我們再沿著鐵道線向西南飛。

劉再寫了一個駭人聽聞的紙條給我：「敵人高射機關槍向我猛烈射擊。」因爲我們在機頭部，只能看到正前方的下空，那裏一點動靜也沒有。此外也看不到聽不到甚麼，所以我幾乎不相信；我在劉的紙條上添了兩個字「現在？」他肯定的點了點頭。一直到後來回到基地，我才知道敵人的一顆槍彈居然射中了我們一架飛機，幸而沒有傷人，只在尾部槍塔的透明膠片上劃開了一塊。——敵人的前置瞄準量計算得太少了；假使他們能夠把這點也修正，集束彈道釘死了我們的隊形，恐怕會有幾個人不能安全回來。當時我沒有耳機，不是劉告訴我，我根本不知道這回事。小鍾坐在機腹上，他們能夠看到曳光彈向飛機上鑽，不由得把頭部後縮。

我們又到了目標上空，剛才投的炸彈還有三個火柱在燃燒著。

我突然想起：我忘卻了一件大事。我們飛機上沒有投彈瞄準器，我們依著長機的指示投彈；但是我們的投彈器在那裏？我再寫著問劉。他回答我：「看飛行員左手的大拇指。」我一眼看去，張廣祿的左手在操縱桿上的方向盤上，這種方向盤和汽車上的不同，只有半個圓周，上面有槍礮的捺鈕。在半圓左邊的末端上有一頭漆著紅色，只要用大拇指在這紅色上按幾下包管有幾個敵人在下面倒楣。

炸彈門早已打開，第二次投彈開始了。長機投出來的炸彈到處都是，一下甩了一大把，張廣祿也開始捺著紅捺鈕。這種輕彈投出來沒有電影裏所拍攝的好看，不能夠像中型彈一樣一個個很整齊，很均勻的在空中排成一把梳子才開始下墜。他們一出彈庫，就縱橫都有，前面飛機投下來的好像要碰在後面飛機上，突然鑽下去變得看不見了，然後那黃色圍牆內外又突起了煙柱，灰土，與火花。在陰處著發的炸彈還能看到火花一閃。

張繼續捺著，把飛機上七十幾個炸彈都投完了，開始跟著隊形再來一個向右大轉彎，這次眞的回去了。

這三點多鐘的飛行，興奮與好奇的滿足可以抵銷疲乏而有餘。回到基地，大家跑到中槍的飛機附近去觀光，那位槍手，剛從千鈞一髮的機會裏死裏逃生，現在很神氣的和人家談著當時的奇蹟。這一切和我們在四月中參觀戰車部隊的戰鬥一樣，恐怕技術兵種的快樂也就在這裏。

呂德潤說有一點，但是只有一點點頭暈。小鍾提議我們司令部觀戰的人員照一張照片，我說：「等小朱他們下來再照吧。」我們這時候才發覺小朱已經瞞著我們到臘戍去了。

他們由西格菲司領隊，西格非司飛行，張副隊長擔任航向，還有三個美籍員兵在一架飛機上，凌課長就在他們機上觀戰。朱參謀坐在他的老同學的飛機上，他們一飛機都是中國人。

他們本來和我們一樣，準備吃過飯就出發。不知如何油彈員把炸彈掛錯了，統統掛的小炸彈，但是他們的目標是鋼骨水泥的鐵橋。他們只好換炸彈，每個飛機掛了六個五百磅的大傢伙，所以到兩點鐘才起飛。

本來，我們希望他們在日沒之前回來，他們沒有回來；我們想等他們吃晚飯，吃晚飯的時候也沒有回來。空軍節的節目還是照常舉行，他們全隊的中美官兵在一塊聚餐，餐後汽車兵團的劇團表演平劇。他們隊裏的人都很自信，認為不會出甚麼事。他們說：「或者油不夠，他們降落在旁的機場去了。」

「假使那樣，會不會有消息通知這裏？」

「我想會有的。」

到七點半，就是降落別處，他們也應該加著油飛回來了。我們總覺得不大妥當，在會場裏臉上發熱，我和鍾從劇場裏退出來，坐在草地上看著滿天星斗，空氣新鮮，涼風四起，不時有飛機來去。我們沒有說話，默默的聽著引擎聲響，但是只有失望，這時候掛著紅燈來去的都是運輸機，並且沒有一架在這個機場降落。

劇場裏的鑼鼓聲不絕，到九點鐘，我們相信他們不會回來了。在脫衣服睡覺之前，我們腦子內幻想出一幅飛機觸山著火的圖畫。

到第二天，消息杳然；第三天，消息也杳然。他們的行蹤，永遠是一個謎。被敵機擊落螺旋下墜了？我想像著尾旋以前，沒有失去知覺的一秒鐘心內是如何震駭！在黑夜裏觸山？那幅可怕的圖畫又浮現在眼前。他們還有一線希望——被迫降落，但是公算是非常少。還有一種可能我們不堪想，被俘，我們假定他們是不會被俘的。

我們的公報已經宣佈八月十四日轟炸緬北軍事目標，兩架飛機失蹤；但是敵人的廣播裏並沒有說擊落我機。失蹤！他們很正常的很平靜的和我們一塊吃午飯，吃過午飯就是這樣一去不復返嗎？盛書記長說：「我們想到張副隊長，印象是如何的深刻……」他們說，空軍方面已經去信通知失蹤人員的家屬。我們又想到凌和朱，崔參謀很惋痛的說：「這次對你們陸軍方面的兩位同志眞抱歉。」

冒著大雨回營區的時候我在胡思亂想：空軍的生活像一團夢，軍人的生活像一團夢，整個人生的生命又何嘗不像一團夢！這時候鍾的看法比我堅強，他說：「他們不是每天都在這種機會裏來去嗎？這算甚麼！我們沒有後悔，如果還有俯衝轟炸的機會我們還是要去。」

一到營區，凡是參加轟炸的人都受到申斥與責難。我和小鍾所受的尤其空前，我又比小鍾受得厲害。

我們在司令部的餐桌上談著他們的生死，大家把他們生還的可能性漸次核減，後來的結論：只有百分之一的希望。但是怎麼會兩架飛機同時不回來呢？怎麼敵人不廣播呢？這是不可解的謎。這團疑問到兩個禮拜之後才得到解答：凌課長從昆明拍回了一個電報，他說：他們的轟炸是「功成機燬」，朱參謀一行，被迫降落在怒江西岸的敵後，他跳傘降落在雲南景東縣境，跋涉才到昆明。最後，他說在候飛機再來印度。

五天之後他果然回來了。深夜，我們聽他講故事。他們兩架飛機很平穩的飛到臘戌，根本就沒有敵機的影子。到臘戌以北，看到公路上有敵人的卡車行駛，西格菲司點了一點頭，就俯衝下去對著他們掃射，可以看到車子停了，引擎冒煙，兩三個人從車上跳下來四散逃命。

他們又繼續南飛，在臘戍北兩哩找到了他們的目標。這橋是鋼骨水泥造的，大概有二百碼長。仔細一看，不只一座橋，旁邊還有一座木製便橋。兩架飛機就依次俯衝下去投彈，一直離地面只有四百呎。每次投兩個炸彈，在第一次投彈的時候，只炸中了鋼橋一端靠橋礎附近的岸邊。第二次投彈的時候，感覺得炸中了，並且感覺到高射機關槍對著飛機直射（飛機大概就是這時候負傷的），西格菲司已經又把飛機拉起了。再旋一個圈，看到後面一架飛機正在俯衝，下面塵土煙硝和水花四濺，鋼橋已經炸得不知去向了。第三次他們結束了木製便橋。但是，不幸的是，他們每次旋迴和俯衝都在同一的空間，所以給高射部隊算中了，兩架飛機都負了傷，飛機上的人並不知道。他們又在敵人的一座司令部內外掃射了一頓，（西格菲司每次回家總剩不了甚麼彈藥），才開始向印度回航。

向西北飛了十分鐘，朱參謀那架飛機飛不動了。西格菲司繞了一個圈回去，知道他們飛機受了傷，就給信號給他們，並且決定不回印度去了，折轉東面向雲南境內飛。那架飛機居然也跟上來了，沒有五分鐘，又落伍掉在後面。西格菲司再回去，他們大吃一驚！落伍的飛機已經在一塊林空上強迫降落了。這時候沒有辦法，只好低飛向樹林裏掃射了一陣，掩護他們著陸。暮色蒼茫裏，看到他們幾個人跑出飛機，匆匆向林內藏匿。這時候西格菲司的汽油也不多，天又快黑了，只好單機向雲南飛去。

過了怒江，他們的飛機也發生故障，螺旋槳軸沙沙作響，汽油不夠了，飛機場還不知道在那裏，最後決定跳傘。在黑夜裏，西格菲司將飛機旋回著，使跳傘後彼此的距離在一個圓周上，不致彼此太遠。射擊士首先跳，飛機上有這種緊急門閂，拔開的時候連門帶梯子都一塊掉下去，但是那天拔開了門還不掉，射擊士就站在門上一跳，連人帶門掉在無邊的黑暗裏去了。

現在輪到凌課長跳，他敍述當天的情景時，特別指著我說：「哼，你還要我不去，讓你去，恐怕你去了也要大傷腦筋。」

他鼓起滿腔勇氣才跳出去，按照規定默數了四記才拉傘，在半空裏盪了幾分鐘秋千，口裏的水突湧出來，看到下面一片漆黑，疏疏落落的幾點燈火，還不知道是否敵境，又不知道地面情形如何，不覺得心頭冷戰。他暈過去了，不知道甚麼時候，「撲通」倒在大地上。他腰部負傷，幸虧不重，當晚裹著降落傘在山上睡了一夜；第二天在山上亂跑了一天，到日暮才知道到了雲南景東縣。又經過一天才被村民帶到一個小村落，三四天後，西格菲司、張副隊長和幾個軍士也都一個個被引到那裏。大家都是第一次跳傘，差不多都是很輕的跌傷。

他說：朱參謀不久也要跑回來的。

朱參謀也跑回來了，他的精神特別好，帶回來的是腰部一枝左輪，和一股眉飛色舞的神氣活現。敍述炸橋的時候，他們埋怨西格菲司。他學著他同學講的：「西格菲司不知道厲害，一出任務，到了目標上空就捨不得回來。」不過在投彈掃射的時候，他們並沒有這樣感覺，只認爲很好玩。就在那幾分鐘內，他們的飛機吃了虧，自已還不知道。所以他們又繼續掃射了好久，還打算向印度飛。飛到臘戍西北二三十英哩的地方，左引擎的滑油管漏油，尾座槍手爬到前面通知他們，他們已經知道了。這下子惟一的辦法是關閉左引擎，因爲繼續再飛下去，飛機會著火燃燒。這時候因爲操縱得很好，飛機還很平穩，所不幸的，因爲馬力打了一個對折，飛機不能升高，而前面正是幾千呎的高山。

他們開始丟東西，沒有用完的槍彈礮彈，都丟下去了，無線電機也拆下破壞甩掉了，還是徒然，他們減少的重量有限，而飛機機械能力的損失太大。

西格菲司飛回來，作信號叫同伴向中國方向飛，他們也希望折向東飛之後，或許山要比較低一點；但是，不行，還是一座高山橫擋著去路，他們的飛機又掉下幾百呎，於是他們才決心強迫降落，地點在新維貴街附近，滇緬路以西的一片空曠地內。

剛一掉下來，差不多每個人的頭部，尤其牙齒和下兀都碰得流血。四面八方，也不知道是敵軍還是土民，一大堆人呼嘯著搶上來，而他們只有一枝手槍。幸虧西格菲司在上面一掃射，這些人逃的逃，躲的躲，才給他們一個出險的機會。

他們扯開了降落傘，裏面有一塊巧克力糖，幾把刀，釣魚鈎和繩子，綢製緬甸地圖，以及特種地形的求生須知的小册子（裏面有怎樣辨別花果的毒性，以及如何捕捉和燒烤猴子的方法）。從那天薄暮起，他們開始晝伏夜行。看地圖上，只要走兩天就可以過怒江（但是他們走了一個星期），所以他們決定安分守己的各人咬著降落傘內特別爲遇險設備的巧克力糖，不打算再麻煩緬甸土人，也免得人家再給他們麻煩。

那幾天晚上都下雨，他們沒有睡甚麼覺，也沒有穿過乾衣服。逢著有人住的地方就繞過去，遇著人的行蹤就躲起來。走了兩天，才脫離了人煙稠密的地區。

那一帶有很多樹林與荒山，他們拿著那本求生須知，上面畫著有毒無毒的野果，但是他們連一個有毒的果子也採不到，一隻鳥，一個猴子也沒有，釣魚嗎？他們只過了一道河，河上灘流湍急，沒有淹死已算萬幸，再不敢打旁的主意了。

到第四天，他們實在餓得忍不住了，跑到荒山上一個獨立的茅棚子裏面去行刼。但是結果又只有使他們失望；裏面只有一個老頭子，連話都不會講，甚麼都沒有，他們只好把老傢伙綁在柱上又逃。

到當天黃昏，他們潛伏在路旁茅草堆附近，準備獵取過路人的食品。看著一個人穿著青衣青褲走過來，他們準備掏出手槍，看著對方沒有敵意，才把槍放下。但是眞奇怪！這是一位雲南人！他們馬上跑上去，四面圍著他，自稱是游擊隊來打日本人的，現在錢很多，但是要弄一頓飯吃，當時就給了這位同胞五十個盧比，並且要他把飯送到河邊樹下。——他們指定了一棵樹。

那一點鐘等得眞心焦，肚子餓得發慌了，飲食的誘惑使他們不能不等著。萬一這位「同胞」出賣他們（緬北這一帶很多民族雜處，很多人會說一點雲南話），豈不是自投羅網？是他們太餓了，只好拿性命和這同胞的信用作一孤注的賭博。

賭博是勝利了，贏得的是一盆飯，一碗肉絲炒豆芽，一碟臭豆腐。他們馬上狼吞虎嚥，黑暗中，六個人用手在碗碟裏亂抓，掉在地上就連泥灰也吃掉了，我們的雲南同胞在旁邊看，他從來沒有瞧到如此吃飯的人！

這位同胞說出幾句話才使他們驚心動魄。他說：現在附近村子裏都很忙，日本人要他們捉六個人。

朱參謀馬上問：「怎麼要找六個人？」

「早天掉下來一把飛機，六個騎飛機的人。」

飛機的單位用「把」，坐飛機的動辭用「騎」，已經是聞所未聞。他們再瞧瞧自己，剛剛六個，每個人都穿著飛行皮夾克，不覺忍住了笑，朱參謀又問：

「那把飛機已經掉下來了，要捉這幾個騎飛機的人不是很容易嗎？」

答覆還是令人可笑，但是態度仍舊很誠懇：「那六個騎飛機的人一下來，另外來一把飛機打機關槍，後來又把他們接上天去了。日本人不信，還是要捉。他們說：中國飛機還要來，現在每家人出兩個人，抬木頭去堵住那塊空坪。」

現在我們猜想：朱和他們著陸的時候，土人已經看清楚六個人。後來西格菲司一掃射，土人跑散了，再去看：一把飛機還在，六個騎飛機的人已不知去向，所以說是給飛機帶跑了。

至於日本人，對於我們空運部隊的防備太敏銳了，他們在鐵道走廊，在密芝那吃過兩次虧，恐怕我們又在偵察敵後著陸的場所。後來空中照相證明：他們把朱參謀一行著陸的地方用木頭堵著，後來情報又說，敵人在那邊派了一千多兵守備。我們覺得這樣不壞，所以朱參謀的故事，到今天才能揭露。

當時他們對於這位同胞天乎天乎的談話，實在令人如在夢寐。但是這位同胞腦筋簡單嗎？不，他後來和幾位同伴，用了很多計謀，如聲東擊西等等，帶著我們六位騎飛機的官兵通過日軍三道步哨線，到怒江邊上。

他們騎（又是騎！）獨木舟渡過怒江，徒步到鎮康縣，一路有游擊隊協助。

一到昆明，朱說：「手槍眞有用！」他想法子弄到一枝左輪，現在掛在腰上。

起先，他們以爲西格菲司他們一定會安然飛返，並且可以把他們強迫降落的情形先告訴家裏的人，後來知道西格菲司自己也跳傘，大家不覺大笑。

我說：「當初我只差一點，要是我去參加俯衝轟炸，豈不是也可以回國一轉？」

小鍾說：「你這個人講話眞不應該。他們失蹤，你說你幸而沒有去；他們遇到好玩的事，你又……」

我承認我的想法有些不對，但是，許多機緣在我身後打轉，一念之差就有這麼大的出入，我不能對著這些微妙的機遇沒有好壞兩種幻想。我說：我的設想以我自己爲單位，沒有交錯著旁人的利害。我現在還是想：「假使凌課長讓我……假使朱參謀的座位給我先得到消息……」

我們的副參謀長集合大家說：「我們佩服他們的勇敢，但是不能再提倡……」

八月十四日的故事已經就此完了，不過，以後每年空軍節我們不會忘記這幕喜劇。

一九四五年二月二十一日補記，原載〈緬北之戰〉

「這種敵人」

/

那天，我去訪問陳鳴人團長

陳團長正在第三營曾營長的指揮所內打電話。

這指揮所距火線差不多一哩，雖然擺在乾溝裏面，但是地土乾燥，光線明朗；附近有許多圓葉樹，中間也夾雜著一束束的竹林。

敵人的礮兵還在胡鬧，有兩發礮彈在公路左側爆炸，塵土飛揚，橋壅裏崩下來一片碎土。陳團長說：「你看，敵人的礮兵還這樣的自在，你們的重礮快制壓他們！」

礮兵指揮組的一位官長問：「自動礮架上的火礮你希望怎樣使用呢，團長？」

曾營長建議：沿著公路兩側橫寬兩百碼縱長三百碼的地區來一個面積射；於是，關於礮兵火力就是這樣決定了。

這時候擔任礮空聯絡的 MAJ TABER 也搬到第三營的位置，TABER 是一位很年輕、很年輕的軍官，臉上一點皺紋也沒有，牙齒白皙得可愛，笑容常常露在面上。他搬來的通信器材，倒有一大堆：通各礮陣地的有線電話都是專機專線，還有一架無線電機，專門和礮兵飛機聯絡。我們看不到飛機，但是聽到樹頂上的引擎響，它正在敵陣上空畫8字。

一切環境是這麼熱鬧：就在不講話的時候，空中的電波也跑到無線電耳機裏面，發出一陣陣沙沙聲。並且敵人的幾門礮，還在搖頭擺尾的射擊，有幾發礮彈落到步兵第一線。

我們知道陳團長很高興。他說：「啊，今天砲兵倒非常賣力氣，這樣合作，倒是我作戰以來的第一次。這種敵人，只要兩翼一迂迴，正面加壓力……」但是曾營長接著第九連的電話，報告步兵的準備好了，只要等礮擊完了就可以開始攻擊，團長不由得看看左腕上的手錶：「喂，你們要快一點，一點只差五分了，到一點半之前我們要完成攻擊準備射擊。」

TABER還是笑著，一面加緊工作，爲了補助空中觀測的不足，他要求步兵礮的觀測員幫助他們：「假使你們把敵人礮位的概要位置——最好是一兩百碼以內的位置告訴我們，則飛機上的人員比較有把握一點——而且要快一點。」

他的要求馬上被接受了，曾營長打電話問前進觀測所。

前進觀測所和空中觀測的結論一樣：敵人的礮位在八一•二～八四•七，TABER把紅圖釘釘在這一點座標上，隨即通知礮陣地。經過試射以後，地面和空中所報告的誤差數還是很接近。指揮所裏的人很高興，認爲今天敵人一定要倒楣。陳團長正在脫身上的毛背心，也不由得說：

「這樣看來，我們的觀測員還不錯呀，別瞧他小孩子……」

2

效力射開始以後，曾營長到第一線去指揮。

緬北的晴意正濃，太陽曬得鋼盔發燙，一陣熱風，夾著灰沙吹在面上。我們經過一個小曲折，下坡，又循著公路上坡，一座三合土的橋樑被敵人爆破了，我們從左側小溝裏繞過去；附近有一匹死馬的屍體，這一帶有一陣怪臭，許多蒼蠅遇著有人經過的時候，撲著翅膀逃散，發出一片嗡嗡的聲音，怪臭隨著聲音更濃厚了。

我們的礮兵陣地發了狂，各式礮彈像蝗蟲樣的飛滿天空，這時候敵人的陣地成了維蘇威火山。但是敵人的礮彈也還繼續不斷的落在我們步兵第一線。

在這段彈道下走著並不很壞，許多灌木欣欣向榮，對著遍處煙硝，大有不在乎之感；這邊一片空曠地，那邊一座村落。回想去年這時候，我們還擠在大萊河畔的原始森林裏，一片鬱鬱蔥蔥展不開；可是今天，我們已經能在這柏油路上來去。一年了，這一年看來很短，但是事實上也很長，光說沿著公路五百多哩，那一段不是沾染著鮮血？公路左邊一塊水泥的字碑：

「臘戍——二十四哩；貴街——二十六哩」

曾營長指著道標，很高興的說：「到臘戍還有二十四哩。」

我知道他由拉家蘇山地轉戰到這裏，看到這樣的標誌，自然會充滿著滿腔慰快。可是，敵人如果沿著公路抵抗，我們在這二十四哩之內還免不了奮力一戰，結果免不了還有幾個人要在這裏死傷。也許報紙上只有一兩行很簡短的電訊很輕描淡寫的敍述一下；而他們……？我想：「他們」現在都還活著，都還以一股熱忱向這二十四哩邁進，並且，腦子裏連這樣不純淨的觀念也沒有……我再想：我一定要去看看「他們」。

傳令兵打斷了我的胡思亂想，他將我們引進左邊樹下，「就在這裏。」裏面是第九連呂連長（他是第三營副營長兼代連長）的指揮所，隔火線還有一百多碼。呂連長在向我們招呼：「快點進來，剛才礮彈破片還掉在這附近。」進去之後，我發覺他們的工事沒有掩蓋，仔細一看，根本不是工事，不知道從前誰在這裏掘開的一條深溝。這深溝裏面蹲滿了人，連第八連的潘連長也在內。

3

敵人的速射礮沿著公路來一個梯次射，我們坐在背包，躺靠著土溝的斜壁上聽著礮彈一聲聲爆炸。

曾營長給第八連一個任務：從現地出發，沿著山麓，繞公路以東，截斷八六線上的交通。潘連長用手指在地圖上按一線痕：「就在這座小橋邊，是不是？」

「對了，你們要注意公路南北的敵人同時向你們反撲。——可能的時候你們就破壞敵人的礮兵陣地。——你打算如何去法？」

潘連長的答覆是非常肯定的：「先去一排，主力保持四百碼的距離。等那排人到公路上站穩之後其餘的再上去。」

「那很好。到達之後，你派人回來引路，我給你們送彈藥上來。——你們多帶六〇礮彈和機槍彈。你還要甚麼不？」

「不要了。」說完了潘連長就帶著他的傳令兵走了。

深溝裏面，大家屏息著聽第九連火線排的進展。二十分鐘的礮擊已經完了，馬上步兵的近接戰就要開始。

好，步兵接觸了，首先打破靜寂的是敵人的一座重機關槍，這傢伙頗頗頗的連放了二十發，然後接著是兩顆槍榴彈爆炸，我們還躺在溝壁上，我們想像步兵班隔敵人最多不過兩百碼，我們的機關槍也在還擊了，好傢伙，他們每次只射擊兩發，相信今天的戰鬥雖不激烈，一定艱苦。

這時候火線排由胡國鈞排長率領著，胡排長負傷剛出院兩天，抱著復仇洩恨的心情，指揮著他這一排人向那沙村突進。那沙村沒有幾間房子，但是這一段公路開闊得很，正前方有一座高地瞰制著公路。他們只好折轉向左邊灌木叢裏前進；不料敵人也非常狡猾，他們把灌木叢的中心區燒完了，只剩著一座圓周，一到他們進入圓周裏面就開始射擊，側防機關槍非常厲害。

我跑出指揮所，臥倒在稜線附近，希望看到開闊地裏的戰鬥。正前方那座高地被破片和爆煙籠罩著，我覺得我替他命的名字不壞，雖然煙硝泥土對著晴光，色調不很鮮明，可是很像畫片裏的維蘇威。左面被前面另一條稜線遮住了，只能大概判別灌木叢的位置，那邊機關槍的旋律加快，還夾雜著幾發三八式的步槍。看不到一個戰鬥兵，只有鋼盔對著陽光一閃的時候，可以看到幾個人在運動——那是幾個不怕死的彈藥手。

回到連部，我們接到胡排長的報告：敵人的側防機關槍非常厲害，列兵王永泰陣亡，姚太周負傷，第六班的班長曾斌負傷，他們還要六〇迫擊礮彈，呂連長派人送上去了。

爲甚麼敵人這樣頑強？前面槍聲又加緊，頗頗頗頗一陣才放鬆。我們的礮兵第二度猛烈射擊，敵人的速射礮也加速還擊，這種速射礮火聲音和爆炸音連在一起，中間只有一段「唿——」，一段很短的彈頭波，聽起來有如「空——咵！」我們的弟兄們都稱之爲空咵礮，我們的連部已經在空咵礮的彈巢裏了。

▷ 砲擊密支那(1944・8・2)

▷ 向八莫進擊的部隊(1944・11・17)

◁在緬北被俘的日軍(1944・9・3)

◁在八莫附近被俘、會說英語的日本兵，他說：「44年7月4日才入伍……已經五天沒吃沒喝……」

呂連長剛打電話要兩副擔架上來，前面報告礮兵觀測所又有一位弟兄負傷，送彈藥的弟兄說，他連左踝脚骨後面一塊都打掉了。並且混亂之間偏偏多事：一位輕傷的弟兄自己下來，在小樹林裏面迷了路，半天也不見下來；還有衛生隊自己也有一位弟兄在後面公路上負傷。

4

等到姚太周和曾斌下來的時候，已經是三點十分。他們在前面等擔架等了很久，但是旁的人比他們傷還重，擔架都忙著，他們只好由送彈藥的弟兄扶著到連部。

曾斌一進來嘴裏就哼，他看著王永泰倒下去，他想把那支步槍檢回來，槍是檢回來了，但是他的左手掌也被敵彈打穿，紅腥腥的一團血肉模糊，上面雖然用綳帶綁著，血仍舊透過綳帶掉在地上。一位弟兄幫他撕開重新敷一層止血粉，我走上去綁緊他的手腕，我覺得替「他們」盡了一點力，心裏有說不出的快慰，但是他哭著嚷要水喝，我們不能給他喝，呂連長把他的水壺拿過去了：「你要喝等開刀以後才能喝。」

姚太周的傷也相當重，一顆子彈在腰部以上由右向左打一個對穿。他沒有哼，臉色也還保持著紅潤，人家把他塾著俯臥下去的時候，他痛得用力緊閉著他的眼睛，閉著了又慢慢打開，一連閉了好幾次；他額上的筋在顫動，倒底擔架再來了一次，把他們都接下去了。

胡排長的報告：敵人跑出工事向我們反撲，被我們打倒了好幾個，前面衝鋒槍在連放。右翼搜兵的報告：繞著右邊山地走，過五道水溝可以繞到村子裏，但是村子裏敵人多得很，敵人的戰車已經發動了。

敵人還要來一次反撲?大家覺得很奇怪，但是沒有一個人激動。曾營長叫第九連在現在的到達線趕緊構築工事，打電話叫第七連抽一排人上來，並且親自到公路上去配備火箭。

我跟著他到公路上，曾營長說:他的火箭排有三架戰車的記錄，所以我們對於敵人破爛裝甲兵，實在有充分的自信。最引人發笑的是:火箭排的班長一面掮著槍身進入陣地，一面還回過頭來和連部的一個傳令兵討論交易，傳令兵要班長買他的手錶，他要二百五十盾，但是火箭排的班長只肯出五盾……。

到四點左右，敵人的戰車還沒有上來，我們相信不會來了。一方面快要入暮，曾營長準備要部隊停止攻擊，候第八連的迂迴奏效以後再幹，我們同回到營指揮所，在蔭蔽處對著灰風飽餐了一頓。只有陳團長始終樂觀，他再和山上迂迴的部隊通了一次無線電話，知道各隊的進展順利，他還是堅持著那套理論:「對付這種敵人，只要兩翼迂迴，正面加壓力，敵人沒有不退的，恐怕今晚敵人還要反撲，但是明天早上就準退……今天MAJ TABER在這裏也很著急，他弄了半天，敵人的礮還在射擊，他覺得很難爲情。」不過TABER回去的時候他還是很謙遜的向他致謝:「今天你們礮兵已經盡了最大的努力，我很感謝，只是步兵太慚愧了，進展很少……」TABER也笑著:「團長，我們明天再幹。」

五點左右，壞消息來了:第八連潘連長的迂迴部隊和敵人的迂迴部隊遭遇，還傷了兩個人，看樣子敵人的企圖還很積極。這時候大家興奮的心上不免投上一重暗影，一位悲觀的軍官在自言自語:「我曉得我們團裏一定也要碰一次硬釘子，敵人一天打了四百多發礮彈，又是戰車，還來迂迴……」

5

第二天一早，我們開著指揮車再去拜訪陳團長。

一到昨天的揮指所，使我們大吃一驚，團長和營長都不在，營部副官正在督促著兵伕收拾家具，有兩部車子已經駛向前面，我記著車子是不准再向前去的。

這時候副官已經看透了我的驚訝，他跑過來和我打招呼，他說：「團長在前面，敵人已經退了。」

我簡直不相信我的耳朵，我記著敵人還在迂迴……

「前進了好遠呢？」

「部隊到了二十一哩的地方，還沒有和敵人接觸……」

我把車子駛到前面斷橋的位置，果然，工兵隊正在修築破橋。下去步行了一段，在前面三百碼的位置遇到了團長。我才知道昨晚和潘連長接觸的是敵人的一個小隊，潘連長帶著後面的兩排旋迴展開，敵人都跑了。公路正面的敵人也稍稍費了一點氣力，曾營長在淸晨三點鐘發動拂曉攻擊，敵人才狼狽後退。我又知道左右各部隊都有進展，團長的結論：「這種敵人，只要兩翼一迂迴，正面加壓力……。」他並且又解釋：情況混亂危險的時候，往往也是打開局面的候，所以他始終自信。

我們跟著部隊後面前進，前面一連四座橋，都給敵人爆破了，柏油路上，有兩處埋著一排排的地雷（已經給搜索隊挖出來了），還有一座橋下扔著三個地雷，連裝雷的木匣還在，再前進一段，看到無處不是我們礮彈破片，有大得像酒瓶的和小得像戒指上的鑽石的；有一片竹林，打得倒在一堆；在一處蘆草邊，就發現了四具屍體，陳團長說：「這樣礮擊他們倒底也吃不消……。」

△結束密支那之役，向下一個戰場推進的少年兵士(1944・9・12)

▽第39師所屬的少年兵士。

△12歲的少年兵士(1944・9・12)

▽全副武裝的少年兵，10歲，1944年12月5日攝於密支那。

在半路上我們遇到MAJ TABER，團長告訴他：部隊已經推進了，要他們礮兵陣地推進到那沙村附近吧，現在我們還沒有射擊目標，部隊還在行進；但是，在午後三時以前，你們空軍在八〇線以南能找到甚麼目標，比如敵人的礮兵進入陣地，你們儘管射擊。

沿途各部隊都在前進，通信兵連電話線都不夠了，後面一個兵推著兩捲線向前跑。

在芒里附近我們找到了曾營長，他領我們看敵人的礮陣地，四門山礮陣地附近都有彈痕，我們相信敵人的處境實在不堪設想。但是在一個掩蔽部內就有四十幾發彈藥筒，怪不得那天我們感到敵人的礮兵太猖狂了。

團長要曾營長先佔領了那座瞰制公路的高山，免得被敵人利用。曾營長說：「我已經派第七連去搜索去了，第九連我還是要他前進，到發現敵人爲止。」

6

在我寫完這幾行的時候，陳團長的部隊已經通過十五哩的路碑了，我想明天再去看看他。但是我一想到：「這種敵人——」他那樣充邁著自信的語氣，不覺得引起心頭微笑。

一九四五年三月一日，原載《緬北之戰》

新臘戌之役

三月七日早上，我坐戰車營趙營長的小指揮車到他們的宿營地。當時我並沒有隨同他們去作戰的企圖。

他們露營在南姚河的北岸。蘆草叢裏，縱橫擺著幾十部輕戰車和中戰車，礮塔上用紅白漆料塗著猙獰面目，裝甲車上楷字大書「先鋒」「掃蕩」和許多耀武揚威的字句，頂上天線桿掛著戰旗。挑戰的色彩多麼濃厚！這幾個月來，他們的戰鬥技術大有進步，而戰鬥精神，越來越近乎「猖獗」了。

孫明學連長和我們握手。這位連長，一口長沙語調，一副紅紅的面孔。昨天下午，他還在老臘戌和新臘戌之間縱橫馳突，入暮回來，馬上督導官兵擦拭槍礮，檢查機件，裝填油料，整備彈藥。昨天他自己的乘車被礮擊，無線電天線桿被打掉了，也不知道他用甚麼方法繼續指揮他的戰車群作戰。昨天晚上，他們全連官兵頂多不過在滿天星月和寒風冷露的草地上一躺，現在，他們又準備今天的戰鬥了。

昨晚，他們有兩部中戰車被擊傷：一〇一號的惰輪打扁了，三十四號的支重輪打掉了一個。兩部車子上的人員都在步兵線外徹夜（因爲天黑路遠，沒有其他方法）。現在他們派三部中戰車上去，一面帶給養和彈藥給他們，一面支援他們，還準備待機出擊。

我一看著礮塔上的槍礮就羨慕不已，於是我問孫說：「我也去一個！」他說：「好吧！」就叫一二八號的副駕駛手下來，這位副駕駛手，我眞對他不起，他滿不高興的怏怏將無線電耳機和發聲帶交給我，一個人跑到草堆裏去睡覺，我就拿著我的鋼盔、水壺和地圖爬進副駕駛手座位。趙營長臨時也想去一趟，他跑到十四號裏面去了。

我們三部戰車，十四號領先，十一號居中，我們在後面，排成一路縱隊前進。沿途的灰土大得不得了，戴上防風眼鏡還打不開眼睛，許多灰粒跑到鼻孔裏不僅使鼻管奇癢，還使喉管以上感到刺痛。我再把耳機掛上，聲音倒很清楚，裏面的聲音說：「十四號，十四號，我是十一號，我是十一號，你走錯了，你走錯了，你應當走右邊上渡口，你應當走右邊上渡口！」果然，我們繞到上游的渡河點時，繞得太多，後來在一處空地裏倒了一個頭才轉回來。

馬上有一個問題使我疑慮不已，他們的車子在右側方擺了一個汽油桶，完全暴露在外面，要是給敵人一礮打中了，我們豈不是自備火葬的燃料？到渡河口附近我們車子熄了火，我問駕駛手左伯春滅火機在那裏，他反問我爲甚麼要滅火機，我說恐怕綁在外面的五加侖油箱著火，他笑著：「呵，那不是汽油，那是給他們前面的人喝的開水。」他再把車子發動，我們在鐵橋附近渡過了南姚河。那時候我心情平靜。一面想：中戰車眞好，要比輕戰車少好多顛簸。

車子在一條牛車路的左右走著，我把地圖對照地形，知道我們的路線完全貼著臘戍以東的山麓。起先，我們距滇緬路一千五百碼，後來慢慢折向西南，隔公路愈加近了。這一片地區內，都是半遮蔽的灌木林，和完全暴露的耕地，中間有幾棵大樹，地圖上還有一根小黑線表示這裏有一條淺溝，但是事實上淺溝的寬度有十幾碼。我們曲折的走著，到老臘戍附近，才超越過這條淺溝。這時候我們在耳機裏聽到排長向孫連長報告：「我們過了第二道河，我們過了第二道河，到老臘戍了，到老臘戍了。」

老臘戍有很多房子，雖然給機關槍打了很多洞，但是還沒有完全破壞。附近有幾所房子，圍牆、園門、屋簷都是國內的式樣，旁邊也種著一叢叢的竹林，大有江南風味。昨天晚上，陳團長的第二營才攻到這裏，沿路我們看到幾個步兵踞在蘆草下的工事裏，他們的姿勢那麼低，我們就從側後方上來。不仔細看都不能發覺他們的位置。

後面自動礮架上的礮彈傾箱倒篋的在我們右側方爆炸，照地圖上看，都在新臘戍西北幾座高地上，恐怕今天曾長雲營長還有一場激戰。我們的前面卻還靜悄悄的沒有戰鬥。

繞過一個小村莊，看到三十四號，三十四號的人看到我們來了，都從車底下跑出來。十四號又用無線電指示：「留一個機工，留一個機工在這裏，分一半給養與水給他們，分一半給養與水給他們；你們快點跟我上來，快點跟我上來。」我們遵命照辦，這一次我更看清楚了，綁在前面的油箱裝著開水，不是汽油。

車子再繼續前進，十四號叫我們成梯隊，他自己在前面，我們在右後方，十一號在左後方。隊形隔公路只有二、三十碼，看到公路上有一座白塔，我們大家心裏明白：「脫離步兵線了。」我們三部戰車都沒有放掩蓋，爲了遮蔽敵眼，大家都鑽著灌木林前進。地面並不很平，我看到左伯春很吃力，隨時要搖動左右操縱桿，有時候還要用倒檔。車長孫鵬站在礮塔上指揮，惟恐車子掉在蘆草叢裏的深坑或者污泥地裏去了，有時候他很著急，就在無線電裏叫：「左伯春，向右，快向右一點！

快！右邊在那裏你都不知道！」

我也並不痛快，車子儘向灌木叢裏走，很多小樹枝都曬乾了，履帶一壓過去，樹尖變成了半寸長的木屑，一跳就跳到我衣領裏面。灰塵比我吸進去的氧氣還要多。又走了七八分鐘，才到一〇一號的停車位置。

一〇一號的附近比較開闊，我們開到附近，孫車長告訴我們，這蘆草邊再上去一千碼，就到了新臘戍。我想看看新臘戍，但是極力看去，只看到兩間草房子，看不到街道。

「敵人的礮來了！」

果然，彈頭波越來越近，四周空氣在一緊一鬆的在畫圈子，然後在我們一百碼後面突然爆炸。

「趕緊把車子隱蔽起來，敵人的觀測所就在山上！」

孫鵬、左伯春和我趕緊跳上車子，像松鼠一樣快，左伯春把車子一直開到灌木叢裏深進去二十碼，才把車子熄火。這時候我們又聽到敵人的彈道波在空中畫圈子，這次圈子畫得比較大，礮彈落得比較遠一點。

又有四、五發礮彈在我們後面好像我們越過那條淺溝的地方爆炸。但是他這一射擊，給我們聯絡機看到了，我們重礮馬上吐出一百磅左右的「大鐵筒」去制壓，我們聽到「大鐵筒」在臘戍後面的爆炸，眞是撼天動地。

趙營長在一〇一號車子附近。有兩部輕戰車早上出去偵察新臘戍的敵情，這時候到達這裏，他

們幾個人研究敵情去了。我們沒有事做，聽到敵礮被制壓了，膽子又大起來，慢慢跑到車上站在礮塔上，指手畫脚的看新臘戍。

我剛從蘆裏伸出頭來，看到山頂上的幾間房子，忽然覺得不對，敵人的彈頭波又來了。並且聽得非常清楚，正對著我們越來越近，彈著一定就在我們的位置，馬上要和地面接觸了，我直覺得今天可糟了，慌急之中我向副駕駛手的圓洞裏跳，我還只跳了一半，耳鼓裏來了一下開天闢地的大震動：「康！」接著是一陣轟轟轟的聲音，煙硝塞鼻。

這發礮彈掉在我們正前方二三十碼，幸虧前面是蘆草蓋著的深溝，我們叫這條深溝做救命溝，要不是它，我們現在最低限度是躺在醫院裏。

「敵人礮兵還有這樣的厲害呀？」我的頭上在跳洞的時候被掩蓋邊擦去了一線皮，我們不敢再伸頭看新臘戍了。

後來我們躺在戰車下面也不知道躺了好久，我們的戰車熄了火，但是無線電機是打開的，裏面在說話：

「長沙，北平，我是十一號，我是十一號，安平回來了，安平回來了。據華僑說、據華僑說：城裏的敵人不多，城裏的敵人不多，營長的意思，營長的意思，要華僑帶路，要華僑帶路，我們三個先去幹他，……」

「要我們三個去幹！」一陣興奮，大家又從車底下跑出來坐在地上。

△1945年1月25日在中、緬邊界畹町與南坎之間會師的新軍和雲南遠征軍，舉手回禮者右爲衛立煌將軍，左爲索爾登將軍，索氏旁邊即孫立人將軍。

▽中印公路上的中國運輸隊伍(1944・5・16)

△雲南騰越，一群中國軍民圍觀被擊斃在路上的日軍(1944・9・15)

△在薩爾溫江岸上高處觀察日本軍陣地的衛立煌將軍(中間側面立者，1944・6・4)

△投向臘戍的高爆彈。

可是，孫連長說：要我們等他一下，他十二點鐘自己來，並且準備把大小「家私」一起帶上來，要去大家一塊兒去。以後的無線電我沒有聽到，不知道是說街市上不宜擠多了戰車？還是機會不可錯過？到最後，孫連長依然同意我們「三個」先上去。孫鵬叫左伯春把戰車發動，又問我去不去，我答覆他當然去。於是，大家就位，戰車發動。先倒車到原來的地方，再成梯隊，向右轉，前進。趙營長派那擔任搜索的輕戰車到白塔附近去找步兵的排連長，把華僑的話告訴他，並且要他們協同動作。一五一號去了，他沒有找到他們的官長，他看到一班步兵，要這十幾個弟兄統統爬在車上就一起載了上來。

這班長是一個很古怪的傢伙。他說：他的排長已經帶著兩班人沿公路到街市上去了，他是援隊，本來要聽前面的記號才能上去，剛才排了兩次聯絡槍沒有聽到排長的回聲。現在既然如此，你們戰車繞街市的左邊前進，步兵當然靠右邊，反正是要上去的，現在沒有排長的記號，他也就不管了。「成散兵行！前進！」他帶著他的一班人沿公路向臘戍方向去了。

戰車梯隊向前又捲平了一堆灌木，才到通市區的大道。這是新臘戍的東北角，這些地方有很多飛機炸彈的彈痕，我們改成縱隊前進，並且在變換隊形的時候，我和左伯春放下了掩蓋。

潛望鏡裏又是人生難得看到的圖畫，轉過一個彎後，新臘戍突然整個擺在面前。沿著山谷都是五碼以上寬度的土路，從山腹到山頂，到處擺著灰色磚房，紅色洋房，夾雜著幾個矮小的土房，和點綴景緻的小樹。眼前這幾十座建築突然出現得這麼近，而且擺在那邊這麼靜，一個人影也沒有，彷彿如在夢寐。火車上的旅客，在月夜裏經過一座小城市的時候，或者可以看到這樣的一幅圖畫。但是，現在太陽當頂，這種景象祇有戰場上有。啊！這種靜肅靜得教人心慌。

我把座前的小燈打開，再旋動潛望鏡，這間房子就是地圖上這一點小黑點，我們正由東北角突入市區。三部戰車還是成縱隊前進，我們仍舊在後面。耳機裏又講話了「一二八號，一二八號，我是十四號，我是十四號，你靠右邊一點，但是不要向右邊射擊，那邊有步兵上來。你聽到了沒有，你聽到了請你回答我。」孫鵬在礮塔裏回答：「十四號，十四號，我是一二八號，我一二八號，你講的話我聽到了，你講的話我聽到了。」他回頭叫左伯春靠右。這時候，我回頭看去，他還沒有關上礮塔上的掩蓋。

我把重機關槍子彈帶上好槍身，固定梢也鬆了，一個房子過去了，沒有開始射擊，兩座、三座房子過去了，也還沒開始射擊。我總得找點事做，我拿水壺喝了兩口水，又把無線電的接頭接緊，我覺得頭上在流汗。

到山腹上了，兩邊的房子看得清清楚楚。外面紅瓦灰牆，裏面是奶油色。三部車子在附近停留下來。十四號叫：「現在開始射擊。」話剛說完，他們車上已經開火，我們礮塔上的機關槍也在開始射擊。

正前方，道路懸掛在山腹，一眼看出可以看到四、五百碼，前面幾個山頭也看得清清楚楚。右側有另外一條路在這裏交叉，沿那條路上山可以到新臘戍的中心區。現在我們機關槍射擊正前方一座掩蔽部，十一號車子旋轉礮塔對準對面山頭，昨天他們發現那邊一帶有敵人的平射礮，他們對那邊礮擊了兩發。我緊握著槍柄也對著前面掩蔽部附近連續射了幾十發，曳光彈四射，我的彈著低了，修正之後，我又射擊了二、三十發。

孫車長也在那邊喊：「我們小心一點，不要向右射擊。」我把槍身和潛望鏡旋向左面房子，基脚上可能有敵人潛伏，我又對那邊掃了一陣。

左伯春又把車子向右旋，我才看清楚，右邊上山的路曲折成之字形，我們沒有沿路走，只對著之字的中央直爬上去。一路孫鵬在叫：「左伯春小心一點，注意路上的地雷！」我一路射擊房屋的基角，有時候也幫左伯春看看路面上，我們一共有三部戰車，要是我們的履帶給地雷炸斷了，或是給礮彈打壞了，這是如何嚴重的災難！

爬到山頂上，房子更多了，想不到山頂上還有這樣一塊平地。我們開進一片曠地，裏面還有一個足球場！再進去一點，兩間房子外面用木桿釘著「停車場」三個字，這一定是敵人的司令部。門口還有一座三個大口的掩蔽部。左伯春把車子停了，孫鵬在叫：「向後搖，向右後搖。」我回頭看去，射擊手正旋轉礮塔，彈藥手已經拾起一發礮彈，他們的掩蓋還沒有關。「康——當」火礮的後座力使車子震了一震，彈藥筒掉在鐵板上，發出一響清脆的聲音。我們隔那座掩蔽部只有五十碼，這一下煙灰在那上面開了花，這陣煙花慢慢的慢慢的放大，好像黃色顏料筆浸在一杯清水裏一樣。十一號和十四號也在拚命射擊，我看到他們機關槍口的曳光彈，有幾顆曳光彈剛出槍口兩三碼就掉下來了，繼續在地上燃燒，放出一團紅光。我也擺動我的機關槍，向房屋的樓上和地下都很乾淨的掃射了一陣，根據我們的經驗，這下面可能藏狙擊手——可是我的槍發生故障了。

我盡力的拉機柄，但是拉不開，並且槍身燙熱，我在座位右邊拾一塊布片包著機柄用力才把它拉開，又拉了一次，一發不發彈跳了出來，槍又可以射擊了，我的心鬆舒了，我覺得襯褲都被汗濕透了。

右前方也是敵人的工事，附近有很多蘆草，因爲在右方，我想問孫車長，好不好射擊，半天他沒有回答。我低頭一看，發聲帶和無線電，接線已經斷了，我趕緊接好。但是孫車長和礮塔裏的幾個人很忙，他們儘量在發揮礮塔上鎗礮的火力。我想：我低一點射擊大概沒有關係，我把槍身稍稍放低，食指擺在扳機上擺了好久，機關槍在嘩嘩的歌唱，盛彈殼的布袋越來越重。我們離開那裏的時候，蘆草正在著火燃燒。

我打完了一條彈帶，趕快再在脚下拿出一箱子彈。我偷看左伯春，他沒有機關槍，一到車子停止的時候，就轉著潛望鏡看四面的道路。

車子又繼續爬坡，爬到頂上繼續下坡。我們已經深入市區，經過一道柏油馬路。房屋越來越密集，我們也越射擊越兇。我計算，我們在街上起碼走了一哩。忽然孫鵬在上面叫：「左邊有敵人，快向左搖！」我把潛望鏡向左旋過去，左邊是一片空曠地，上面有好幾個彈痕和倒在那裏的木頭，四百碼之外，有兩棟房子。果然，有一個人在那邊橫跑過去。我想搖動機關槍，不行，我的機關槍不能再左了。這時候礮塔上開礮了，孫鵬叫：「太低了。」又開了一礮，才把那兩棟房子給塵土籠罩住。

我記得很清楚，我們由東北角插進新臘戍，一直穿到南面的盡頭。那邊有短短的兩條街，房屋建築和重慶的過街樓附近一樣。我們還看到一家別墅式建築，門口停著一部小轎車，在那附近射擊時，有一條狗突然跑出來，在我們的彈道下突奔而去。

我們折轉回來，再到一處山坡上的時候，十四號叫我們到他們右邊去，右邊都是飛機炸彈的彈痕，孫鵬回答他：「地形不許可。」就在這時候，一聲爆炸，許多顆粒掉在我們車子的裝甲上。孫鵬喊：「快拿藥箱給我。」左伯春把座右的藥箱遞過去，我也跟著他遞藥箱的手右後面望去，孫鵬自己負傷了，他用手掩在頭上，一臉都是血。

我覺得不大妙。我想：今天這次攻擊恐怕還要遇到一點麻煩，還有麻煩……。

幸虧孫鵬還很鎮靜，他在指揮射擊手和彈藥手幫他敷止血粉，左伯春自動把車子向左前方靠了一點，我看到礮塔上的掩蓋還沒有蓋，我剛要叫喚，他們已經把掩蓋放下去了。

這時候全車都在黑暗中，只有座前的小燈和掩蓋上的空隙有一點點微光。礮塔上的人都幫車長止血去了，整個礮塔像一隻沒有舵的船在自動旋轉。我覺得我目前的責任應該加快射擊，免得被敵人的步礮兵乘隙。但是我剛射擊了兩發，槍又發生故障了。

又一顆礮彈在我們和十一號車子之間爆炸，隔我們不到十碼，我看到整個的漏斗形，雖然關了掩蓋，一陣煙灰與硝土仍然塞進掩蓋的空隙，撲在我們面上。機槍依舊拉不動，我又不知道車上的天線桿打斷了沒有。我覺得一身燥熱……

忽然聽得孫鵬叫左伯春倒車，心裏稍微鎮靜一點。一下我猛然發覺機槍上的故障是彈帶上的彈頭不齊，我抽出一個子彈，又拉了一次機柄，槍又好了。同時礮塔上的槍礮也再度射擊。孫鵬向十四號報告他頭上打了一個洞，沒有甚麼關係，還可以繼續戰鬥。無線電裏我們聽到十一號車上也打傷了一個。

我以為我們回去了，但是不，我們從炸彈痕邊打了一個轉，又進了一條街。路上有地雷，我們仍舊在道路以外走，又經過了一所空洞洞的房子，上面有「酒保」兩個大字。

再穿出一條小路，到底回去了，半路上有一個步兵排長提著衝鋒槍跑到戰車旁邊問情況，趙營長打開掩蓋和他說：「城裏的敵人不多，我們所看到的掩蔽部和房屋基角，都經過徹底的射擊……」

我們回到出擊陣地已經午後兩點，我們一到，孫連長他們的第二批又出發了。孫鵬的頭上雖然結了一層血殼，但是沒有關係，紅十字車又幫他綁紮了一次，他覺得有點頭昏，但是精神很好，他說：「這是礮彈打在附近牆上，把磚瓦飛起來打中的，要是破片打在頭上那還得了……」。第十一號車子上的射擊手也傷在頭上。還有，我們的礮塔不能固定了。

面上的煙灰使他們不認識我，我在地上走了五分鐘，才慢慢知道脚是站在地上，左伯春給我一包餅乾，我胡呑胡呑就吃完了，好像塞在人家的胃裏。

我看到趙營長：「今天我們和營長是第一批漫遊新臘戍……」

趙營長：「那裏是漫遊，簡直是破壞新臘戍！」我們並沒有有意破壞新臘戍，他故意用這樣「猖獗」的字眼來提高他營裏的戰鬥精神。

當天晚上，陳團長的步兵佔領了新臘戍街市的一半，同時他把西北角山地的敵人肅清了。第二天上午，他佔領了整個新臘戍。

一九四五年三月廿三日至廿八日，《軍聲》

古瑟無端五十弦
一弦一柱思華年

成都軍校生活的回憶

我於一九三八年夏天在漢口考入中央軍校。受著當日戰時交通情形的擺佈，我們在揭榜後即乘江輪赴宜昌「待命」，住在一所破廟裏一住就是三個月。等到有航行於長江三峽間的輪船接我們去重慶，已是十二月初。這時武漢失守，長沙大火，廣州撤退和汪精衛發表「艷電」，向日本投降，都已先後發生。從西安寶鷄投考的同學則早已在成都。我們又行軍三日而抵銅梁，開始換上了棉布軍裝，等候由浙江金華考取的另一批同學到達，編成十六期第一總隊，才於一九三八年底之前浩浩蕩蕩的行軍去成都。自此原有成都分校改稱總校。十四期二總隊、十五期一總隊、十六期一總隊和三總隊都是在成都首先集中受訓的學生總隊。十六、一於一九三九年元旦入伍開學，一九四〇年聖誕日畢業，當中無寒假暑假，受訓期間差六天兩整年。

進軍校第一樁大事即是「剃和尚頭」，所有青春美髮盡捲入地上塵埃。當時倒沒有覺得：即是年輕男子，頭髮乃爲各個人形貌上顯著的特點。大家都剃和尚頭，只有使個人的色彩更爲收斂，隊伍間的集體性格更爲濃厚了。戰時軍校學生大部只有初中程度，高中畢業已不可多得。每一隊（相當於連）裏間常也有一兩個或兩三個大學輟學的學生和在憲兵裏當過兵的軍士。十六、一也有幾個國

△作者與成都軍校同期同學在台北歡聚（1988・8）

▷作者去美國參大地圖上作業時攝。

△作者任國軍少校時攝

軍高級將領的子弟。初時各人的年齡籍貫與背景還分別得顯然。受訓期間每一個鐘頭甚至每一分鐘大家都做同一樣的事。自早上用冷水洗臉刷牙到晚上點名解散後吹熄燈號前十五分鐘打開鋪蓋就寢，無不如此，更用不著說日中的學科和術科了。所以訓練進程開始後只幾個星期，學生們都已經在衆生平等的集體生活之下混成一片，軍校的傳統也只要求全體學生達到同一的「進度」。比如說受訓六個月後器械體操的一部分都要做到鐵槓上「立臂上」和木馬上的「併腿跳」。學校裏不倡導學生個人間在任何方面的競爭。我們沒有籃球和足球的設備，軍校雖有一年一度的體育會，但其競技不被重視。

軍校學生每人發有呢制服一套，皮鞋一雙。這樣的「外出服」併白手套只供星期天在校本部做紀念週及特殊節日閱兵典禮之用。平日我們穿士兵衣服。白內衣內褲，夏天黃色布制服，冬天藍色棉制服，足纏綁腿，脚穿布襪草鞋。受訓期間前六個月我們是「入伍生」，等於國軍中的上等兵，月餉十元五角，食米由公家發給，「副食」則在餉項裏扣除。入伍期滿升爲學生，才有資格帶「軍校學生」的搪瓷領章，同國軍中士待遇，月餉十二元五角。當我們剛開始受訓的時候，法幣的購買力還和戰前不相上下。所謂「副食」，間常有肉類。早餐稀飯之外，也還有一小碟的花生米或醬菜。不到半年法幣貶值，我們的伙食也每下愈況。雖然餉項之外又加「副食費」，而且一再調整，到畢業前夕，白米飯之外只有一碟清水煮豆芽或蘿蔔，裏面如有幾點植物油的痕跡已算是上品了。可是與後來下部隊當下級軍官一比，則成都軍校吃白米飯的生活又屬特殊待遇。

我們的組織與訓練，儘量的模倣日本與德國體制。分科後我入步兵隊，有絕對充分的時間使自己嫻習步兵基本技術如射擊與劈刺，又將輕重機關槍拆爲零件再湊集成槍，用圓鍬十字鎬掘成散兵坑等等。我對劈刺一科特別有興趣。因爲在高中的時候，看過雷馬克所著《西線無戰事》（*Nichts neues im west*），內中說到肉搏時刺刀插進排骨裏的情事，讀來即膽戰心驚，也不知道「他日我如此」是如何一段滋味。上劈刺課目時頭戴面具，有針縫極緊湊上具皮質的「護肩」與「護胸」，木質長槍則代步槍上加刺刀。原來對敵時仍能引用各種技巧，例如以自己身體的側面對當敵人的正面，先把握住自己所立脚的三角據點，佯動的重要超過主動，看破敵兵的弱點才乘隙而入，突擊開始又要做得「氣刀體一致」，一來全來。如此技術上的細節是否有實用的價値，我無法知悉。我畢業之後雖然有一次在越南北部作便衣斥候，在老街看到過日本兵，又在緬甸前線於叢林中與敵兵相去不遠，卻從來沒有看到和聽到白刃戰的眞情實事。可是成都的劈刺訓練確也給我壯了膽，預想即有敵兵拖槍持刀殺來，雖說體力不勝，我還有幾分招架之方，不致立即人爲刀俎我爲魚肉。我們劈刺教官係日本留學生，所有訓練的裝具也仿日本製。卻料不到幾十年後我在研究明史時看到戚繼光所著書，內中早已將白刃戰的精義解釋得明白，有如我們的「分解動作」，他已提出爲「起．當．止」。我們所說「佯動」，他則已在書中明白寫出：「千言萬語，只是哄他過來。」其他細節也無不如此。

我們所學的戰術，以了解團以下的攻擊防禦遭遇戰追擊退卻各項原則爲目的。多少年之後我才發覺當日全世界基本的兵學都有歸納於標準化的趨向。我們的操典與教範大概由日本的原本翻譯過來。當德國顧問在南京的時候又經過他們一度的訂正。可是日本陸軍的技術傳統，也仍以德國的經驗爲藍本。即美國的情形亦然。所以後來我們翻閱各國的操典與教範，內中有很多相似之處。例如鼓勵各級幹部爭取主動，即同有「不爲與遲疑可能產生不良之後果，有時較方法錯誤爲尤甚」的辭句。又講到下命令時要想像受令者了解之程度，可是又不能和他們說理由，也是彼此一致。並且文句上看來有出於一源之可能。我於抗戰勝利之後入美國陸軍參謀大學，更發現凡是三個營的步兵團展開時基本戰術大致相同。縱說美軍已用一〇五和一五五的榴彈礮和加農礮作標準武器，又用輕戰車搜索，還是不整個改變其後面最緊要之基本原則。所以在圖上作業的時候中國的軍官學生一般不比美國學生差，只是一九四六年美國軍事教學已在進行有系統的收納第二次大戰的經驗，今日又近半個世紀，我也在學書不成則學劍，學劍無用又學書的過程中再未重溫舊課，只能想像以最近科技的進步，當日之所學已早是斲觴濫調了。

說來也難能令人相信，軍校裏攻治思想的訓練凡是彰名較著做去的一部分十九無效，學生稱之爲「賣膏藥」，因爲其自稱萬應靈方實際不値半文錢也。有效的一部分，倒是不意之中得之。我們入伍不久之後集體宣誓成爲國民黨黨員，軍校的校歌也仍然是一九二四年以來的「怒潮澎湃，黨旗飛舞，這是革命的黃埔」。每一周或二周，我們也有黨的小組討論。通常的情形我們只坐在樹林中亂談天，等到政治指導員或區隊長走近視察我們的時候，大家才拿著油印的指導綱領假作正經，言歸正傳。當日國民黨的困難也和今日中共在大陸的情形相似：一個業已奪取政權並且又主持一黨專政的政黨，很多高級幹部又在做大官，就很難照舊支持革命時期的意識形態了。至於抗戰期間同仇敵愾的精神倒是不待敎誨，早已俱在。而且傳統的忠君愛國的思想也仍貫穿著流露在軍校師生言行之中。我們稱蔣委員長爲「校長」，提及校長時說者和聽者都立正致敬，倒並不是矯揉造作。一方面出於英雄崇拜，一方面也因爲有了黃埔及中央軍校等名目，我們有一種集體的自居作用 group identification。我們既爲十六期，自此十五期以上的畢業生都爲「老大哥」，十七期以下盡屬「小老弟」，與軍校組織無關，只是一種社會習慣。一九四四年我在緬甸密支那以新一軍上尉參謀的身分在前線觀察，新三十師師長胡素將軍乃是黃埔一期出身，他稱自己的幕僚爲「項參謀」和「李參謀」，而始終以「小老弟」稱我。在他心目中，我們雖階級懸殊，指揮系統上不相屬，只好以前後「校友」的關係作主了。

成都軍校仍保持南京撤退以來的七五野礮八門，山礮四門，各色騾馬百餘。凡閱兵的時候軍樂鏗鏘，我們又在鋼盔上塗油，戴白手套，各兵科都表示專長，步兵隊則「走正步」，西方人稱之爲「鵝脚步」(goose steps)。通常常步爲每分鐘一百七十步，走起正步來只有每分鐘一百一十四步，眞是「一脚踢上半天雲裏」。然後幾百雙帶鐵釘的皮鞋從天而降，在水泥道上發出響亮的刷刷之聲，絕對的整齊劃一，觀者無不歛容。可是也因爲如此，成都軍校的作風受過不少的批判。抗戰既入後期，我們的徵兵派餉都走到極端的困境，更用不著說交通通信的維持與器械的補充，相形之下成都之一切無非粉飾太平。戰後塗克門女士(Barbara W. Tuchman)即根據美國觀察人員的報告對軍校有特別的抨擊(見所著 *Stilwell and the American Experience in China*, 紙面本四二六頁)。我們畢業生一下部隊也發覺士兵談不上訓練。我們只要他們不在淫雨與瘧疾威脅之下被拖倒病死，較狡猾的軍士不把機關槍黑夜偷出賣與土匪，已屬萬幸。對過去花在成都兩年的時間所學是另一世界，所處是另一世紀，既然學非所用，而對實際的問題則毫無準備，也不能沒有埋怨與反感。

只是今日五十年後，我從教學歷史的立場對上述的情事又有不同的看法。背景上中國最大的問

題則是整個國家不能在數目字上管理。傳統政治的作風無非在上端造成一個理想的標準希望下級仿傚。自有《周禮》以來，以道德代替法律，以儀禮代替行政，也屬上述體制。要不是組織上有此毛病，也不致引起日本人之入侵。本來國民黨和蔣先生已替新中國造成一個高層機構，可是仍然缺乏符合時代需要的下層機構，縱有各種理想，仍然透不進基層裡去。於是也只好照傳統的辦法，軍校雖學外國先進，也在不意之間造成了一個理想的標準。假裝門面不說，此非人謀不臧，歷史之發展使然也（中共在延安的教學能針對實際，乃因他們有了我們的高層機構作擋箭牌，才能專注重於下層機構）。同時雖在抗戰期間，我們的上層機構尚未做得完善。蔣先生日理萬機，仍以「校長」的身分，每年抽出一兩次的時間來成都與學生訓話。可是四川的政情不穩，他又自兼四川主席，在重慶的中央大學學生鬧風潮，他也自兼中大校長。要是他是獨裁者，其獨裁已非主動。而有些像明朝的張居正一樣，自謂本身「不復為己有」（張居正也是蔣先生所崇拜歷史人物之一），實際上在遷就下層的需要。

這樣一來，也怪不得即在五十年前我們在成都的青羊宮和草堂寺臨時的校址受訓，雖剃和尚頭，稱政治指導員「賣膏藥」，自己也具有雙重人格。一方面因為著黃埔系統的集體自居，以做蔣先生的「門生」為榮，在裝門面時一本正經，一方面也仍不脫年輕人的淘氣性格，每於吹熄燈號之前的十五分鐘打開鋪蓋就寢之際，以裝腔學著「校長」的浙江口音互為笑樂。軍人讀訓中之「服從為負責之本」，他讀來有如「屋層外無炸資崩」。說來笑去，我們也忘記了一天的疲勞，更用不著記掛大敵當前，武漢廣州和長沙。幾分鐘後萬籟俱息，除了輪值當「內衛兵」的同學之外，其他都已酣然入睡了。

一九九〇年一月廿七日，《時報周刊》二五七期

憶田漢

一九八八年九月漢城奧運比賽的時候，如果遇到中國大陸的選手得冠軍，依例樂隊必會演奏「義勇軍進行曲」。我寫這篇文章的目的，並不是要討論其爲眞國歌或僞國歌，我倒是要提醒半個世紀以前和我們一起在國軍穿草鞋的朋友，這是一個不容易忘記的曲調，在中共取用爲國歌之前，早經國軍選用爲標準軍歌之一；我們在成都草堂寺青羊宮做軍官的年代也唱過不知多少次了。「我們萬衆一心，冒著敵人的礮火，前進！前進！」其音節勁拔鏗鏘，至今聽來還令人想念當日抗戰時的氣魄。我個人對這曲調更多一重感慨繫之的成分，因爲其歌詞作者爲田漢，當日我稱之爲田伯伯。

身爲共產黨卻在國軍中得人緣

距今恰好五十年前的一九三八年，我曾在長沙一份由蔣壽世所舉辦的《抗戰日報》工作過三個多月，報社的社長就是田漢。但他那時候已去武漢軍事委員會政治部任三廳六處少將處長，編輯的事則落在廖沫沙身上，他就是與吳晗、鄧拓以「三家村」筆名發表諷刺文字，激起毛澤東的報復，因而掀起文化大革命的一位人物。田和廖都是國民黨時代在大陸坐過牢，而日後在中共時代更飽嘗鐵窗風味的人物。沫沙兄得慶虎口餘生，去年我還在北京看到他。田伯伯則於一九六八年死在秦城獄中。

我見到他們的時候，並不知道他們已是共產黨黨員，只知道他們是左翼作家；雖然如此，田漢因爲在軍委會的工作而結識了不少國軍高級將領，前副總統陳誠將軍，和他私人就可算是莫逆交。他也和後來在國共內戰時，國軍的名將杜聿明、鄭洞國、張發奎等人交往甚深。我和田漢的兒子田海男（當時名爲陳惟楚）同時於軍校畢業後，爲了要得到軍校的分發令，就由海男持著他父親的親筆信，去見當年上海戰事爆發時與田漢交往頗爲密切的教育長孫元良將軍。經由田漢的關係，我和海男被派往國軍十四師擔任排長，而當時十四師的師長闕漢騫將軍也是田漢的好友之一。我們在十四師當排長不到一年的時間就設法請調到駐印單位服務，駐節在蘭伽，田伯伯仍然從旁關照。

國軍第十四師按建制隸屬第五十四軍，前軍長陳烈，死後葬於南嶽絡絲潭。至今墓旁石崖上還刻著由田漢撰擬，一丈多高的一首詩：

粵北剛聞虎將名，秋風白馬又南征。
豈因煙瘴消英氣？長向光明作鬥爭！
清血奈何無藥石？埋忠差幸有佳城！
絡絲日夜奔雷走，猶作翁源殺敵聲。

爲什麼田漢身爲共產黨人會在國軍裏如此深得人緣？我希望讀者在這篇文字裏可以逐步找到解答。在這裏我所要提出的則是對他的愛慕並及於當日國軍的特務人員。

一九四一年間，某次田海男和我在廣西金城江候車時遇到軍委會調查統計局的一位幹部，海男支吾其詞，想要遮掩他與田漢的關係，卻早爲對方識破。但這位特務先生不僅幫我們找到車位，還要海男代向他父親問候。

從另一方面講，即使與田漢接近有如我者，也沒有和他的思想一致。一九五〇年間田伯伯認爲我長期留居美國「甚爲可慮」，因此寫信給我妹妹粹存，要她來信轉告我這四個字；而我也因爲這樣結束了和田漢一生的接觸。

只是像田漢這樣一位人物，爲何後來投共後，又爲草莽英雄毛澤東所不容呢？

曾對蔣介石有過一段英雄崇拜

根據在大陸親近田漢的人事後回憶，田漢死前雖曾寫過若干「反美蔣」的文字，可是名義上他最大的「罪行」仍是一九二七年曾在南京國民政府總政治部做過顧問，此事距離文化大革命已有四十年。從他留下的〈我們的自己批判〉（一九三〇年）一文看來，他確實曾對蔣介石先生有過一段英雄崇拜（他還在文字裏以英文加註heroic），相信蔣先生是「國民黨的文天祥、陸秀夫」。

另外，他從日本旅行回來，因遇到蔣先生下野，當時他寫過「於是我也隨著我們的總司令下野了，雖說從來不曾見過總司令」的話。而且，田漢早年接近國民政府，也曾受到當日很多左翼朋友的反對與指摘；其中包括不少在日本的朋友，只有谷崎潤一郎對他稍示同情。這些人在中共文革時，對田漢的命運也有一定的影響。

田漢死後，我蒙田海男贈《田漢文集》一套，共十六冊。曾前前後後沒有系統的翻閱過不知道多少次了。此時看書的心得，只證實我前半生所得的印象——田漢在政治上是外行。他除了滿腔澎湃的愛國情懷和傳統的打抱不平俠義心腸外，他的政治思想並沒有一貫的系統，他對時局的意見，也多係人云亦云。倒也因爲如此，田伯伯是一個容易接近，容易與他肝膽相照的人物。

我上中學的時候，國內由五卅慘案和北伐所掀起的民族情緒，已經平息。可是幾年前的文學作品如由郭沫若、田漢、郁達夫、張資平等人創辦的創造社所出版的一些注重新文學的刊物，仍是我們年輕人愛不釋手的精神食糧，當中也只有兩位作家頂能夠將革命時代的浪漫性格發揚到最高峰，此即田漢與郭沫若。其實這也不難理解，他們年輕時彼此就曾以中國的席勒和歌德相標榜。到了一九三〇年間郭沫若只在福岡研究他的甲骨文，田漢則在上海主持南國社；又透過聯華公司和電通公司將他的作品以電影的形式傳達於廣泛的群衆，例如「義勇軍進行曲」就是「風雲兒女」影片中的主題歌。由於電影的傳播力廣大，因此更引起當時的青年仰慕。

初期寫作富浪漫氣息

我在早年就知道田漢是一位傳奇性的人物。他在日本求學歸國後已經樹立了相當的聲名，既可以在中華書局任編輯，也可以在若干大學教書。可是他撇開這些生活安定的事情不做，偏去（用他自己的語言說）「開藝術舖子」。他所創辦的南國藝術學院既無基金，更談不上發給教職員薪水和學生應繳學費。而且其宗旨在吸收「奮發有爲之貧苦青年」，於是先生介紹學生，學生又介紹自己的朋友，內地來的青年一下子沒有地方住，就搬到田家去。所以田漢之辦南國，有如明朝李贄之建芝佛院，包含了「三等僧衆」在內。其中在樓梯下空處搭睡床的金焰和應門做瑣事的小姑娘胡萍，日後都成爲中國電影界有名的男女明星。我的朋友廖沫沙，也是由田伯伯的五弟田沅介紹而成爲田家座上客，廖至今尙在文中稱他「田漢師」。

▷田漢。

△田漢的部分著作。

從他很多劇作的題材看來，田漢的寫作帶著濃厚的浪漫氣息，而以初期的作品尤盛，如《咖啡店之一夜》、《古潭的聲音》、《獲虎之夜》和《火之跳舞》，很多場合之下，他和導演、演員密切的合作，沒有脚本，或是脚本還只寫到一半，就開始公演。《湖上的悲劇》在杭州演出四次，有人看過四次後，發現每夜的情節都不同，於是展開了對他的批判。他在南京演《洪水》，劇本還沒有開始動筆，就決定了開演日期和地點。後來排演時，演員排到第一幕還不知道第二幕的曲折和第三幕的終結。

在國共密切合作的一段時期，田漢著軍服，戴少將領章，佩手槍出入前線，跟著部隊雨中行軍。他的書裏有很多日本海陸軍的材料，他曾寫過一篇怎樣襲擊日軍旗艦出雲號的文章，指出應當進入彼方射程之內破壞其司令部。但是這文字不送給軍事當局，而刊載在《救亡日報》。在他動員的演劇隊的工作人員告訴我，他常提議和年輕人競賽爬山，他雖穿馬靴，卻經常捷足先登。到達山巓後就朝天鳴槍三發，頗爲得意。

我因爲海男的關係才有和田伯伯接近的機會。一九四一年我們剛從軍校畢業還沒有前往部隊報到時，曾到南嶽，在他租賃的房子裏搭了好幾天的地鋪。我們也和田伯伯旅行於湘潭衡陽桂林之間，同行的尚有我的表弟李承露。當日的客棧進門處必有水牌，上用毛筆大字書寫旅客姓名，只要田漢的名字一寫上，當地京劇院、湘劇院的老闆和演員立時聞風登門造訪，一定要「田先生賞光」，參加他們的晚宴和演出，我們也跟著沾光，每日如此，無曾間斷。但是這客人對主人也頗有貢獻，抗戰期間有不少陳舊的劇本，經過「田先生」的指點，得以改頭換面。譬如《打漁殺家》變成了《江漢漁歌》。我曾親眼看到田伯伯在桂林一家戲院，帶著一大卷劇本，一邊看戲，一邊考究其和聲。

讀書肯下苦功

田漢伯伯是我一生所看過惟一能「走江湖」的人物，必要時他可能身無分文從自由中國一端旅行到另一端；他在重慶、昆明、貴陽都有朋友，有幾位也夠稱得起「民族資本家」，可是他的生活仍然非常清苦。抗戰勝利前夕（一九四五年）我在昆明最後一次看到他，他家裏的一罎米，就放置在床下。多年後我長期研究歷史，才領悟到在中國傳統社會裏經濟沒有多元化，只有官僚統御農民，缺乏中層社會的因素去支持藝術家和文化人，此種情況在內地又更爲嚴重。像田漢，又像我的另一位朋友范長江（他是名記者兼作家，曾勸我不要從軍而和他去當新聞記者）想在國民黨統治下做獨立的藝術家和文化人不成功，而在毛派的原始共產社會之下，只會發覺其政府決心不要中層結構，文化與藝術趨向於均一和雷同的壓力更大。所謂文化大革命，即係傳統的文字獄，有了這種經驗，我敢說中國唯一的出路在經濟改革。除非經濟多元化，自由無從兌現。

田漢之匆匆忙忙，凡事臨時倉卒組織應付的習慣容易給人一種看來缺乏實學的觀感，我在南嶽的一週則知道他是個極肯下苦功讀書的學者，他曾特別告誡我學外文必下苦功。從他的談話和他講在日本生活的故事聽來，他的日語想必相當流利。田漢的散文裏也有無數西方文字的成語和背誦下來的句法段落，雖說我無從斷定他的會話能力。這些都是他少年時期在日本接受六年古典式教育所賜。田漢東方人的性格遠勝於他所曾接受的西方文化的影響，所以我斷定留學日本的這一段經歷對他的一生極爲重要（因爲他的西方知識也得自於日本）。可惜的是他在國內由幼年至壯年、中年、老年都有相當詳細的記錄，惟獨在日本這一段付諸闕如。

在南嶽的一段時間，他每天請田老太太講述她一生的經歷（田老太太名爲易克勤，有人稱她是「戲劇界的母親」，因爲他們一家在上海常周濟年輕藝術家之故）。田漢整理了他母親的經歷，以〈母親的話〉爲題，文長十萬餘字，在《人間世》和《當代文藝》發表，這是一篇不同凡響的文字，內中提及湖南長沙東鄉農民的生活，既瑣碎，也細膩，舉凡上山採茶，下水捉魚，害天花，賣兒女，父母將逆子沉死於池塘中，年終三十夜贖當不付息，各種情節穿插其間，構成社會的一大剖面。一般人民生計艱難，親戚朋友都有彼此照顧的義務，又因處境之相同相似，社會上集體性之強迫力量大，賢愚不肖全有公衆品評。在出版這篇文字的時候，田漢無所忌憚的暴露著他家庭出身之絕對貧寒，也對他一生合群的性格作了間接的解釋。

田漢的著作，至今仍有一部份不易爲海外讀者所驟然接受。很顯然的，他的劇本中缺乏一個私下隱秘（Privacy）的觀念。本來戲劇就是一種公衆的傳達工具，又叫它如何去包瞞隱私？其問題乃是作者視他筆下人物不能保有個人隱私爲當然。如《咖啡店之一夜》裏的女侍對顧客說：「林先生，我們以後有什麼不幸的事大家幫忙，有什麼高興的事也大家歡喜吧。彷彿聽到鄭先生說家裏要您回去結婚，您不願意，家裏就不給您寄錢來了，這事是眞的嗎？」類似的對話也見於其他劇本之中。同時作者也在不少地方明確指出私人操守與公衆義務的不可分割。

終生盡瘁於傳統的社會價值

這種觀點使作家田漢處於一個奇特的立場，他本來有放蕩形骸的趨勢，要是朝那方面發展，他大可盡浪漫主義之能事，更可以徹底的提倡自由主義和個人主義；如司馬遷所說的「少負不羈之才」，必定要對上一個「長無鄉曲之譽」。田漢在上海所有門徑都已打開了，所有向外發展的條件也都具備了，卻偏偏盡瘁於傳統的社會價值，事親孝，處友廉，撫子慈。我曾讀過徐志摩的一篇文章，說他在上海去見郭沫若，開門即見郭抱一小兒，後來去訪田漢，開門也見他抱一小兒。實際上因為海男的母親早逝，田伯伯對長子又超過一般父親對子女所具有的情愛，他送我們去前線時確實熱淚盈眶。去年我與海男碰面談及他的父親，海男也是兩眼濕潤。

我曾對這些事情作過一番思考，覺得這中間不僅是一個文學體裁的問題，也不僅是一個社會道德的問題，而實際上是一個宗教的問題。我這裏所說的宗教，帶著一種廣泛的涵義，包括有形無形的組織、入世出世的思想，只要它籠罩著人生最後的目的，直接或間接導引出一個與旁人關係之要領，則為廣義的宗教；即是一種高尙的革命思想，或是一種顯而易見的迷信，只要凝聚於一個「最高的」和「最後的」宗旨，有吸引一部份民衆的力量，不妨以宗教視之。中國人的宗教思想著重父以子繼，各人在血緣關係中得到永生。這世界既永恒的存在，則聰俊有志之士，不必依賴神力，即可以將整個大宇宙的負擔放在自己的肩膀上。在《關漢卿》一劇裏，田漢引用這元代劇曲家的字句，將他自己的抱負重新說出來：

地也，你不分好歹難為地，
天也，你錯勘賢愚枉做天！

於是田漢也和關漢卿一樣有志更正充塞天地間的錯誤與枉曲。他寫的「將碧血，寫忠烈，作厲鬼，除逆賊，這血兒啊，化作黃河揚子浪千疊，長與英雄共魂魄」，必然出於一種眞純的正義感。我想劇中稱關漢卿爲「戲狀元」，關自稱「我是愛上戲才寫戲的，不是爲吃喝，爲發財」，也是田漢自身說法。

至於劇中又提出「古來以文字賈禍的倒是代有其人」，而且獄壁上又題字「不到此地非好漢」，則恐怕是巧合。可是既預先寫下如此多不利於迫害劇作家的辭句，毛派人物不能忍，不讓他去指桑罵槐，自吹自擂，而加以拘捕，以致自願承擔著「不明道德，陷害良善，魚肉百姓」的諸般罪名，也是不可思議。

現在，再回到剛才所說的宗教問題，田漢的好和壞，忠與邪，可謂產生於一個簡單率直的農村經驗。惟其如此，其最高的與最後的宗旨才會氣概磅礡。他四十歲時，郭沫若送他一副對聯稱他：

具田家渾憨氣概　稱市廛簡樸之觴上壽上壽
揚漢族剛毅精神　作群倫奮厲之樂其昌其昌

聯內將「田漢」二字「壽昌」一併對入，雖說帶著揶揄的成分，卻不失爲一種逼眞的描寫。

因之田漢的劇本不能與曹禺的相比。《雷雨》《原野》與《日出》涉及人的內疚(guilt)與贖身(redemption)。這些觀念，可以陪襯著西方的自由主義和個人主義，卻一向不是田漢寫作的題材。

魯迅之短篇小說與田漢的劇本相比，也呈現一種極尖銳的對照。在魯迅看來，傳統的仁義道德，不外「吃人」。而田漢不僅認爲傳統的道德可以恢復，而且經過他身體力行的提倡，好像並未喪失，一到內外煎逼，立即可以光芒萬丈的輻射開來。《晚會》裏面一位資本家的太太覺悟後說：「假使我明天就得死，或是今晚，我也絕不悲觀。我也要把我最後的、最好的力量用在更有益的地方去。」

給人們帶來樂觀和希望

爲什麼田漢會值得這麼多環境背景不同的人敬愛？因爲他給人們帶來樂觀自信和希望。他的贖身洗罪，不待神力，也不待將來，用不著內向。他的人生，就是一座大舞台，到最後總結(grand finale)的時候，台上台下都參加了一項群衆運動，立即得到心靈的解放。如果儒家的人世觀不盡能達到此目的，則繼之以佛家道家的精神。

最後讓我再節錄田漢，或者說田壽昌、田老大，或者說是我所熟悉的田伯伯，他早年的名作《靈光序言》的一段精彩語句，做爲回憶田漢一生浪漫情懷的一個註脚。他在一九二〇年寫《靈光序言》時，才二十二歲。這篇文章中曾述及他和初戀情人也就是田海男的媽媽——易漱渝婚前戀愛的一個小故事。

當時田漢和易漱渝雖已訂婚但未結婚。他所描述的地方即是距東京約五十哩的鎌倉海濱。田漢的文章說：

> 「已而漱渝已爲這種和美的自然之息所吹，便也綿綿的唱起那"remember me dear, be true"的歌來。我雖不會唱那歌，而且也忘記了那歌的名字，也不覺隨聲附和起來。誰知愛月者，善歌者大有人在，一時青年情侶戀歌互答，海浪徐蕩，若爲按拍。而由井濱的海水浴場遂變爲東島絕妙之情場。誰還想此地是當年戰場，金沙之下尚埋有戰士的骷髏，英雄的折戟呢？」

我的回憶就此結束，現在讓我們靜候漢城傳來的「義勇軍進行曲」，我希望聽衆聽到聶耳之曲，想見田漢之辭，對作者及對中國近代史，多了一番明晰而深刻的認識！

一九八八年十月十日，《台灣春秋》創刊號

張學良、孫立人和大歷史

張學良和孫立人兩事件相隔近二十年，這兩個事件發展的情形不同，卻也有相似的地方。從紐約《世界日報》看到王震邦先生所寫〈孫立人如何被捲入美遠東政治漩渦〉一文，知道麥克阿瑟和美國國務院曾有人建議以孫將軍保衛臺灣，甚至將臺灣交聯合國託管的方案。這些建議與方案產生於一九四九年，而孫將軍及郭廷亮的事件則發生於一九五五年，前後相去六年，可見「政治漩渦」的力量牽涉相當久遠，其實這些情事歷史上的背景，尚不只於這短暫的六年。

抗戰期間中美關係之惡劣化，以史迪威事件爲轉捩點。一九四四年以前，美國有些人士對國民黨和蔣委員長的不滿，還只零星吐露，及至蔣要求撤換史迪威，損害了美國人的自尊心，從此美國官方與民間對國民黨統治下的中國的看法，一落千丈。一九四九年的建議與方案，雖說是針對中國內戰急轉直下的情勢著眼，卻不能說與以上的感情作用無關。

一般美國人不明晰的，是當時中國國軍幹部，在中美爭執時，多順著民族意識，崇奉自己的主帥，不滿意喧賓奪主的客卿，只是無法公開發表他們的主張。一九四四年，我們在軍中已經聽說蔣委員長在桂林柳州軍事失利之後，已經受到美國的壓力，答應將統帥權交讓給史迪威，但是不滿足，還要通過羅斯福去凌辱蔣。史將軍去世之後，他的日記緘簡，經過前《時代雜誌》記者白修德（Theodore H. White）的整理以《史迪威文件》（*Stilwell Papers*）爲名發表，至少已證實，其中一些的情節，譬如一九四四年九月十九日史迪威將羅斯福的一封信當面交給蔣介石，事後他在日記寫出：

九月十九日：待了很久很久之後F.D.R.（羅斯福總統）最後慷慨直言，直言多得很，每一句裡包含著一個爆竹。「趕緊認眞，否則即是——」如此一個發熱的爆竹。我將這包胡椒粉交給「花生米」（史給蔣介石的綽號，可是有時候史的情緒轉好，也在日記中稱委員長），微嘆之後坐了下來。這叉魚鎗命中著這小壞蛋的神經中樞，將他打過透穿，這是徹底的命中。但是除了面色變綠，和失去語言的能力之外，他不眨一眼。他只對我說：「我知道了。」如是無言的坐著，輕輕的搖晃著一隻脚。（文件頁三三三）

兩天之後他寫信給史迪威夫人，又有一段小詩：

我蓄志洩憤報怨，
今日才一朝如願。
花生米被我踢在褲襠上，
我與他瞠目相見。
叉魚鎗儲備已久，
運用時要恰中時間與地點，
我連根的用力一擲，

就將他打過對穿。

小雜種渾身戰慄，

他已經言語不靈。

戰慄中臉色轉綠，

他掙扎著也不再出聲。

我的奮鬥煩多，

我經歷的痛楚綿長，

今朝我吐氣揚眉，

花生米終被我擊傷。

以後我還要受氣，

去對付前路的危艱。

快慰的乃是今朝，

花生米為我失顏！（見文件頁三三四）

書中沒有直接講明羅斯福緘內的內容，但是從《文件》前後的文句看來不外責備蔣介石戰鬥指導無方，應當對華南戰事失利負責。

經過這段會見之後，蔣才向羅斯福要求撤換史迪威。

我翻譯這一段日記之後，也必須有一種交代：以上的文辭都是史將軍個人私下發洩情緒之作，引用粗獷幽默與挑戰性的字眼，也是美國人從小參加運動競技時的一種習慣。他之所謂痛楚，也不是沒有根據，我在以下文字中還要提及。可是縱有種種的情節，我們看到他所謂對蔣介石的懷恨，在未撤職之前已到了這種程度，也可以想見他已失去作盟軍戰友的角色了。

這件事情與本文主題的關係則是孫立人將軍之無端被捲入中美政治的漩渦，不開始於一九四九年。抗戰期間他就已經被視爲過度親美，也和史迪威太接近。前述《史迪威文件》出版於一九四八年，書中有孫將軍與史迪威的合影，照片旁的註釋，說史認爲孫是中國將領中最能幹者。這時候孫立人還只任陸軍訓練司令，駐節於鳳山。一九七一年塗克門女士(Barbara W. Tuchman)在所著《史迪威與美國在華經驗》(*Stilwell and the American Experience in China 1911—45*)一書中更稱，一九四五年史迪威希望率領美軍自太平洋向中國登陸，當時麥里爾少將(Major General Frank Merrill)告訴他，孫立人曾以中國軍官的名義發動上書羅斯福，要求讓史迪威重返中國（載此書Bantam Books紙面版六五九頁）。《在華經驗》出版時，孫將軍已失去自由，眞與不眞，他已無法申辯。不過書內所敘事在羅斯福逝世之前，既有這段傳說，則孫將軍之被捲入漩渦，已早有歲月。

筆者於中國駐印軍在緬甸作戰時，曾以前線觀察員的身分（每日以鄭副總指揮洞國的名義向重慶和昆明提出報告）隨孫將軍的司令部進出戰場，前後一年半，不僅曾親自看到孫將軍指揮作戰的情形，也和他的幕僚及下級幹部相當熟悉。早就知道孫將軍一生以岳武穆的「盡忠報國」自勉，又能與士卒共甘苦，豪俠好士，不蓄私財。他瞭解美國人的脾氣，能夠以直接的辦法對付他們，又有不媚外求榮的性格。《史迪威文件》裡尙有他和史爭辯的記載。史之參謀長柏德諾(Brigadier-General

Haydon L. Boatner）盛氣凌人，動輒欺負中國將領，只有孫立人才能使之稍有檢束。可是出類拔萃的孫將軍卻不是中國軍官學校畢業的，而是一個美國留學生，就不免在講派系的國軍裡面受排擠。他的效率與聲望愈高，愈被嫉妒。因之他的美國背景反成爲一個事業上的障礙。我在《萬曆十五年》書中寫出在明朝萬曆年間張居正和戚繼光沒有造反的證據，卻有造反的能力，終被清算。孫立人的被軟禁幾十年，也出於這種官僚政治之邏輯。

率直的說來，中國在一九三○年間或一九五○年間，去明朝的社會形態仍未遠。國軍雖在若干條件下具有現代形貌，實際仍是社會上的一種游體（Foreign body）。在這種條件之下，軍隊的統御、經理不能不受舊式社會環境的限制。

我們在國軍做下級軍官的時候，在內地從一個縣的東端行軍到一個縣的西端，可以看不見一條公路、一輛脚踏車、一具民用電話、一個籃球場、一張報紙，或是一個醫療所。而觸眼的盡是「王氏宗祠」、「李氏家祠」，以及「松柏惟貞」的節婦牌坊，此外還有傳統好官墓前歌功頌德的「神道碑」，再不然則是「學人及第」和「文魁」等榮譽牌匾。後來學歷史，才領會到傳統政治的結構，不憑經濟與法治的力量，而大部分靠「尊卑、男女、長幼」的組織體系。眼睛看不到的，則是編排保甲的潛在勢力以及鄉紳農民自己彼此間放債收租，及於遠親近鄰等等微細末節。所以這些人文因素不是太抽象，就是太瑣碎，都無法改造爲新社會的基礎，也無法取締禁革。而且自一九○五年停止科舉考試以來，上層與下層完全脫節。這時候也難怪軍閥割據。因爲過渡期間只有私人軍事力量才能塡補此中缺陷。而這種私人軍事力量卻很難在一兩個省區之外有效。以上也是北伐完成，蔣介石登場的概況。

張學良將軍的《懺悔錄》最近重印，給我們一種機會檢閱西安事變前的情形。東北軍與共軍作戰，一個師長陣亡，另一個師長拒降死，張即感到咎在己身，從此也可以看出統帥權的基礎仍是私人關係和私人情感，李杜準備回東北號召抗日舊部，也由張自己決策贊成，自己出錢資助，這種以私爲公的辦法，也可以轉變之爲以公爲私，因爲權力與義務在這種情形之下總是可以對流。同樣的情形，我們也可以看出雖有他之請求，蔣先生不讓他主持侍從室的邏輯。張和東北軍之關係既如此明顯，則一朝被任命爲侍從室主任，參與中樞人事任命機密，就可能使一部份人彈冠相慶，而多數人意態怏怏，甚至頓生疑懼。因爲蔣所對付的除了東北軍之外，尚有西北軍、桂系、粵系、雲南、四川、福建、湖南的部隊，以及他自己的黃埔嫡系。這種情形不是任何人的過失，而是社會環境使然。

孫立人將軍重獲自由之後所作公開談話，把一九三〇年至一九四〇年間的情形敍述得更清楚，一個在美國V.M.I.（維吉尼亞軍校）畢業的軍官學生，回國之後沒有一個國家的機構去安插他，竟麻煩他自己四面八方的去找事，起先在方鼎英、閻錫山下面奔走之後好容易找到日後主持中國正統的黨中央，也仍不是正規部隊，而是這樣與那樣的雜牌。總算孫將軍人緣好，八一三負傷之後有黃杰將軍接濟他。（「只要我有飯吃，孫立人也有飯吃。」）又有宋子安先生接他到香港療傷，怪不得孫將軍至今還惦念使他沾過光的人士，同時他更感到團體單位的重要，甚至責備清華校友不能互相照顧，以致受人欺負。可是他自己又一本忠忱，仍鼓勵子女上清華而不入台大。

所以他們兩位將軍提出的問題，不能專就道德的立場解釋。我們只能說傳統的辦法以道德代替法律已不適用於二十世紀的社會。在這前提之下，我提議以研究歷史的立場，將以上情事重新考慮，

△張學良。

▷孫立人。

▷史迪威將軍（戴眼鏡者）聽取從密支那回來的偵察隊報告（1945・3・24）。

作一種新的解釋。這種解釋，可能與當事人的觀感完全不同，而且需要將中國歷史提高到一個不同的境界。

過去約二十年我有一個機會，將中國兩千年的歷史，拿出來重新考慮。現在看來，這朝代歷史之中，秦漢可稱「第一帝國」，隋唐宋可稱「第二帝國」，明清可稱「第三帝國」。其分析的節目，有專文專書在各處發表，所根據的重點則是財政措施，顯而易見的則是第二帝國的財政稅收有擴張性，第三帝國帶收縮性，當中百年不到的元朝，只形成一個過渡階段。明朝之創始到清朝之覆亡一共五百四十三年，這社會的組織至此照中國傳統已經需要改組。原因是法制過於簡陋，稅收過於短少，人口增加過度，土地所有的紀錄不符現狀。從以前的事例看來，更換朝代，必有一番劇烈的波動，而在大帝國更換朝代時波動所影響的幅度更大。

並且從世界局勢看來，近五百年來所有現代國家也都經過一段改組，或正待作類似的改組。這種改組的宗旨究竟是資本主義的性質抑是社會主義的性質已不復成爲爭論的要點。現在從學理以及事實上發展的趨勢看來，乃是趨向亞當·斯密所說從一個農業社會管制的方式進入商業社會管制的方式。考諸先進國家的成例，這種改革，必定經歷各種險阻艱辛，苦難重重，而且費日持久。因爲其超過個人人身經驗，當事人雖被迫參與其程序，不一定能看清其性質。我也將這種理論，前後作爲論文，以中英文在紐約、臺北、香港、上海、北京各處發表。

這樣的文字能被普遍的接受，則是經過幾十年的混亂，中國的改革已上軌道，臺灣已漸採取商業體制，也大致用數目字管理。大陸雖步後塵，可是經過一番挫折後也已適時的改變方向。在這時候我們檢討張學良和孫立人事件，最先即要承認這兩事件都是大歷史轉動中的一種環節，有中國的長期革命和大規模的群衆運動在後面作背景，總之就發生於人類歷史經驗領域中的一個極不正常的時代。

前述《時代雜誌》的白修德在他的所著書《雷霆後之中國》（*Thunder out of China*, 1946）提到國軍的一章，劈頭就說出第一次歐戰時，德國參謀本部派往奧匈帝國的聯絡官，看到奧國軍隊的情形，立即向國內報告：「我們與殭屍結盟」。有了這樣的開場白，作者即說出第二次大戰時，美國以中國軍隊爲同盟軍，其情形類似。

奧國的軍隊在德國人的眼裡看來沒有生氣，一如抗戰四年後的國軍在美國人的眼裡一樣。這種說法，只極端簡化著表面上的一種粗淺現象，而完全忽視後面的背景。奧匈帝國以一個跨地過廣的專制皇權雖掙扎已臨末日，而中國則是從一個已經崩潰的舊帝國之灰燼中企圖建立新秩序。我相信很多中外人士都沒法想像到，動員一個三百萬人以上的武裝部隊，希望在一個統一的軍令之下和一個優勢的強敵作持久戰，爲中國幾千年歷史所沒有的經驗，而在七七抗戰創始。這時民間之組織可支援這種大事業的機構也十九落空，因之其前後動員的程序已經不是人力可以完全掌握，很多情形之下要經過群衆運動在歷史中找到出路，例如前述國軍之編成，首自軍閥割據。這當然不如理想，可是即使今日任何人縱有機會重新創造歷史，也無法提出一個替代的方案超越這種程序，無中生有的造出一個三百萬人的部隊。既然如此，則國軍統帥權之掌握使用，不能不爲當日過渡期間的社會條件所左右，所以縱非尊卑男女長幼也仍是人身政治。

蔣介石在這時候苦心孤詣所構成的則是一個新的高層機構（superstructure）。他唯一的本錢即是所謂黃埔嫡系。一般人之心目中，總以爲前期黃埔畢業生，在蔣家天下成爲天之驕子，在人員與給養的分配以及戰鬥任務的分派和升官發財的門徑都比旁人佔先(而有些情形之下也確如此)，可是外界人士還不知悉的則是很多黃埔嫡系的高級將領尚是怨聲載道，因爲他們的校長，責勉他們爲革命軍人，常常給他們以人所不堪的遣派和責備。其嫡系的怨望既如此，其他雜牌的情形可想而知。

這時候一個理想的解決方式則是低層機構(infrastructure)已先有一番改革，於是人員與物資的徵集公平合理，補充既裕如，則一切都可以標準化，各部隊都能造成一個可以互相交換(interchange-able)的局面，因之也無須注重東北軍與西北軍的區別，黃埔與非黃埔的區別，甚至西點與維吉尼亞的區別。

蔣介石爲甚麼不採取這種步驟？一個與之相似的問題則是：爲甚麼蔣介石不改革農村，爭取群衆？

三十年之前提出此種問題還講得通。今日有人再提出此種問題，則可以謂之爲冥昧無知。最簡單的說來，中國土地問題與財政稅收問題自明太祖以來未曾經過全面檢討徹底翻修，已五百多年於茲。上面所說第三帝國本來就應該改組，癥結在此。今人如果再提出以上問題，倒不如說：「爲甚麼蔣介石不做毛澤東？」我們也可以說縱是蔣願做此事，則中國還要另外尋覓一個蔣介石，去對付當前的大敵獲得國際的支援。讀者務必看清中共的土地改革，大半靠中原鼎沸乾坤顛倒的情形之下執行之。同時毛澤東利用國民黨之高層機構使他的工作和外界完全隔絕。中共迄至一九四九年也不組織自己的高層機構，所有軍隊的戰鬥序列全靠無線電聯絡，除了油印報紙之外，連城市文化也不要，只如此尚要鼓動村民造反，將遠親近鄰放債收租的人打死逼死，犧牲了三百萬到五百萬人命（根據法國武官紀業馬將軍(Brig. Gen. Jacques Guillermaz)等估計)，才算進入了農村，完成了所謂改革。所以即使沒有思想上的衝突，從技術上講，製造一種高層機構與翻轉低層機構已只能各立陣營，分道揚鑣。這種情形也可以引起我們想到中國內戰無可避免。（中共去年發表的《中共黨史大事年表》說明抗戰期間，中國軍民死傷二千一百萬以上，內中共軍「戰指員」傷亡六十萬，「敵後解放區」人民群衆傷亡六百萬，其他則未分析，詳《年表》頁一七八。）

蔣介石最被職業軍人指責的，一為抗戰初期將國軍精銳犧牲於淞滬地區，在戰略上無所收穫；一為他喜歡遙制部隊，有時候直接指揮，下及師與團的配備。很多將領對他隨從參謀皮宗敢少將的聲音應當非常熟悉，在重慶時皮常以長途電話傳達蔣委員長的命令至各部隊之陣地的部署。這兩點也最為史迪威將軍所指摘，第一次緬甸戰役，蔣派他為總指揮，又直接指揮杜聿明和羅卓英。一九四四年的湘桂戰役，也是蔣直接指揮的。

史說他在湖南「甩掉了三十萬人」，而他自己需要一萬補充兵去取代緬甸戰場之死傷，雖力竭聲嘶還達不到目的，這是他最不能忍耐的地方。（史迪威很少提到中國官吏之腐化，公開提及國民政府之貪污者為國務院官員及與蔣委員長相處甚得之魏德邁。）（又以上史的指摘見《史迪威文件》頁三三二）

如果我們純粹的站在軍事科學的立場，只能乾脆的說史迪威對，蔣介石不對。可是現在我既提及大歷史，也就是從長時間遠距離的姿態看歷史，則只能先攞開一個古老的帝國，五百年缺乏改革，一朝傾覆，要從斷瓦碎礫間找材料重建規模的艱苦場面。這時候我們還要責備當事人行事是否符合科學原則未免太苛。即考究他對人命與物力之投入是否考慮周詳，也應當不離開上述大歷史的一種場面。這也就是說軍事無法脫離政治。

今日時過境遷，我們可以簡概的說出，一九三七年中國之對日抗戰不僅物質條件欠缺，而且組織的能力也不夠。縣以下既是無數村落間的小單位，除了幾個通商口岸之外，縣以上應有的現代機構一般也都不存在。民間既如是，軍隊與官衙的行動與運轉必受其影響。所以西安事變之前蔣介石派黃郛和何應欽與日本交涉，總是提倡忍辱負重。戰事一開，他又將一切謹慎，擲諸化外，而以士氣人心代替組織與效率。其不惜犧牲，有如將原來儲備下士官的教導總隊一體投入戰場，事前向他們訓話，囑他們個個必死（而教導總隊的死事也極慘烈）。此時他可能過度受日本教育之影響，也可能估計錯誤，但是他的目的，將一個局部的戰爭（日本人的著眼）拖成一個全面的抗戰，使無人可以規避，並且終拖成一個國際戰事的目的卻已達到，中國也賴此得到最後勝利。凡此都不是軍事教科書之所敍及。

蔣介石很可能有軍事天才的優越感，他也很可能自具創造奇蹟的信心，這些情形要待替他作傳記的人仔細分析解剖。我從研究大歷史的立場卻要指出他之干預部下份內之事，半屬當日環境之產物。國軍一個最大的缺陷，不僅是素質低，而且是素質不齊。對很多將領講，抗戰是人生的一大冒險，功名固可以成於旦夕，禍害也可以生於俄頃。後面的預備隊可能突然失踪，側翼的友軍可能不在指定的時間地點出現，部隊的建制不同，補給也有參差，部隊長平日的恩怨也可以影響到戰時的協同，一到軍法審判，軍法官只在邏輯上替責任問題銷案，很少顧及內在的公平。這很多問題統帥都不能一一解決，軍事委員會的委員長又如何掌握統帥權？於是蔣介石只能強調人身政治。他除了組織各種幹部訓練班，經常自己出面之外，又始終不放棄中央軍校及各分校校長的職位。團長級以上的人員之任命，也經過他親自召見圈定。這種「親庶政」的作風是他個人的性格？還是由於環境使然，讓他愈做愈深？這也待參考文件不斷的出現，由專家考證。我在這裡可以確切斷言的正是他的越級指揮，也還是他人身政治的延長，只有經過他的耳提面命，對方才覺得責無旁貸，很多超過常理以外的任務，能否確實執行不說，首先也只有委員長手諭或面諭才能指派得過去。他之令第十軍方先覺死守衡陽，以後方被俘，然後逃回，仍得到蔣的袒護支持，即是此作風的表現。

在抗戰以前，蔣之人身政治已經給他造成了一種無從替代的局面，所以在西安事變時，周恩來可算作他的死對頭，仍主張不加損害仍讓他主持全國的大局，有如張學良將軍《懺悔錄》所云。

從以上各種跡象看來，他對張學良和孫立人兩案的處理，旨在保存這統帥權及其邏輯上之完整，因爲「兵諫」一事最爲他之體系所忌懼。蔣介石也許有缺點，但是小器量，意存報復卻始終不是他的性格。這一點歷史上已留下多則例證，有如馮玉祥、閻錫山、李宗仁、白崇禧，又有如他戰後之對待日本。倘非如此，他縱掌握黃埔嫡系，軍法威權，和特務政治也難能做中國之領導人達半個世紀之久。即是他和史迪威鬧翻之後，他仍邀請史茶會道別，並且解釋他們兩人之無法和衷共濟，並非個人恩怨，也見於《史迪威文件》。他提議贈史青天白日勳章則被史拒絕，其後他命名雷多公路爲史迪威公路，則史引以爲榮。

提到蔣介石，一般中外作家尚有通常忽略之一點：他是一個宗教觀念極濃厚的人。

寫到這裡，我不能不強調中國八年抗戰之血淚辛酸，是人類史裡少有的事，至今中共也仍在紀念館裡一體宣揚，內中也有蔣介石的照片，此種表現也不全是「統戰」，而是由於中國革命業已成功。

臺灣在陳誠將軍領導之下，實行「耕者有其田」之法案，其目的並非完全是經濟平等，一方面也強迫地主棄農就商，因之剩餘之資金能投資於新興工業，農村人口也能進入於城市，又配合美援，因此低層機構間已打開了一個可以互相交換的局面。我也在臺北《中國時報》寫出，中國過去因爲私人財產權未曾確定，公衆事業缺乏民間產業在後面作第二線第三線的支持，以致上層機構裡的數目加不起來，其組織也無從合理化，十九世紀之「自強」因之只能虎頭蛇尾。我們翻閱歷史，可以發覺十一世紀北宋時王安石之變法，希望將財政片面商業化，也是在類似的情形下，無法在數目字上管理而失敗。中共在大陸的設施初看無一是處。可是卻已造成下層機構一個較簡潔的粗坯胎，目前他們已經看清本身的弱點，於是證券市場之設立，破產法之被提及，所得稅之徵收，保險事業之抬頭，尤以地產之使用權可以價讓，都是確定私人財產權的步驟。今後社會多種因素既可以自由交換，則所有權(Ownership)和僱傭(Employment)應能構成一個大羅網，現代社會的重樓疊架於是在這種條件下產生。軍隊與政府就靠這種機構維持。所謂法治，其精神也不外在數目字上管理。今日大陸雖仍稱共產，實在有「金蟬脫殼」之姿態。

假使我在海外幾十年研究歷史還有一點用處的話，則從大處看去以上情形已屬不可逆轉(Irreversible)，雖說短小的挫折仍是可能。這也就是說在不鬆懈警覺性的前提之下我們應當相信中國跨世紀的改革業已成功。過去我們覺得中國現代史裡的一團汚糟，今日看來，則有其長期合理性。張學良將軍和孫立人將軍雖半生冤屈，到底能看到這種局面，今日恢復名譽，仍未爲非福。

我也是中央軍校（十六期一總隊）畢業，也算是留美學生（陸軍參謀大學一九四七年級）所以敢於說知道此中情節。歷史之展開，其發展之程序多時出我們意料之外。我們不能覺得應當如是，即將這應該的程序寫成歷史，而只能實事求是。而且今日局勢大白，我們更應當放寬歷史的視界，才能如林肯在美國內戰結束時所云：「對所有人表示慈愛，不對任何人懷抱怨毒。」孫案還有很多地方待調查解決，這文字雖以歷史家的立場寫出，孫將軍仍是筆者的「老長官」。在孫案以不同角度牽入的江雲錦和陳良燻，也是我年輕時的朋友。名義上被判死刑的郭廷亮雖無一面之緣，其年歲環境和筆者也相去不遠。只要命運的安排稍有出入，我也可能和此中任何人更換位置，彼此接受對方的經歷。況且幾年來爲孫案奔走的潘德輝和舒適存將軍也與我迭予照注，海天相隔，我只希望他們都被認爲在大時代動亂中曾衷心對國事有眞切的貢獻，而且歷史的展開也確是如此，只有今日我們將眼光看寬，才能看清自己所扮演的角色，雖有側面、正面、積極、消極的區別，其總結果則匯集於一個廣大的群衆運動之中，解決了中國幾百年的一個大問題。

這篇文章裡因爲敍述之所至，寫了一些對前中國駐印軍總指揮約瑟夫史迪威上將不利的文句，只是以上的字語，早已刊刻成書，發行十萬，至今還在圖書館裡，也無可隱飾。我也仍能記起史將軍看到雷多的中國公墓，管事人不用心，每個墓碑上都寫著「無名英雄之墓」，因此震怒，指令將死者姓名部隊番號查出。他看不起中國官僚制度的作風，卻不是看不起中國人。他沒有對外宣揚，卻在日記裡悄悄寫出中國民族是一個有希望的民族，因爲即使是一個窮困不堪的農民仍能抬頭樂觀。即使爲史迪威事件抱不平的白修德，當日一氣，曾寫下很多對先總統蔣中正先生不利的文字，後來也曾對*Newsweek*的記者講，他低度估計了蔣的困難。筆者曾於一九七九年寫了一封信給他，說他敍述中國只注重高層機構，沒有看穿下層組織，並且要他看過即可以「歸檔於字紙簍裡」，也就是將信擲棄。不料一年半之後仍接到他的一封回信，可見得有了歷史的縱深，我們即對親身切眼的事情可能有與前不同的看法。本文將一切歸結於大歷史。

一九八八年九月一日，《歷史》第八期

闕漢騫和他的部下

闕漢騫將軍在大陸時曾任國軍第十四師師長和五十四軍軍長。一九四一年間我曾在他麾下當少尉排長幾個月。最後的一次看見他，已是一九四五年，去抗戰勝利只數日。我不熟悉他去東北及以後在台灣的情景。

我能夠在軍校畢業後分發到十四師，也出於一個離奇之緣份。當日左派名流田漢，曾在長沙主持《抗戰日報》，我在入軍校前曾在報社裏服務幾月。他的兒子田海男（現名田申，在大陸）和我同入中央軍校十六期一總隊。我們將近畢業的時候，由「田伯伯」介紹與前五十四軍軍長陳烈，原來準備到軍部報到。當時五十四軍尙駐廣西柳州。可是在一九四〇年的冬天，全軍開拔，由廣西南寧經由田東百色入雲南富寧。其原因乃是歐洲的戰事急轉直下，巴黎已被德軍佔領，日本也乘機進駐越南，他們有北攻昆明的模樣。一時前往雲南的有國軍第九集團軍的九個師。五十四軍的十四師、五十師和一九八師，全屬第九集團軍的戰鬥序列。只是這時候陳烈將軍在行軍時，拔牙無淸血藥，以敗血症死在滇桂邊境。當時距我們畢業和分發到部隊的期間尙有幾個星期。我曾看到田伯伯給海男家信裏提及十四師師長闕將軍乃是國軍中「一員猛將」，於是慫恿海男寫信給他父親再央請闕師長將我們四人（我和海男外，尙有李承露（現在台北）和朱世吉（內戰時死在東北））指名調派到他師裏服務。只是以後看來，這樣的安排全不需要。當我們還在營鑽之日，軍校教育處長黃維將軍（現也在大陸）已奉命接掌五十四軍，他全面鼓勵即將畢業的學生到他軍中服務，以後我們分發到十四師的同學就有十多人。

派往五十四軍的同學雖多，人多數都願往一九八師，而不願去十四師。原來十四師是國軍教導第三師的後身，在南京時代全用德國裝備，也算是國軍之精銳，一九八師乃是湖南常德縣保安隊提升改編而成，不僅歷史短而且聲望低。至於何以同學願就彼而不顧此，有下面一段對話解釋。胡金華（現在台北）和歐陽賢（現在台南）向來以敢言稱，他們向師部報到時被師長召見的談話有如下敍：

闕：爲甚麼他們都去一九八師，而不到我這裏來？

胡：報告師長，一到一九八師，馬上可以補實當排長。半年九個月，還可以升中尉，代理連長。一到你這裏，只能補上一個附員，一年還輪不上一個實缺。

闕：哈，你們眼光這麼淺！一九八師怎麼可以和我們這裏比？我們就缺員，也還要比他們多幾千人。好了，我也不要你們當附員，我馬上來一個人事調整，你們每個人都當排長。好了吧？

如是我們知道我們的師長是一個能令部屬慷慨陳辭的將領，這還不算，凡是有分發到師裏的軍官必蒙師長召見。闕師長首先就談本師的光榮戰績。總之，十四師自抗戰以來還沒有打過一次敗仗。第一次淞滬之役，當然是前仆後繼，寸土不丟，至於後來全面後撤，也是奉統帥部命令而行，並非本師過失。第二次江西陽新之役，十四師堅持到和敵人拚刺刀，也終於把敵人打退。第三次粵北翁

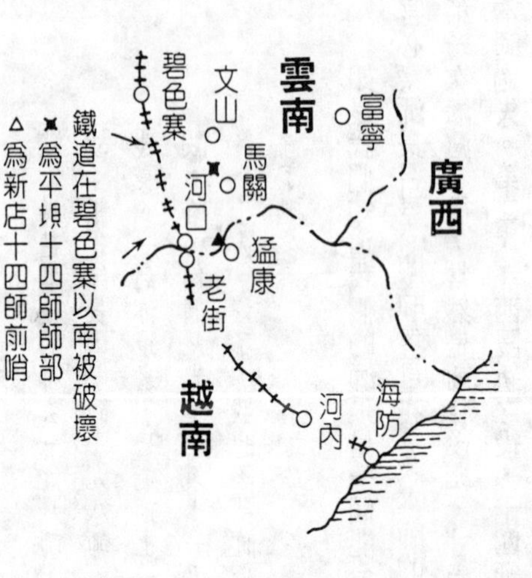

源之役，其情形可在辯論之中，看樣子敵人原來不打算深入。只是第十四師剛一展開，敵軍就全面退卻，這一來更增加了本師威望，迄至我們在師部報到的時候，師裏的官兵還是堅持日本人聽說迎頭的乃十四師，才立即倉皇的後撤。闕師長對這一點沒有特別的發揮，只是就此仍保持本師的常勝紀錄罷了。所沒有明言的則是師長當日曾以團營長身分參與這些戰役。

從師的光榮歷史，師長又談到本人的一段遭遇。闕將軍事親至孝，他曾答應給他的父親造一所「壽廬」，不幸他老人家突然去世，這一願望沒有在生前實現，他只好在他老人家身後按原訂的計劃完成。這壽廬也沒有甚麼特別之處，只是建在南嶽，屋頂上用琉璃瓦蓋成。恰巧蔣委員長在南嶽開會看到這棟建築，當場就問這是誰的。闕師長說：

「他一聽說是我的當時就說『腐化』！我本來想報告他這是我替父親造的一座壽廬。上次他召見我的時候我就準備當面報告。可是他委員長一直沒有提起這件事，我也只好算了。」

以上是我們親耳聽到他說起的。後來到處傳遍，很多人都知道蔣委員長不喜歡部屬造琉璃瓦的房子，也知道闕漢騫曾造這樣一棟。我想將這事傳佈遐邇的莫非闕漢騫將軍本人。大概他逢人就說，也不待旁人提起，好像以攻爲守，非如此不能洗刷腐化的名譽。

闕師長身材魁梧，因爲他是湖南人，符合所謂「南人北相」的條件。他也注重部下之身材與體格。當日很使我們惶恐的則是他仕極力推獎行伍出身的軍官。在我們報到之前他曾對部隊訓話，強調行伍出身的軍官在部隊中的重要，甚至提出要是軍官學校出身的部屬不服氣，可以立即提出辭職，他承認當即送路費三百元，據說後來眞有一位軍官照師長所說去「請長假」，倒給闕師長申斥一頓。

我和兩個同學去見師長的時候，他就自己提起：「咳，行伍！他們能做到甚麼地方上去？陞了一個排長，也是三生有幸了。再不然搞上了一個上尉連長，也是至矣盡矣。他們能夠還要更高的想頭？你們要同他們計較？我部下還有營長團長，將來給誰當？」

這樣一來，我們很難斷定我們的師長是誠懇或不誠懇了。一方面他豈不是愚弄行伍出身目不識丁的部下？可是另一方面他豈不又是坦白承認自己說的話只是應付當前的局面，不能嚴格算數，並且以前期軍校畢業生的身分給我們後來者若干指點，而這些話尙是他腑肺之言？

闕師長告訴我們，假使我們有任何建議，都可以當面直接的報告他，我們雖下部隊，任何時候來到師部所在的平壩，他的衛士都會讓我們隨時進見師長。後來我自己就根據他當時的諾言，兩次使用這特許的權利。我們所駐在的雲南馬關縣，已在北回歸線之南。只是一到雨季，晚上奇寒。我們看到士兵在夜裏凍得抖著不能成眠，不免惻隱心動。關於這情形也有不同的解釋。譬如說我連裏的特務長沈雲霄就主張不應該對士兵同情。「兵大爺，」他說，「都是沒有良心的傢伙！你就把你的彎心挖出來氽湯給他們吃，他們也不會感謝你。他們爲甚麼冒得鋪蓋？行軍的時候天氣熱他們把軍毯撕做綁腿，這時候又埋怨冒得（湖南話（沒有））鋪蓋，活該！」

這情形也需要相當的解釋：十四師的前身爲教導第三師，並非等閒。即在一九四一年，現在的十四師還在某些方面表現著當日情調。譬如說德國式的鋼盔，捷克製造的輕機關槍，已在國軍裏算是出類拔萃了。而且有些特殊之裝具，例如德國式的番布塊，可以披在肩上爲雨衣，也可以各塊集結起來，上面都有紐扣與扣眼，連綴之則爲營帳。軍毯與蚊帳也曾一度準備齊全，至少痕跡俱在。可是在滇南時很多裝備物品，連防毒面具在內，都好像荒貨攤上的雜貨，沒有兩件一模一樣。其原因確如沈特務長所說，當初全師普遍的現代化，符合在長江下游有輪船火車作交通工具的景況。後來一脫離鐵道線，千里徒步行軍，又無適當的休養和醫藥衛生的設備，各人首先第一的顧慮，乃是本身的生命安全，次之則是槍械彈藥。其他的物品已在多少情形之下無從認帳了，亂丟亂甩的情形也所在有之。現在之所存，已不及當初之什一。

要不是我自己也曾沾上了一段在雲南煙瘴區徒步來往的經驗，我還不會相信以抗戰後期國軍物資之匱乏，士兵竟可以將裝備拋棄。一九四一年的春天，我和李承露、田海男到柳州師部留守處報到的時候，聽說十四師又已繼續向西挺進，從富寧接近文山與馬關之間。從地圖上一看，新駐地已和滇越鐵道線近接。我們既錯過了參與後續部隊由廣西向滇南行軍的機緣，不如搭汽車由柳州經金城江北行至貴陽，更折向西經昆明而乘滇越鐵路南下尋找師部。其情形有如在一個菱形四邊形上，不走底邊直線，而以一個U字倒置之方式走上端的三邊，以避免蠻荒山地步行之苦。

其實兩者之利害，也只有半斤與八兩的區別，首先企圖在黔桂公路和滇黔公路上要揩油坐不付費的汽車(hitch hike)也是難於上青天。當時我們三人就要拆散伙伴，按機會而行，在半途上再圖相聚。後來一到貴陽與昆明之間的南盤江，公路上惟一的吊橋在我們來臨前三日被日本飛機炸毀。以我們全部後方的能力，無法搶修此橋。臨時的辦法，乃是開下坡的道路，讓兩岸的汽車卡車一直駛到河床低處，在該處搭平底船之浮橋(pontoon bridge)暫渡。可是也仍怕敵機轟炸和偵察，所以每晚黃昏之後搭浮橋，員工辛苦忙碌好幾個鐘頭，到夜晚橋成，兩岸的汽車徐徐下坡，每次輪流對開三十輛或五十輛，一夜罄其量也不過對開每方二百輛，而天已黎明，煤氣燈熄滅，浮橋拆散，成橋之船隻也撐划到上下游樹蔭下疏散，而這時兩岸山坡上集結的軍用民用車輛各千餘，要待上好幾天才有過渡的機會。

經過這樣的折磨，我們生平第一次嘗到絕糧的經驗。一時飢腸轆轆，聞到人家在公路旁邊所煮飯不勝其香。一到昆明，乃由海男用他父親的名義向人求緣化募，才解決了吃飯問題。起先在地圖上一個倒寫U字，我們竟走了兩個多月，而我們行路難的經驗，方正在開始。

從昆明向南的鐵道只通到碧色寨。南到國界線還有徒步三日至五日之行程，所有路基、橋樑、山洞都因防備敵軍入侵全部破壞，我們找到了村莊裏一家空著的樓房，就展開自己的油布棉被在樓板上搭地鋪，也沒有適當的衙門和問訊處可以打聽消息。到第二天上午總算運氣好，在街上遇到好幾位軍官軍士，他們的袖章帶橘紅色，上有「還我河山」四字，於是我們才知道十四師的「同志」已近在咫尺。往前打聽，才知道師部現駐平壩，尚有三日之行程。這些同志乃是奉師部命令，接運軍中所需之食鹽。這鹽由滇西南之井水煎成，以兩尺半的直徑、八至九寸的厚度塑成像輪胎樣的鹽巴，下用草繩托束，擺在騾馬的木製鞍馱之上，每馱兩個，左右均衡的對稱。我們和帶隊的中尉排長接洽，希望和他們一同去師部，沿途也吃他們所煮米飯，由我們照數付費這一切都無問題。只是我們三人都有一包隨身行李，內盛棉被和鞋襪及換洗衣服，另需一匹驢子馱載，也需要「老大哥」

中尉排長的周濟，只是還不知如何啓齒，只先向當中的一個軍士探詢可否。

可是迎頭就遇到他的一盆冷水。

「分一匹驢子給你們？天老爺，那他如何會肯？」

原來所有的驢子，全係在村莊裏徵發而來，也經過當地保長甲長的指派，必要時還是由我們同志老大哥派遣槍兵到場威逼，好容易聚到二十八匹，剛好應付所要運送的鹽巴和食米。他們官兵的行李，則只有每人一張毛毯或一張油布，已鋪蓋在待運鹽巴之上，當作防雨之用。被徵的農戶，也派上六、七個人和這馱馬隊同行，以照顧自己及鄰舍的驢子，還負責回途的各歸原主。我們也不知道他們費了多少時日，才組成如是的一個隊伍。這時候要他們抽讓一匹驢子給我們用，不待明言，也自知不近情理、不合分寸了。

於是擺在眼前的出路只有兩條：一是將行李展開，折摺肩扛擺在自己身上。我們雖然在軍校受過全副武裝行軍的訓練，只是看到滇南山地，不能自信仍然可以在此間同樣的施展如此之伎倆。另外的辦法則是將所有行李一併拋棄，徒手而行。可是弄到自身子無一物，也令人踟蹰，首先就不能想像今夜如何得以成眠。

正在徬徨不知所措之際，給我們潑冷水的軍士突然來臨，他告訴我們李排長已替我們找到了一匹驢子，他要我們趕快到村前茶館去，他們的馱隊快要出發了。

我們看到這驢子的時候，也不知心頭是何滋味，是驚喜，是失望，還是詫異？第一，這驢子的背脊，還不及我們腰部之高。第二，當我們把行李擺在驢背上的時候，它能否有力馱載其重量不說，起先它的四隻脚就好像不能平衡，一直要掙扎兩三步才能站得平穩，它沒有當場倒下去也是萬幸了。

第三，這匹驢子不由其他農夫看顧，趕驢的不止一人，而是一個老頭子和一個小孩子，他們也不照顧其他的牲口。

以後想來，這驢子可能尙未成年，平當只在村裏近距離擔載輕物。趕驢的人好像祖孫二人。他們家裏還有甚麼人，我們無法猜及，多年之後，這問題尙在我憶臆之中。只是很顯明的，他們不應當被徵派而被強迫拖來。本來運鹽的李排長也可以打發他們回去。不巧適値三個軍官候補生要到師部報到，因此這祖孫二人和他們四肢像牙籤的牲口，也只好勉爲其難和著我們一同爲抗戰服務了。

剛一上道，我們五個人和一匹駒驢就開始落伍，這老頭子也不斷的嘆氣。起先我們還從山底看到馱運隊在山腹的樹林裏或穩或顯，後來整個行程之中就只有我們這一小隊，單獨在後蠕蠕而行。有時行程進入一段溪流之中，整個道路就不見了。各人只好涉足於河床之內步行好幾百尺，也不知在甚麼地方可以重新接上對岸的道路。我們幾次三番尋找之餘，才發覺灌木叢中帶有鹽花的痕跡，必是馱運隊經行之處。如是支吾到天黑，才在一個山頂上找到了馱馬隊的宿營地，乃是一所廟宇。吃過飯後我們埋頭就睡，到第二天早上醒來，才發覺趕驢的老頭子和小孩子已在半夜時分帶著他們的驢子逃走了。

因爲木馱鞍和鋪在驢背上的氈席貼近我們蜷曲著張鋪蓋睡覺的地方，老頭子怕驚醒我們，就索性放棄不要了。

「這該死的老頭子！」

「眞是混帳王八蛋，該死的傢伙！」

我們只想到這奸詐的老頭子和小孩子欺騙我們，讓我們在叢山之中失去了交通工具，上下不得。

沒有顧及我們強拖著他們倚之為生的牲口，不管死活，一行就是八、九十里。當時我怒氣衝天，就伸手將那木馱鞍拿來使盡全力的甩到山底下去。一九八六年底我在台北舉行的漢學會議和一九八七年九月在哈爾濱舉行的明史會議都曾提及當日從軍的經驗，半似乞丐也半像土匪，仍和這段經驗有關。

話歸當日，也算李排長恩鴻量大，他讓我們把行李分攤加放在三匹運鹽的驢背上。要不是如此處置，我們狼狽的情形，尚不可想像。如果我們還妄想自扛行李爬山，則只要半天時分，就可以領悟其為妄想而用不著再存此念頭了。

當我們在早上準備開始一日行程之際，我們的領路人就指著對面的一座山頂，說是當晚宿營地。這怎麼可能？我們私下忖量。從水平的視界看去，那鄰村好像就在目前。要是窮目力之所及，似乎村中的竹籬雞犬都可以瞭然可指。似乎一日之行程不應當如是之短促。

殊不知立體的地形與水平線上的窺視，其中有了很大的區別。起先我們下山又上山，還不過揭開了一日行程之序幕，及至半上午的時分，已到達了當中一座分水線上的山頂，下面低處，似有一道河流，也可能是一線溪水。上面有一座白色橋樑，只不過半截火柴模樣，也可能是一座獨木橋。再走下去，聽到該處有一種沖刷著的聲音，也不過是潺潺溪水的派頭。只是越向下走，其低處愈深，我們好像走向一個無底洞。大概下午一點半鐘時分，到達最低處。原來當初看來好像火柴的橋樑，竟是一座花崗石砌成的大石橋。起先聽來似為悅耳的聲音，此刻是怒潮澎湃，聲如洪鐘，無乃一派狂濤被河床上大石塊阻擋所激發。假使我們是閒情逸致的旅行遊客，大可以在此欣賞景色，拍攝紀念照片，可是想到至此還不及全日行程之半，而下半天行程尚要上坡，至此不免心慌。

在下午的行程中，我們仍是各盡其力，企圖趕上馱馬隊，可是各人只能根據自己的體力作主，不到半小時就已在各人之間產生了距離。李承露身材高大，總是捷足先登，田海男居中，由我殿後。時值雨季，有時一陣傾盆大雨劈頭劈腦的淋來，有時只也細雨霏霏，而當中又可能有五分鐘到十分鐘的太陽露面。總之就是上半身潮濕，脚底下泥濘路滑。約至下午四點半時分我還怕自己過度的落伍，黑夜來臨無法支應。不料突然在前面的山坡上一株大樹旁，發現田海男已倒臥路上，臉色蒼白。他已經被疲勞困窘了。

我知道在這時候失去了信心、放棄了掙扎的能力，只有凶多吉少，於是強要他站起來。

「我不行了，」他意態闌珊的說著，又加著說：「你們走吧，不要顧我。」

我接著以老大哥的態度對付他：「你不要胡說八道，趕快站起來！」可是我也沒有忘記自己胸中的恐懼。直到他眞的掙扎的站起來，我才知道我們開始行路的三個人，至此也還是三個人。同時也暗中欽佩趕驢子的老頭子有先見之明，寧可損失馱鞍與氈布。要非半夜逃走，他的三尺毛驢，很可能被我們拖死在這大山坡上。我和田海男也不知如何竟又能蹣跚著繼續爬山，大概後來張口喝下了一些雨水，體力又慢慢的恢復了，我們找到宿營地時，已是伸手不見五指。只有村莊裏的一樁燈竿在高處襯著天空，給我們帶卜無上的安慰。果然這就是早晨領路人所手指著的村莊。

有了那天的經驗，以後軍中同事說及行軍之困苦，有如隊伍分散，營養不良的新兵又無適當的補蓋倒死過半，連排長能顧前不能顧後，天黑時扛機關槍的兵員還不對數，心急如焚等等，雖說他們經行的道路沒有我們跋涉一段的艱難，我也可以閉目想見其實情。即是田海男和我的故事也已由他寫成文章，刊載於書刊，由他父親大戲劇家田漢加筆介紹，田伯伯還以推己及人之心，想及自己的孩子倒臥路旁(當日海男只十七歲),千里之外無從救助,而此日此時,中國人之為父母者又不知多少千多少萬,也處在同樣情形之下,只是子女的音問渺茫,不敢從壞處著想罷了。

所以我想兵大爺不顧前後,拋棄裝具,天熱時撕軍毯為綁腿,只是理之當然。這時候不能看到他們晚上骨悚著,兩個人三個人捲在一張毯子下,赤脚伸在外面為不可憫。也不能因為如沈特務長之所說,因為他們都是「沒有良心」,就可以罵之「活該」。

我們前方的部隊間時要派兵到平壩師部運食米,兵士們看到倉庫裏新軍毯堆積滿庫,他們也眞的沒有良心,罵師長闕漢騫為「闕漢奸」。我去見師長時,即使大膽,也不敢把軍士給他的稱呼提在嘴上,只不過說起過去事是過去事,現在只有瞻顧目前,否則保存著新軍毯,師長已不能維繫軍心了。

「怎麼說我愛惜軍毯?」師長當場質問我。可是他也隨即大笑。「哈,我不過因為下兩個月還有批新兵要來,才控制一些軍毯給他們。」說到這裏他又沈吟了一分鐘,接著又說:「好了,算了,我也不留了,你回去,我馬上要他們把這批軍毯發下來。」果然不出兩天,各部隊都在造名册,點檢現在裝備,準備領發新軍毯。

這年頭軍隊之經理雖未明言,已採取一種包辦制。軍需署和兵站能有力供應的盡力供給,不能供應的或發代金或者就整個的拋置不提。當時人說,當一個師長一年就平白也要掙上萬把塊錢,當一個團長至少也有二千塊到三千塊的收入,可能確係事實。即是各部隊的軍需處長大都是部隊長的親戚稱當。我也曾聽到人說:「凡是當過軍需處長五年以上的,都可以全部抓來一律槍斃,當中沒有半個死得冤枉。」可是當日就覺得說這樣話的人半似嫉妒,半為羡慕,全沒有顧及經理人的責任。

以後還靠在國外讀歷史才領悟到人世間的事情，確有「不能在數目字上管理」之情節。不能全用「貪污腐化」四字籠括也。

十四師在馬關縣時，時值八月，士兵尙只有草黃色夏季制服一套。應有的背心襯褲，全無著落。我們只能在雨季趁著有半天太陽露面的時候，帶著士兵到附近河邊沐浴，即時裸體仍將軍裝洗滌，在樹枝上晾過半乾，又隨即混籠穿上，以代換洗衣服。及至九月，師長才奉到軍政部發下的一筆代金，算是應有另一套夏季制服之採辦費。這筆款項發來就不夠用（如果充足就會發實物而不會用代金了）。並且後方旣輸送困難，前方一片山地，也無採購處。還是闕師長有心計，他命令一個軍需化裝爲商人，在國境交界處將法幣換爲越幣庇亞斯特，即在越南購得一批白布，回頭用本地的染料，蘸染爲黃綠色，在村莊裏裁製爲軍裝，也顧不得服制之規定，一律單領無袖短褲，有似運動員之服裝，不過在此我們的士兵至少可以有衣服換洗了。

我們下級軍官雖然吃盡苦頭，胸中仍帶著一種希望：看來我們在滇南山上，日本人在山下，此戰區戰鬥一展開，我們很有衝出國界，作遠征軍之可能。至少「首先在國外作戰」，必爲一種光榮。在我們報到之前，師長自己就帶著一連兵越界到越南的一小鎭猛康巡視過一遍。我報到後不久，也說服了我的營長，營裏應當有人明瞭敵前地形，於是經過他的允許，我也通過在新店的前哨去過猛康一次。

可是猛康地方小，也沒有日軍盤踞，當地的里長雖不操華語，也識漢字，可以紙筆交談，法幣也能在鎭內通行。我穿國軍制服前來，並沒有人阻擋，總之旣無冒險性，刺激的因素也不高。只有河口與老街對峙，老街則有日本軍駐守，又在鐵道線上，才是我們憧憬嚮往的地方。

這時候河口與老街都已劃在第一集團軍的防區與前線之內，總司令爲盧漢，乃是龍雲的舊部。十月時分，哀牢山上的陣雨已沒有夏季的頻仍，我趁著全師軍官在平壩集合聽師長訓話解散之後再私自前往向師長建議。

我的理由是戰局一經展開，現在各軍師的責任性防線不一定能保持（當日我們中央軍保有一個共通的想頭：雲南地方部隊的樣子雖好看，作戰時靠不住）。十四師首當兵團的分界線上，應當對右翼的敵情和地形有確當的認識。如果師長允許，我可以集結十六期一總隊的同學向前方和右翼有系統的作一度軍官斥候。至少我們可以把老街至猛康一段的兵要地誌紀錄下來。即使來日作戰各同學分佈於各團營，也可以在軍前作嚮導。經過一段慷慨陳辭之後，我還在靜候師長的反應，想必他還要推說詢問參謀處長或情報課長，不料他立即叫勤務兵拿筆墨紙張來，當場令軍需處發給黃排長五百元，作爲巡視前方的路費，並且給我們十天的時間完成我們自己請膺的任務。

於是我以斥候長自居，並且憑藉著「斥候長本人務必行走於最危險的方面」之原則，讓我自己和朱世吉向河口老街進出，而讓其他的同學分作三組，約定都要走出國界，在附近村莊裏偵察一頓。

我們在河口換上雲南老百姓的藍布襖，憑外交部專員公署發給的商民出境證，只有當天有效，可以出入國境。國界即是紅河，水流湍急，以舢板划渡，只有越南人檢查通行證。可是我生平第一次的看到敵人！在老街的市場上就看到一大堆。我又在大街小巷上統統巡行一周，以便回頭和朱世吉印證憑記憶力補畫地圖。也通過小橋往西部住宅區經行一遍，看到日本軍隊駐紮的地方。當日最深的印象乃是日軍全無向我方作戰及戒備的模樣。紅河南岸也全無軍用船隻和作渡口的準備。在住宅區一條小巷裏，我還看到一個日本兵穿著有纏腿帶的褲子，卻未紮綁腿，足登日本式的拖鞋哼吟著而來，好像平日家居一樣。我的好奇心重，遇著日本人就瞪著眼睛瞧，對方也全未對我注意，我聽到在河口內行給我的警告：對於日本人倒用不著十分提防。但是當地有越南便衣偵探，不可在他們面前露馬脚。我也在街頭看到 排越南兵，由一個騎馬的法國軍官率領。可見得日軍雖佔領了整個越南，對於各地的治安仍責成當地的部隊負責。

其實老街無特殊之跡象，反之我方的河口，倒是間諜、走私商人和冒險家活躍的好地方，我們只逗留了兩天，已得到了相當豐富的資料。走私的出口貨以桐油、水銀與礦砂等軍用物資爲大宗；進口則爲香煙及鴉片。如是佔體積而不爲常用之物資，不能沒有龐大的資本主持，其交易也必有兩方駐軍之參與和默契。河口又有公開的賭博場所。我們既化裝爲商人，也在老街買了些洋燭香煙回來在河口出售。晚上也參與骰子戲。我的運氣好，賭大小也贏，賭單雙也贏，偏偏朱世吉不爭氣。我一贏時他就輸，我轉讓他多少他就輸多少。到頭將做小販的利潤也輸光。好在這樣回頭向師長報告的時候用不著提起這一層，既無利潤，也避免了良心上的譴責。

我們經行的路線靠原有的鐵道線不遠。在一所山上，我們發現一個大石窟，裏面有獸糞和熄滅了的火把之餘燼，從痕跡上判斷，其必爲走私之馱運隊夜行曉伏的休歇場所，看樣子總有好幾十匹騾馬不久之前在此停頓。因之也不能相信駐防之友軍毫不知情。更可以想像和他們比肩作戰之令人寒心了。

還有一天，我看到一個軍官帶著一個趕驢人和三匹驢子北行。看樣子所載運也是走私物品。他的藍綠色斜紋布制服表現著他屬於第一集團軍。只因爲山上路側，我迴避在一個小山尖上。當時大意，還沒有想到對方對我的觀感。這時候我穿的是中央軍的草黃色制服，又將雙手扠在腰上，大有一個佔據著制高點，橫截來路的姿態。朱世吉還在我後面，從下面山路向上看來，也不知人數多寡，總之就是狹道相逢。直到這時候來路的軍官打開腰上鈕扣準備掏手槍，朱世吉才很機警的將雙手左右揮張表示無武裝，不帶敵意，並且藉著問路而表示無意查詢他馱載之貨品。他問著，「同志，請問到芷村向那方向走？」

那人很輕蔑而又粗獷的回答：「不曉得！」

等他走過去不在我們聲音能及的距離，朱世吉開始對我表示抱怨，責備我的不謹慎，還說甚麼假使我們被走私客射殺山崗上，還不知道死為何來。後來我們給師長的報告即強調如果入越作戰不要看輕越南軍，在滇境作戰右翼右軍不可靠。

我們向師長直接報告，當然影響到指揮系統，至少使師部的軍需處副官處和參謀處都大感不快，更用不著說攪亂各團營連的組織，這樣的情形難道他不知道？為甚麼他讓我們在師裏造成這樣一種特殊情形？

事後想來，當日國軍之存在，本身就是一種特殊的情形。本來動員三百萬至五百萬的兵力和強敵不斷的作八年苦戰，為中國歷史向來之所無，而且軍隊係社會既成因素所拼合出來的一種產物。嚴格說來，我們的社會即罄其力也無從支持幾百個師之現代化的軍隊。而以抗戰的後期被驅入內地時為尤然，所以當日的統御經理無不勉強拼湊，至於尚有中央軍與地方軍的區別，則更是社會未經融合的現象。

當我們向十四師報到的時候，一切已到最低潮。日本人偷襲珍珠港使戰事擴大而為太平洋戰事還是幾個月以後的事。這時候師長的設心處計，就以保全士氣為前提。師部進駐於平壩之日，裝備與補給既已如我所描寫，即人員也有極大的損耗。概略言之，無一營連保存原編制之三分之二；一般不及原額半數，還有些部隊低於原額一半遠甚。師部也不時接到補充兵，可是軍政部說是撥補三千，到師部不及五百。而且到抗戰後期，所徵的兵質量也愈低下，不僅體格孱弱，而且狀似白癡，不堪教練。師部的辦法即是抽調各營連可堪訓練的士兵，組織「突擊隊」，集中訓練，其他的則歸各部隊看管，也談不上訓練，只希望來日作戰時在山上表現人多。

即是所謂「行伍」，也是人事上一個嚴重的問題。我們平日一般的觀念，總以為行伍出身的軍官有實戰的經驗，我們軍官學校出身的幹部只有外面好看，實際上的領導能力，尚在未知之數。其實這尚不過當中軒輊之一面。另一方面，這兩個集團代表社會上的兩個階層。行伍出身的與士兵接近，帶著「粗線條」的風格，我們跟隨著他們吃狗肉不算，還要能說粗話，在意氣爭執時膽敢拚命，對待部下和老百姓時不會心軟。沈雲霄所說「兵大爺全沒有良心」，也是基於這種要求，而沈特務長也是行伍出身。

我們在軍官學校裏唸過兵法之所謂「視士卒如嬰孩，則可以與之赴深谿。」然則這也只是當中之一面。同一的兵法也再說著：「語頻頻者，失衆也。」也就是不能三言兩語約束部下，而要再三苦口婆心囉哩巴嗦的規勸他們，即已表示帶兵的業已失去駕馭部下之能力。中國不識字的士兵通常被認為簡單純潔。其實簡單則有之，純潔則保不住。我曾有看來極為笨拙的士兵，在夜晚輪值衛兵時與村婦偷情。他們也都保持著所謂「原始式的英雄崇拜(primitive hero worship)」。如果排長能制壓頂頑強的班長和副班長，他們就絕對服從排長。如果班長膽敢和排長口角，甚至膽敢毆打排長（這樣的事不多，但是我營裏即有一起），則後者的信譽一落千丈，也無法做人了。此時軍紀之不能保持，也仍與供應有關。我們的中士班長和下士副班長，大抵都是抗戰以前所募兵，當日曾經過一番挑選，自此也有了戰鬥經驗。譬如我排裏即有一個下士副班長，人人都知道他在江西陽新，「兩顆手榴彈救了全連的命」，「即連長也要對他客氣幾分」。如果作起戰來，只有這樣的兵員才能算數。以前籠絡他們的辦法，還有升官加薪。可是迄至一九四一年少尉月薪才四十二元，下士二十元，還要扣除副食；而在街上吃一碗麵，即是法幣三元，所以利誘的力量不充分，而且也不便威脅。如果他們在兵衆之前「沒有面子」，則會「開小差」。此非攜械潛逃（那會抓著槍斃），而係投奔另團另師，只要離開本連耳目，可以另外開名支餉，雖說上峰不斷的嚴禁收留這樣的逃兵，各部隊都在缺員期間，一紙命令抵不過各部隊長自利之立場也。

如此我們與士兵間的距離，階級的成份不計，實際上也就是沒有共通的語言。我們無從把組織、紀律、士氣、責任感和與國運盛衰的關係之諸般抽象觀念灌輸到兵大爺的頭腦裏去。至此也恍悟師長之讚揚行伍軍官，也不過是給他們面子，只求說得斬釘截鐵，而我們把他一場訓話當作他的全般旨意，怪不得反要受他的責備了。

可是雖如此，我們的生活也實在的在極度的苦悶之中。如我所在之連，連長包克文（三年之前病逝於台北）在我報到之日帶著連裏的「大排長」（中尉）和連裏堪用的士兵到貴州去押解新兵，一去幾個月。另一個少尉排長田辛農（現在台北）則被調往師部突擊隊訓練有特殊技能之士兵。起先只有我和沈雲霄二人管帶連裏餘下的士兵，後來即連沈特務長也被差派到軍部服務，於是全連只有我一個人，所有管理、訓練、衛生諸事都在我頭上。闕漢騫師長也曾一日來到我們駐紮的一個農戶裏。當他發現我一個人帶著三十六個兵，只是當場大笑。我想他一定知道我們志願赴越南蒐集情報，也是百般煩悶之中找新鮮的事做，也與他麾下的士氣有關，才儘量鼓勵。

爲甚麼照顧幾十個士兵竟有這麼多訴苦之處？第一，我們下級軍官最怕士兵生病。一天早上一個士兵眼睛發炎，第二天會有十個發炎。還怕他們偷農夫的玉蜀黍、煮食他們的狗。在當日的情形，實際上之考慮超過道德上之動機。因爲士兵一有機會，必貪吃得生病。在滇南氣溫晝夜劇變、瘧蚊遍處飛的情況下，小病三天，即可以被拖死。而且我們也害怕士兵會攜械潛逃。和我們駐地不遠山上的土匪，就出價收買我們的步騎鎗和機關鎗，機關鎗每挺七千元，等於我們一個士兵四十年的薪餉。很多部隊長即在夜晚將全部軍械用鏈條鎖在鎗架上。

我在這時候已對我們的師長有相當的佩服。我想，我帶著三十六個兵，已感到難於應付，夜晚也睡不著覺，則他帶著四、五千這樣的兵，擔任橫寬五十里縱長百餘里地帶的國防，既要支持像我們一樣在軍官學校剛畢業初出茅廬的小夥子，又要顧及軍需處、副官處和參謀處的各種反應，仍然安枕而臥，談笑風生。同樣的情形下，我對最高統帥，只更有佩服。我想他以這樣的幾百個師去和日本一百多萬大軍作戰，對方有海陸空軍的優勢力量不說，而且很多將士抱著「祈戰死」的決心，今日想來仍有餘悸。況且自學歷史之後，更體會到中國在財政稅收上不圖長進，對內不設防，只靠社會價值(social value)組織簡單均一的農村，一般平民缺乏教育，至少都有幾百年的歷史，因之對當日很多人不顧歷史背景，也在國難當頭的期間不赴公家之急，而只在事後一味批判，動輒謾罵負責人，不會同情傾慕。

眞的我們全部貪污無能？我自己在國軍裏只官至少校。可是一九四五年冬在第三方面軍司令部任上尉參謀，曾和少校參謀莫吟秋(今已失去聯絡不知出處)同督率日軍第六十一師團步兵兩個聯隊和工兵聯隊修復滬杭公路。當時日軍份屬戰俘，名義上由我們司令部高級將領命令之下分派勤務，而實際那次自始至終從營房至野外，一個多月內，與他們接觸的，只有我們二人。有了實地的經驗，才知道只要一紙命令，指揮區處日軍毫無難處，他們一切全部循規蹈矩，惟恐不符合我們旨意。倒是要驚動我們自己的各部門，麻煩就多了。軍事機關的接洽，到處責任分歧，總是科長不在，處長不在，「最好請貴參謀明天再來」。即是一個駕駛兵，也自份爲技術人員，首先即無階級服從之觀念，倒要參講理由。翌年我又被保送入美國陸軍參謀大學，該校每一學期各學員之成績，評定爲全班三分之一上，三分之一中和三分之一下三等。我雖不才，在國軍裏保升少校還幾次遭駁斥，和美國資深學員競爭，還用他們的軍語和習慣作根據，卻能始終保持三分之一上的紀錄。我們的聯絡教官伍德克(Major Roger D. Wolcott)經常和我們說起：「要是在中國行，在外國一定行。」伍少校在中國居留多年，他所說表面上看來是稱讚中國人才，實際上則在指出中國社會未上軌道，多時即有能力無從發揮也。

闕漢騫將軍確是在某些方面能做我們不能做的事。有一次他和我們閒談，他就說起，「很多人以爲我很好玩。我剛來平壩時候，這裏地方先生也是這樣想。後來他們一位先生的兒子盜買我的機關鎗，給我捉到鎗斃。這一來，他們才曉得我不是那樣好玩了。」我們一打聽確有其事。在我們報到之前眞有當地士紳的家屬偷買機關槍，經師部審明將買賣兩方一併槍決。據我猜想，他當時不得不如此，哀牢山上實際是一個化外之區。要是他一寬縱，任何事項都可能發生。他也深怕自己不拘形跡平易近人，有些部下誤會以爲可以在他面前違犯軍紀。所以他逢人就說，好像他眞能殺人不眨眼，藉此向遠近各方發出警告，我不相信這是他的本性。

我也始終沒有機會親見闕漢騫將軍乃一員「猛將」的實際情形。可是從多方觀察，我相信他從裏到外、從上至下都具備做猛將的性格。那年年底，剛在珍珠港戰事不久後，日軍三犯湘北，我父親在長沙鄉下病危，我經師長親自批准短假回家料理。後來又因父親去世，改請長假（亦即是脫離十四師），也蒙師長批准，並且他親筆寫「葬父遷母，孝道無愧」作鼓勵。兩年後我在駐印軍當上尉參謀。十四師和五十師也由雲南經空運至印緬邊境，改隸駐印軍的戰鬥序列。闕師長以代理軍長的身分隨來。我衷心希望軍中有此猛將。駐印軍每月有呈最高統帥的月報，由副總指揮鄭洞國將軍（最近在北京逝世）簽名不經過總指揮（史迪威），是國軍野戰軍與重慶的機密聯繫，我是最基層的執筆人，就趁此機會，在報告裏提出應升闕將軍爲軍長。在國軍的政治體系裏鄭屬「何老總」（何應欽將軍）、闕屬「陳老總」（陳誠將軍）的體系，可是雖如此，那月報也眞如我擬稿的發出，後來因爲史迪威要將十四師和五十師分割，隸屬新六軍和新一軍，此事未果，闕將軍也匆促回國，他對我們的提議全不知情。只是我們司令部裏有「黃仁宇以上尉參謀的資格保軍長」的傳說。然則事既不成，我們也無從以創造「科員政治」的奇蹟自居了。

闕代軍長在緬甸的一段短時間，我和他沒有隸屬關係，更可以凡事必說，雖然以我們階級之懸殊，也無記掛。有一天不知如何說到男女關係的題目上去了。他就說：「聽我講，這時候要對方半推半就，那才眞有意思。要是她凡事依從，脫褲子還來不及，那就興味索然了。」沒有另外一個長官會講到如是之直切，也可見得即是涉及私生活他全無意掩飾。

他那時候極想觀察駐印軍在緬甸的部隊情形和戰法，如果他以高級將領的名分參觀，必會興師動衆，也怕各部隊長認爲有政治作用。乃由他和我私下商量，全不驚動各方，由我私下安排，派下指揮車一輛陪他花了一個上午，通過前線各營連的位置，也停下來和下級幹部與士兵閒談（也在敵人炮兵射程之內），駐印軍雖然在這時候一路打勝仗，部隊間也仍不能完全拋卻某些壞習慣，例如誇張敵情，貪報戰功，暗中傾軋等等，也不知道如何闕將軍全部洞悉。有一天他就和我說：「每個人都說以國體爲重，可是看到美國人就扯媚眼！」此中不較修辭，也是闕漢騫之本色。

不少在台灣的朋友，想必知道闕將軍乃是當代書法大家之一。他在軍中長期的嗜好乃是習草書，我曾在報紙上看到他曾在台北舉行個人書法展覽。不幸他給我的親筆信，都已在戰時遺失。還有一件令人惆悵的事則是年前我去普林斯東大學美術博物館參觀時，看到一本古代名帖，上面註明原藏有人爲闕漢騫。中國軍人在這一段時間不能表現得更好，總算是時代使然。闕漢騫造琉璃瓦的壽廬被指摘，以作藝術家所收藏的珍品也仍流落海外，那麼我們也只好以杜甫所作詩句「丹青不知老將至，富貴於我如浮雲」，和李白所謂「天生我才必有用，千金散盡還復來」弔念將軍，並以之爲我們這一代爲他麾下袍澤的未死者，今日或留滯大陸、或流亡海外的一種自我解釋和自我慰藉了。

一九九一年七月四日～十日《中國時報》人間副刊

〈附錄〉

也談「猛將闕漢騫」

闕德基

讀七月四日〈人間副刊〉連載黃仁宇先生所寫「猛將」。文筆瀟灑，內容廣泛，令人感觸良深。黃先生在陸軍第十四師所屬某團任排長僅數月，即能對闕師長有所瞭然，雖未盡然，確已很難得了。闕師長是我的四叔，民國二十四年他在十四師七十九團當團長時，我即投筆從戎也到了七十九團，他由我的四叔變成了我的長官。追隨他一直到台灣，數十年如一日。他任澎湖防衛司令官時因身體不適退役後於民國六十一年去世。我曾爲文哭奠並撰輓聯云：「與先嚴四序列雁行，兄友弟恭，今朝聚首天堂，必共連床話往事。隨仲父卅年附驥尾，耳提面命，此日招魂海嶠，教從何處報深恩。」因此我讀「猛將」一文後，實有必要也談談闕將軍的生平往事，但我所談的不是其赫赫戰功，而是一些人所鮮知的平凡小事，也可能見到他一些平凡中的不平凡。

戰場揮毫

闕將軍在家時就喜歡蒔花、寫字，家裡的盆景，別出心裁。他在軍中每日臨池，不論行軍或休息，駐防或作戰，揮毫不輟，樂在其中，記得在上海羅店，洛陽橋與日軍作戰時，他任十四師四十旅旅長，住在一個鄉村裏，有一天我去看他，他正在寫字，我站在一旁沒有打擾他，他叫我坐，我沒有坐，仍站著看他寫字，突然一顆砲彈落在前面田裡爆炸了，接連又一顆飛過屋頂爆炸了，我有點心慌，也有點爲他的安全著急，他卻好像若無其事，照樣走筆如飛，這種泰山崩於前而不瞬的鎭定功夫，誠非常人所能辦到。最後他寫了「抗日必勝」四個字才擱下筆來。他告訴我這是敵人的擾亂射擊，你如果要怕，則整天躲在防空洞裏什麼事情也不能做了。他見我當時並未要求躲避，也很高興，認爲我的膽量也是不錯的。

臂力有神

闞將軍兄弟四人，老大（我的父親）、老二、老三皆在家務農並長年練國術，可說武藝非凡，闞將軍排行老四，上學歸來，耳濡目染，也會得一些國術，而他的身材魁梧，臂力更是驚人，在家時與人比臂力從無敵手。民國二十四年他於十四師七十九團團長任內，於江西廣昌下坪之役，該團奉命扼守天府山，與十倍於我之共軍血戰一整夜，戰況危急，眼見陣地不守，他急速衝到陣前，身先士卒，有如猛虎出柵，一氣投了數箱手榴彈，又遠又準，同時全團將士用命、奮勇搏殺，終於轉危爲安，穩住了陣地，拂曉時敵人退去，全面戰局因而獲得轉機。後來七十九團有很多人都稱他「神臂團長」。

夜探茅母山

抗戰之初，以十四師爲基幹擴充了陸軍第五十四軍，軍長霍揆彰。十四師師長陳烈。四十旅少將旅長闕漢騫（黃仁宇先生所述「師長當時是以團營長身分參與這些戰役」有誤），參加了上海羅店、洛陽橋大戰後，轉進至暫節渡，沿長江構築工事備戰，但日軍遲遲未來，想因上海大戰傷亡慘重須加整補之故。四十旅旅部紮在茅母山，闕旅長每天步行上山下山巡視陣地，督強防務，並訓示部屬毋恃敵人之不來，恃吾有以待之。結果敵人終於瘋狂般的大舉來犯，陸海空聯合進攻，尤以長江中敵人艦隊火力猛烈，彈如雨下，隨後並使用催淚性毒氣彈，七十九團第七連鄭際林連長首遭其害，轉進時我見到他還鼻塞眼腫，聲音沙啞。由於此役我軍決心死守，闕旅長的指揮所也向前推進了，敵我曾多次白刃相接，反復肉搏，苦戰月餘，終於達成掩護武漢會戰之部署任務，始奉命緊急轉進。

三毛有靈性

闕將軍的長女名天正，在兒女中排行第三，乳名三毛，人稱三小姐，兒時活潑可愛，長成後更美麗大方，事親至孝，對人親切，樂於助人，天生一副菩薩心腸。台大畢業後赴美深造，獲印第安那大學碩士學位，夫婿楊姓，廣東籍，現在美國大學任教。闕將軍現有二子二女，都受過高等教育，各有前程。闕將軍何以最鍾愛三小姐，當然也有一段小故事，原來在南岳時，全家外出躲警報，正好在一處山谷，三毛忽然大哭不止，同在一起躲警報的人，議論紛紛，並有人說小孩大哭，飛機來時會聽得到的，闕將軍為使大家安心，只好全家另外去個地方，說也奇怪，三毛也不哭了。等警報解除，才知道那山谷竟落了一枚炸彈，死傷一些人，闕將軍認為此女有靈性，有福緣，一哭救了全家，此一陳年往事，當時都為知者所樂道。

報國思親

闞將軍事親至孝，民國八年母親去世時，他由長沙休學，匍匐奔喪，靈前痛哭失聲，守孝一年，足未出戶。服滿後又勸父親續絃以周照顧。父親將近八十歲時，即準備祝壽事宜，並擬建一座壽廬，以慰親心，且已徵得父親首肯。只因抗戰期間戎務倥傯，未能如願以償，一直耿耿於懷，不料父親忽於二十九年逝世，時年八十有一，更使他痛徹心脾，故決心將曾經父親首肯的壽廬迅速完成以作紀念。更有蔣委員長親題「椿蔭長隆」中堂一幅。闞師長的老太爺在天有知，必感榮幸了。

費公誨我，我負費公

一九七〇年的夏天，我因友棄師余英時教授的推薦，得到哈佛大學東亞研究所的一筆研究費，於六月全家遷居於麻省劍橋，自此有機會與所長費正清教授接近。

費教授是美國研究現代中國的開山老祖。我在密西根做研究生的時候就已早聞大名。他的一部名著《美聯邦與中國》也給我大開眼界，讀此書才知道美國政壇新聞界與學術界對中國有一段共識之由來。況且我作博士論文的指導者余英時和費維愷（Albert Feuerwerker）也都是費先生門前桃李，於是我也和很多其他學中國歷史的一樣，自分只是「三等僧衆」，以能與大師直接接觸爲幸。

也眞料不到費先生眞能謙恭下士。一九七〇年的夏天，天氣奇熱，研究所所在的柯立芝大厦的磚牆正當西曬，當日尙無冷氣設備。一天下午，我獨自在一間研究室裏解衣寬帶赤足。突然有人敲門，倉卒開門，迎面竟是費公（和他接近的研究生都如是稱他，一班學生則將他兩個名字顚倒，呼之爲King John）。我還沒有去拜訪他，他倒先自我介紹：「I'm John Fairbank。」同時他又帶來門下一位博士候選人居蜜女士。居小姐研究明代社會史。費公就和我說：「你對明史旣有心得，不妨給她指點。」所以我未行弟子禮，倒已先被作幕上嘉賓看待。

在美國學術界講我有如「非科班出身」。因爲弱冠期間剛入大學，隨即投筆從戎，以後在部隊裏待下十餘年，體驗過捫蝨吃狗肉各段經歷，也曾裝腔學做粗線條的硬漢子。自是再回頭念書，也免

◁費正清。

不了在很多地方支吾將就，而尤以外文爲甚。我雖然也曾上過美國的參謀大學，可是始終沒有將英文有系統的培植得妥當。總是道途聽說，滿以爲無師自通，實際上很多地方馬虎鬆懈。而在哈佛的幾個月間也眞得到大師費先生一再的指正。中國之方志英文爲gazetteer。如果我在稿本上錯拼十次，費公也用紅筆給我糾正十次。毫不輕鬆放過。「物資」則爲material。如果提到時只是一種籠統的觀念，有如泛稱原料則爲單數。如果涉及各種建築材料，有如磚瓦油漆則爲複數。如果我稿本上有任何差錯，費公尚在糾正之後，仔細說明原委。這時候他手下的研究生博士候選人和像我這樣的外來訪問學者已不下一二十人。他自己還在修訂《美聯邦與中國》之第三版，有時候尙應各界邀請撰寫書評，在電視前發表談話，而仍然有此耐心，也眞令人感佩。

我那時的工作，著眼於明代財政。我既已用「明代之漕運」作博士論文，也參加過富路德(L. Carrington Goodrich)教授主持的《明代名人傳》之研究工作，又曾在教書之餘將一百三十三册的《明實錄》瀏覽一遍，更曾往芝加哥大學和華盛頓國會圖書館翻閱明代方志。積下來的資料，也算盈筐滿篋。至此想寫一本專書。雖然只有九個月的時間，猜想只要努力加工，應仍能及時交卷。在哈佛的另一好處則是成書時例收入《哈佛東亞研究叢書》，此乃美國漢學出版品之精萃。華裔教授中之聞名人物如何炳棣及劉子健都爲執筆人。所以我雖非長春藤大學之科班出身，也指望所著書殺青，登上龍門身價陡增，不難在紐普茲學校加薪升級。

一九七〇年乃是美國學潮起伏之際。五月初，俄亥俄州之肯特大學即因學生反對越南戰爭遊行示威和彈壓的州衛兵衝突，釀成流血慘劇。可是麻省劍橋卻反是風平浪靜。哈佛的各部門呈現特殊現象者爲職業介紹所及僱聘處。大概每年一到夏間，此間教職員學生和眷屬多往他處遊歷或研究，外來的學生和家眷等又蒞臨進香膜拜，出進之間，各種工作、尤其是臨時性質的書算等職位，必有一番更動和交代。此外哈佛廣場某晚有青年男女十餘人，頭髮剃得奇形怪狀，身穿褐色、黃色袈裟，也不知代表何教何宗，只是手執小鈴「鍬，鍬，鍬」的向人化募，而旁觀看熱鬧的多，化緣的少。此外則雖是遊人如織毫無其他特殊形象。

我的工作大要是將業已收集妥當的資料籌備整理翻寫爲英文。即使有時候須往哈佛燕京圖書館翻閱補充資料，這樣的出處不多。一般的工作可以在柯立芝大廈內閉戶造車。原來我的計劃是將所寫書包括整個明朝，上自洪武永樂下迄天啓崇禎，注意由盛而衰的原因，也注重稅收中晚期以銀代實物的影響，可是費公嚴格的指出，那樣牽涉過多，內容必氾濫無邊際。他一向的宗旨，學生的論文不管題材爲何，所概括的時間不過二十年，這樣才能緊湊扎實。後來我一再辯論明朝的資料與十九世紀不同，才折衷將預定的書刊所概括的期間限在十六世紀。費正淸先生又說：「你專注於十六世紀，並不是其他的時代一字不提，同時你把十六世紀寫得好，則應當答覆的問題必已找到適當的答案。」後來看出這些指點都說得對。

我寫的第一章可算一帆風順。其對象是明代官衙組織及各單位與財政稅收的關係。關於明代官衙組織，早有先進學者賀凱教授Charles O. Hucker滲澹經營作成專書。寫歷史總是「後人騎在前人肩上」。他的一生著作我只要仔細拜讀，半年也可得其梗概，因之引用起來，不覺即已事半而功倍，何況吏戶禮工刑兵六部，府州縣三級地方制本來就有它的層次和程序，所以縱使他們每個機關都預聞財政與稅收，敍述起來仍不會雜亂無章。我給費公看的稿本經他褒獎，「你寫得好，既正確又明瞭」。可是另一方面他也提出作歷史的重點在「分析」而不在「描寫」。這一點卻伏下了我與他的關係日後發生隔膜之一大主因（見他一九七〇年七月八日來信，注意字下橫線）。

七月中我交第二章稿時，情況已不如以前的完滿了。首先他給我的評語（手寫）即是牽涉過多，缺乏組織，我自己再讀原稿，也確實如此。我再花了兩個禮拜的工夫，一度改稿，也加入了一套數字，再附一段短緘，對我自己注重描寫的立場有了帶防禦性的辯護。費公給我的答覆更使我讀來竦然。「我已經用盡了所能（給你的）勸告了」，他給我如是坦白的寫著。最後他說今後這稿本讓一個第三者閱讀，因為他是經濟史專家。

原來哈佛東亞研究所是一個跨越各院系的組織，所引用的研究費用，也按各部門分配，即是像我們訪問學者所作研究之成果，也代表各不同院系教職員的功業。這樣一來，問題可麻煩了。給我看稿的經濟專家暑期周遊國內外，八月初回劍橋，他給我第一段評語即是：「作此等書務必先根據人口統計和耕地面積的確實數字。黃的文稿無一項可供讀者抱有信心的因素。」我知道此人自己的著作一向以計量經濟學econometrics為依歸。我曾到他的辦公室裏和他對談。他不能對我給傳統中國的看法存信心，我也不相信他所掌握的計量經濟學之萬能，竟可以代替古代中國的歷史。我和他說及不僅今日我們無法確知明代的耕地面積，即是明朝皇帝和戶部尚書也不知道其確數，否則即不會有張居正丈量所發生的問題。我又對他說：「你這樣不是要我做歷史家，倒是責成我做財政改革者（fiscal reformer）了。」這當中有一個歷史不是說明為何如此的發生，倒先要主觀的咬定「應當如是的發生之存意。至此他也笑了。

可是東亞研究所的安排如此，因是也不知道是他使我的寫作徒增障礙，還是我使他的生活由簡單變為複雜。我聽到他在接過我的電話後嘆氣，也無從斷定我給他的麻煩是否超過他給我的煩惱。

我曾向費公建議明代財政史不屬於經濟史，因為當日的財政税收不按現代經濟的原則。言外之意，若是要找另外一個評論者，也要從漢學裏有根底的人中另覓高明。這樣的建議，又等於由一個外來的人干預哈佛大學的行政，也使費正清所長無從接受。而最重要的，我的文稿也確實表現我的弱點，跨地過廣固然是資料使然，但是我的陳敍缺乏嚴謹的組織也是事實，讀來總是不順口，要是我沒有這些弱點，還可以指望費公的袒護了。

一九七〇年八月，我陷於生活裏一段危機之中。紐普茲學校聽說我得到研究費，「不久即有專書在哈佛大學出版」，已提議給我升級為正教授，而這時候東亞研究所給我的一萬元花費將半，九個月的時間也耗用了三分之一，而擬定所著書尚無頭緒。哈佛的專家尚且建議我放棄籠括明代財政税收的想法，專注重於官僚組織之作風。他的著眼不是完全無理，但是他忽視了我已搜集的材料和準備的工作（例如全明朝八十九個戶部尚書的傳記）以及另開門面的工程浩大。

此外我更有一段切身的困難。我們租住奧浦蘭路Upland Road的房屋只及於暑假的三個月，九月將屆，房東回府。我在其他各處尋覓的房舍，因值哈佛開學的正常季節，所索租金非我的生活費內可能從容支付，並且合同統為全學年無一例外。我在東亞研究所的臨時位置，只及於夏季和秋季學期。預定明春我仍須回紐普茲授課。在紐普茲所租公寓房間也不便放棄，倘放棄則明春尋覓棲身之地也更為不易，況且內中的家具也無法安置。八月下旬的一個中午，我又去見費公。這次我沒有去他的辦公室，只待候他中午去餐廳進餐時在走廊上攔截他。即是今日我回憶至此仍然感到當時的尷尬。我申請研究費已經表示寫書發表胸有成竹，不意到劍橋後不能兌現，既生枝節，又有支吾爭論，現在工作尚無頭緒，更要請他對生活問題通融照顧，不免忸怩。

HARVARD UNIVERSITY

EAST ASIAN RESEARCH CENTER

ARCHIBALD CARY COOLIDGE HALL

JOHN K. FAIRBANK, *Director*
ALBERT M. CRAIG, *Associate Director*
EZRA F. VOGEL, *Associate Director*

ROOM 301
1737 CAMBRIDGE STREET
CAMBRIDGE,
MASSACHUSETTS 02138

July 8, 1970

Dr. Ray Huang
EARC 306B

Dear Ray:

I have read over and marked up this chapter in red and believe it is an excellent opening survey. You are correct in assuming that a general description must come first, and modern economic categories and concepts cannot be applied until later.

This chapter conveys a great deal to the reader. Could you help him if you added some comparison with medieval Europe or other pre-modern regimes? Your point is that the Ming fiscal system was pre-modern in its ideas and practices and has to be described before it can be fiscally analyzed in modern terms.

You write well, precisely and clearly. I have made some notes on facing pages.

You should go right ahead. This is a fine beginning.

Sincerely,

John K. Fairbank

JKF:nr

△費正清致作者函。

▷ 費正清致作者親筆函。

R.H.

Dr. R. Huang

Dear Ray, I have made a few comments on facing pages.

My general impression (only an impression, based on ignorance) is that you cover too much too quickly, and a more systematic organization is needed, with step-by-step treatment in more definitive fashion.

Sec. 3.1 has points for the very beginning. In general there is no development from a basic analysis except that your materials obviously could be used to build one up: 1) Hung-wu never really had a consistent system and never got full control. 2) his admin was crazy, super-frugal and erratic, etc.

J.

我問他是否可以讓我將家眷送回紐普茲，以後我的研究工作一半在家中做，每兩星期後來東亞研究所住留兩星期，以便引用圖書館並且和他接觸。他的淡藍色眼睛對我看著約半分鐘，可見得這問題也仍須考慮。可是他一經思量就很快的答覆：「這有道理(It makes sense)，你寫一封信給我，將你的建議放在紙上。」

費正清在麥卡錫整肅左派人物期間受威脅，而即在經理哈佛東亞研究所的時候也要顧及各方面的傾軋。學人雖屬自治團體，可是裏面的爭吵不休，中外一樣。費公也親自告訴我他的處境艱難，所以凡事都恐口無憑，有書為證，確有必要的顧慮，至此我也更體念到我提出回家工作的要求時，他遲疑了一會之由來。以後我再回想到當時情節，仍免不了愧疚交併。

三天之後，我的申請得到他的批示。他信上說，這事向無先例，可是只要我的工作因此安排而有效率，他就想不出有何原因不予同意。因為頒發研究費的目的只在促成我的工作，使我能早日成書。

自此之後我於九月中，十月中，十一月中和十二月聖誕前夕都去過麻省劍橋，每次交稿卷一章，一九七一年正月之後，紐普茲已開學，我的最後兩章書稿用掛號寄去。我的允諾每次到哈佛居留兩星期的條件並沒有完全做到。只有第一次住了十天，以後我看到無人對我來去存意，也就將時間縮短以節省旅費，增加工作的時間。這多次的來去也沒有驚動費公，只有十一月中的一次他留言他的秘書，叫我參加他當晚家中茶會，那種集會純係社交聯誼性質，我難得如此輕鬆的機會，所以當場彼此都沒有提及文稿一事。我最後將稿寄去時，則知他已去南美洲。

為甚麼我回紐普茲之後突然禿筆生花，寫下來的各章也有體系，以前的結構問題都不存在，以致出版後獲得一致的好評？這決不是此地山水鍾秀。原來我在八月間的一天，危機的成份尚未解除之際，心內焦急如坐針毯，只好放棄一切寫作在街中信步走去。穿過波林士頓街的宿舍區之後即轉入紀念馳道(Memorial Drive)循著查理河東行，更因爲內心的逼迫，只是越走越快，未顧得街上情景，也忘記了路之遠近。及至陳家餐館(Joyce Chen)已是汗流浹背。在餐館裏既喝熱茶又灌冰水，更因著室內冷氣，一身清涼，也不知靈感如何產生，只是此時此刻之後，對於寫中國歷史已經啓發了新的南針。大概這問題在腦內鬱積已久，又感到逼迫，才有了今後的決心。

寫中國歷史，尤其對付傳統中國，不應當先帶批評態度，因爲那樣也有一種要求歷史「應當如是發生」的成見，我們務必先窮究歷史「何以」如是發生。循著這原則，現代社會科學分科的辦法只能在寫出歷史之輪廓構畫已成之後引用，不能在以前引用。因爲這些分科辦法已是歐美社會業已現代化之後的產物。假使我們倚靠它們作出發點，仍脫離不了歷史「應當如是」衍進的窠臼！

例如以明朝治理財富的立場上講，我們首一要務乃是樹立這種離奇古怪的制度之本身邏輯，中國因爲防洪救災以及對付北方遊牧民族諸般需要，在現代科技尚未展開之前，即已創造了一種中央集權的體制，此時罵它無益。我們務必想像此時統計尚弄不清楚，一項文書動輒就綦時一月才到京師，主政者如何能貫徹這中央集權的宗旨。其答案則是大致以保持現局爲前提。對外隔絕，以避免其衝擊的力量。不主張各地區的競爭，注重數量，不注重質量。以落後的單位爲標準，不以最前進的部門爲標準，因此才能保持內部的均一雷同。推而廣之，以儀禮代替行政，用紀律代替法律，只要外間的形貌過得去，用不著考究實質上的功用。所以同一財政上的名辭，可以在不同的地區代表不同的事物，財政單位也可以有收縮性或擴張性。此中好壞不說，總之這些原則綜合起來也成系統。

又因爲以上諸般原則，並沒有由前人明白道出，寫歷史的人最好先找到一件具體之情形(case history)，從確實已經發生的情形，推論而爲抽象之原則。

此後不僅《十六世紀明代之財政與稅收》根據這方針寫出，而且我認爲傳統中國「不能在數目字上管理」這一觀念也因此而產生。以後寫出的《萬曆十五年》更是整體的引用上述方案。驟然看來這是與費公治學的方法背道而馳。他重分析，我重敍述。可是在我執筆作書之前，腦內也必經過一重分析的階段，不然我無從發現以上諸般原則，如果我寫的歷史能算有創造性的話，這也仍是因爲他不肯隨便通過我未成熟的作品，因此被激勵而產生。

此項寫作的方針既定，一九七〇年的秋季和冬季，我夜以繼日將以前業已搜集的資料整理翻寫成書，平均每日工作十二小時，每周七日，除了來去劍橋之外毫無間斷。紐普茲的朋友以爲我仍在哈佛，所以我們也無人打擾。我每天穿睡衣浴袍，至晚則和衣而睡。午飯和晚餐即由內子將刀叉盤碟接遞到手，餐桌即成了我的書案。髮長也不剪，應看牙醫也延期。每天早上我害怕我的打字機驚擾鄰居，好像只轉瞬間，下午的斜陽已在庭院。公寓內外的小孩子業已放學，他們的嬉笑使我知道當天工作的時間業已用去大半。這期間缺乏哈佛經濟專家的批評，使我能專心一志的工作，更是逗留在紐普茲的好處。我和內子說及將來成書後，費正淸先生可能尚有議論，可是這是以後的事。如果我們爭論不決，到頭一事無，成反而辜負他的好意更多。在這期間我也仍給友兼師余英時知道我著書的進度。

《財政與稅收》全部文稿交出後，我寫信給費公，如果哈佛東亞硏究所對文稿有何問題，我可以在接到通知之後二十四小時內來劍橋當面答覆。可是至此並無隻字回音。春假之後，一九七一年的上學期又飛快的過去，夏季來臨又無消息，於是我將複本寄英國劍橋大學的崔瑞德教授(D. C. Twitchett)問他是否可以詢問在劍橋出版之可能。崔本人是《唐代財政史》的作者，我曾和他在學術研究會上認識。他的回信，立刻可以使我歡欣鼓舞。他善意的恭維我說，他自己在這文稿裏「學習到」很多以前不知道的事項。他的結論說「雖說我不能替劍橋大學出版社發言，可是我想你把引用書目和注釋整個寄來，他們會高興接受的。」

這事我沒有通知費公。我只想待到明年一月，則全稿交出整一年，到時哈佛仍無消息，我才可以名正言順的請求將原稿收回。可是也料不到我和英國方面的接觸仍未妥定的當頭，一九七二年十月(去我預定的一年早三個月)我突然又接到費公的一封短柬。他信上說他一直事忙，不知道我文稿的下落。至此我只好硬著頭皮寫信給他，說我已在另覓出版社，只是沒有提及劍橋大學出版社和崔瑞德，我誠懇的告訴他，我和他的評論人立場相去過遠無法合作，「如果這樣拖下去可以拖上很多年，只有使彼此不快。」我又繼續說及我雖和另一出版社接洽也並無定局。如果文稿被拒絕，可見得他的評論人對，我無話說。可是眞有機會在外出版，「則我的書如像一朶野菊花般的開得旺盛，既不在您的庭院之中，您也應爲之驕傲，因爲您是最初的澆水人。」這封信寄出後我如釋重負。本來在《哈佛東亞叢書》出版是一種特殊的待遇，不是訪問學者的義務。研究所所長費正清教授給我私人善意的照顧，則是另一回事。即算我負費公，也還是如此光明磊落提出的好，當時總以爲這事已就此收束。

又眞料不到此信去後，再接到他的一封信。費公說他對我的文稿仍舊感到興趣。他已和我的評論人商量，如我接洽的出版社無著落的話，哈佛至少可以抽出稿中一部出版，或者題爲《明代財政論文集》（*Essays on Ming Fiscal Administration*）。這當中也有一段解說：當我還在哈佛與評論人爭執時，他說我的文稿只是「未完成的論文」（incomplete essay）。我就反駁任何歷史著作都可以視作未完成的論文，即是吉朋的《羅馬之衰亡》亦復如是。其實《十六世紀明代之財政與稅收》成稿時已二十四萬字，附有二十六個數目字表，和一千三百七十段注釋，每段注釋都提到兩三項文件，當中有一段提到十七項出處。除了田賦鹽稅兵餉等重要收支外，也包括了捐監與泰山進香的收入、鑄錢的情形和淮河裏製造糧船的實況等，其好處則在其詳盡。我無意任之分割碎裂。可是費正清的來信，顯示著以他學術上的聲望地位不說，只因著哈佛的經理，斡旋於兩個意氣用事的人之間，極盡其容忍，令人心折。

《十六世紀明代之財政與稅收》在英國也受了一段折磨。即臨到最後排印期間也因為阿拉伯人的原油罷市，英國能源短少，全國工作減半而停頓。最後在劍橋大學出版社出書時已是一九七四年年底，去我原稿完成已近四年，我立即寄了一部給費公，表示對他的「尊敬、景慕與感激」（respect, admiration, and gratitude），也收到他一封熱情洋溢的回信。

近多年來費正清教授失去了他在研究中國實質上的領導地位，雖然他的文字仍見於重要刊物，他自己也間常出現於電視，可是他的言辭已失去了當年的斬釘截鐵、鋒芒畢露的色彩（比如他曾說「國家」一字不見於傳統中國之字彙。又說國民政府戴上了「雙焦點眼鏡」，既復古也維新）。一九七六年我有一份稿件請他支持，他答應看後卻一直沒有回音。可是三年後他知道我在紐普茲被排擠失去職位，曾不待我的央請，令他以前一位高足，現任中西部一間大學法學院院長的給我電話，不待面試願意授我職位，只是我也有原因辭而未就。

他的自傳《到中國去》(*Chinabound*)出現於一九八二年，雖然內中也有很多有興趣的段落，只是也表現他爲優秀主義者(elitist)，即是他交往的中共人物，也限於風采翩翩受過高等教育的脚色(大凡治學的人都有優秀主義的趨向，連我自己在內。但是以這種態度對付現今中國廣大的羣衆運動則非常的不協調)，也暴露了他對蔣介石的憤怒出於感情作用。書中也有對某些人不必要的奚落(如亞索甫(Alsop)李約瑟(Needham)和一位台灣的官員(未具姓名)，書中提出他在哈佛費公給他不及格)。

費正清先生給我兩點最大的啓示，都出於他的著作中，一是他接收著他自己的恩師蔣廷黻的判斷，認爲不少的中國人對西洋情事非常清楚，對中國內地實況卻反而茫然莫識。另一則是中國有她本身的特徵，即現代化亦會保持她的特色。從這兩點啓示，我可以對中國前途保持樂觀的看法。不少的人沒有領悟得到，中國很多情事好像由上端人物片面決定，其實則領導人物無不遷就下端。自我從軍時在內地的情形，只眼看來即是缺乏有效的方法控制下端。刻下中國已逐漸能在數目字上管理，情形可望好轉。還有些人不僅對中國期望過速，而且盼望改革的後果也是極端的西化。這不僅不可能，也不需要，即日本經過美軍佔領，戰後改造全受美國指令，到頭日本並沒有成爲美國之翻版。所以今日中國縱有千百種不如人意之事，只要步驟上是朝安定康樂的大方向走，我們應當鼓勵協助其完成。這種樂觀的看法，已不復見於費正清最近之書刊。

我給費公最後的一段短柬自稱爲「不聽指示的學徒」(Your Wayward Disciple)。我也自認我負費公。可是即算我是不及格的三等僧衆，我仍要說我受大師費正清先生誨益非止一端。

一九九一年九月二十八日《時報周刊》三四四期

方知大藩地
豈曰財賦強

資本主義・社會主義・共產主義

以現下的眼光看來，所謂資本主義不外一種商業性質之組織與結構，注重資金之流通，人力廣泛之僱用和技術上支持因素（如交通通信等）的全般支配。用西方術語說來，即是包括finance, employment, and service也是現代經濟組織的共同因素，其所以稱爲資本主義者，乃是此種組織與運動初產生時完全以私人資本爲主宰，不僅司法與立法由資本家主持，而且像英國與荷蘭的東印度公司尙由政府授與最高主權，能在外建立礮台、組織軍隊、武裝運貨、簽訂條約。此外資本家在內虐待勞工，鉗制言論，對外營私販毒，買賣人口也是司空見慣。馬克思所嫉視的就是那樣的一種體制。他尙不稱之爲資本主義，只泛稱之爲「資本家時代」。其爲一種體制也好，其爲一段時代也好，總之即與現下之資本主義產生了一日千里的距離。

社會主義既在十九世紀與資本主義對立，它不可能放棄以上三個技術上組織之原則。不過在「資本家時代」的環境與作風之下，凡是賺錢之事就可以做，無法賺錢或利潤不豐的事即無人做。社會主義糾正了這樣的缺點，旣與國家社會有益，即不妨以國家資本投入經營。如果與社會有害，也可以立法禁斷。此外籌謀社會福利，提高社會風氣，都屬社會主義份內之事。嚴格說來迄今「純粹的」和「絕對的」資本主義已在世界上絕跡，任何資本主義的國家，都多少沾染著社會主義之風格。台灣可謂已進入資本主義的體制，可是政府動手主辦交通事業擁有銀行，也仍帶著社會主義之成分，更用不著說一九五三年的「耕者有其田」之法案了。孫中山先生即自稱民生主義也是社會主義。

然則我們把共產主義放在甚麼地方？

說來也難以相信，共產主義這一觀念創立遠在資本主義和社會主義之前。柏拉圖Plato在公元前四世紀作《理想國》The Republic即帶著強烈的共產主義色彩。十七世紀英國之發掘者Diggers也被稱共產主義者。他們擅自開拓公地，聲稱以耕作物接濟貧民，準備從英國之此一端做到另一端，必致耕地無法私有，又發行小册子，內稱「不應當有人為領主或地主，站在旁人頭上，世間應為全人類之男兒女兒而存在，使他們自出而生存。」法國大革命時有波巴夫(Francois Noel Babeuf)其人也在提倡共產主義。大概在社會劇變與激盪之餘，總有共產思潮的抬頭，中外一律。可是所稱共產主義，多憧憬於一種理想的初民社會，提不出具體組織之方案，有時幾近無政府主義。

馬克思之共產主義，有別於以上虛構性格。第一，他預計共產社會踏上了人類進化的最高階梯。亦即共產社會產生於資本家社會發展已到盡端時，已經有了高度集中之工商業的基礎。第二，他和古典派的經濟學家一樣，以「勞力價值論」(labor theory of value)作他理論之根據。所以他和恩格斯在《共產主義者宣言》裡不主張沒收農民和小本經營者以血汗撙節之資本。

只是縱然如此，馬克思的觀點，仍是十九世紀的看法。他的理論已經西方學者批判。當中最大縫隙，出於《資本論》之前後矛盾。此書卷一說及資本家必能保持他們的利潤。卷三卻說起資本累積得多，利潤必下跌。這已等於承認剝削之程度降低，工人受惠，一般生活程度提高，社會進化。果真如此又何必由他倡導共產革命？即此一點今日馬克思主義者已難自圓其說了。

而且又尚不止此也。現存於二十世紀之共產主義，由信徒自稱得自馬氏眞諦，實際更與馬氏理論背離。第一，共產主義出現於蘇聯、中國大陸、古巴與越南，全部都是生產落後之國家，並無資本主義創下雄厚之根柢。第二，這樣型的共產主義並不尊重工人之勞動力是他們自己的人身財產。從歷史家的眼光看來，迄下存在的共產主義統屬「戰時共產主義」（Wartime Communism），都不應當在平時狀態裏永久存在。

俄國在實行戰時共產主義時「自製造火車頭至開公共浴室」，無不由政府籌辦。內戰期間年產皮鞋七百萬雙，以五百萬配給紅軍，所有平民只配得其餘的二百萬雙。以後經過新經濟政策而一度放鬆，至斯大林執權而再度加緊。中國在毛澤東時代如已有人口十億則他們以十億藍棉襖的姿態出現，也可見得其管制之徹底了。

原來在實行資本主義的開頭，要做到投資、僱傭和籌備服務事業之前，社會裏底層機構裏所有妨礙自由交換之事物必須一掃而光，然後農業才能與工商業交流，所有剩餘才能此來彼往，全國才可以用數目字管理。蘇聯與中共都已初步做到這樣的程度。不過不如資本主義社會之聽任各人自行交換，各人自識指歸，戰時共產主義統由政府支配。簡單說來，一端是過度的抽稅，另一端對新興事業尤其是軍需工業拚命的津貼。蘇聯在希特勒入侵期間軍民死二千萬，略等於全人口十分之一，以後尚能轉敗爲勝，斯大林期間之建設功未可沒。只是他所創造之體制大體仍因東西冷戰而繼續存在。

我也有機會看到北京國務院一個研究單位的研究通訊。內稱中共執政之前三十年，其經理純用「剪刀差型式」。此即向農民低價購取糧食，也向城市人口低價的配給，以壓低後者之工資，有了兩頭的剋扣，才能不藉外援，存積了一部資本。同報告指出這三十年內農民對國家之貢獻總值六千億元，我稱之爲戰時共產主義毫不爲過。即中共自己也承認過去軍事方略爲「早打、大打、打核戰爭」。這方略遲至一九八五年才由中央軍委擴大會議宣佈放棄。

一個政策和一個體制既在兩個世界大國行有幾十年，且有實效，即不能由我們因爲旨趣不合，稱之爲文不對題，否定其歷史價值。只是今逢一九九〇年代，原核之制止力量(nucear deterrent)產生實效之際，以上之體制，已做到山窮水盡之地步，改革已不可待。

前面說過在資本主義的國家，交換由各人自主，行之幾十年或幾百年，已成爲社會上一種機能，各人不知而能行。中蘇的戰時共產體制，由官僚幹部作主，物價薪給片面決定，組織上不可能有自由經濟之細緻綿密，只能在大單位間交換時不仔細計較成本利潤行之有效。有如蘇聯之集體農場大至十萬英畝，又有龐大的拖機廠水力發電站，於是鋼鐵廠一意增加其噸位，能源又用以尋覓新能源，最後製造成大批戰車火箭，反而連最基本物資之分配及於糖及鹽且成問題，因爲背景如是，其政權只能向外表現侵略性格，對內獨裁武斷。刻下克里姆林宮之最大難關乃是武器無用，軍事預算卻仍過高，政府已將人民存積於銀行之款項挪借塡補赤字，又因煤礦工人罷工，今冬燃料堪虞。

因爲戈巴契夫採取不干涉政策，東歐共產主義的國家實際也是蘇俄在二次大戰征服之地區也紛紛脫離內部共產黨之掌握。這也就是遲至四十五年之後才在不意之中獲得獨立自主之機緣。

如此看來豈不甚好？共產主義的國家不戰自潰，天意人心都趨民主，又有何危機之可言？只是事實並不是如此之簡單。

共產主義國家之改革常有周期循環性，蘇聯過去之行政經濟政策及赫魯雪夫的改革均是半途而廢，固然意識型態不肯讓步有之，而事實上也確有技術之困難。如果我們將中共最近的經驗提出印證，此中關係更是一目了然。

簡概說來中共在一九七九年以前之體制可以「吃大鍋飯」四字概括之，即算有少數高級幹部私下生活奢靡也仍不過渾水摸魚，並沒有影響到組織與制度，可是經濟改革之後，一切問題反而叢生了，以前剪刀差型式下全民勤儉建國，大家都穿藍布棉襖尚且可以設計製造氫彈。現在既有自由市場而「全民所有制」的經濟又不能放棄，於是一噸鋼可售七百元，也可以售二百元。官僚之「濫用權力和忠於職守甚至無法區分」。而更有「個體戶」，他們的收入與尚在政府機構的人員一比，發生了「彈鋼琴的不如搬鋼琴的」和「開頭顱的不如剃腦袋的」現象。一般公務人員也開始顧慮到房租水電。我們務必體會到當中千條百縷的權利義務不是全無著落，就是和另一方面對不了頭。加以發展過快，兩種經濟互相競爭之下已將能源與交通工具用盡。擺在眼前的道路只有兩條，一是放膽繼續改革，將一部公營事業發賣，以優厚的條件舉債，承擔風險，不顧意識型態。一是緊縮政策，重新加強政府對各方面的控制，取締私營事業，經過今年五月內部的鬥爭目前好像是保守派得勢，後面這一方案抬頭，可是縱然如是，執行起來也仍不能徹底。因爲這些舉措既然否定過去十年的改革成就，眼看也沒有前途，而各地方的幹部有他們本身及地方的利益也不見得會奉行到底。

中國的情形如是，蘇聯的困難可知，其中也是千條百縷，也不能令造戰車的工廠立即去製糖，可是我們又不能因爲他們都是共產黨，則可以幸災樂禍的指望他們自招貽戚。因爲問題之重心不在俄共或中共，而是蘇聯人民與大陸同胞，他們的出處也仍影響到我們的前途。

讓我們再退一步講：大凡人類領導大衆的辦法，基本上只有三個：一是精神上之激勸，以神父牧師政治指導員主持之一。二是以武力強之就範，以軍隊與警察作執行的工具。三是策動各個人私利觀使公私利害凝合爲一，各人在自行其是的途徑下無形之中有助於社會秩序之穩定，較開明之資本主義（也有人提議稱之爲社會資本主義socialist capitalism）最符合這樣的做法。只是每個國家適應這第三條件之程度不同，而且也除非其改革已樹立規模，造成結構，前述兩個辦法仍不能放棄。剛才提到風險，萬一改革不愼，人心解體，徵糧抽稅的官僚放棄他們的崗位，擔任運輸的工人罷工，城市內千萬大衆挨餓，社會秩序紊亂，則只有鼓勵強人與獨裁者出面，到那時候也只有武力可以挽回局面了。因爲有了這些考慮，最近有不少流亡海外的民運人士雖經歷天安門慘案之餘痛，仍在揭櫫以「理智，和平與非暴力」的步驟達到他們的期望。

預測未來情事，不是歷史家的本分。我們也看到不少人所發預言，到頭無從兌現。主要的原因乃是今日世事牽連內外左右無數因素，它們在時間上的匯集(timing)，雖明眼人及大政治家無從掌握。反面言之我們的責任是闡釋現已發生的事情在歷史上之眞意義。從這角度看來，針對中共的改革、蘇聯的改革與反改革，意識型態已不重要。十九世紀的觀念早已過去。這些充滿著感情成分之「主義」名目，在二十世紀初期尙有動員之用。今日乃是第二次世界大戰後眞正的一次再復員，技術上之考慮超過一切。

我們當然希望中國的改革成功，對我個人講這也和我幾十年來所學的結論銜接，況且今日出現於蘇聯及東歐各種運動，半由中國首先提出裁兵和改革刺激之所致。最近尼克森訪問大陸，他正告李鵬：「一個眞正國際經濟出現了，而且不是任何國家有能力獨立管理的。」中共與蘇聯是否能完成其改革，從此確實進入以商業條例管理之境界，並且加入國際經濟間的分工合作，因之打開中國人所謂「區宇一家，天下混同」的局面？抑或如有些美國人之恐懼，二者之間尤其是蘇聯只在爭取時間充實實力，一旦羽翼完滿，只有更加強國際間的鬥爭？我們雖無法保證最樂觀的看法，卻也沒有預爲悲觀失望的理由。只好說這是一段「危機」，雖有各種潛伏之危險，卻也是絕好的機會。總之今日的發展空前，我們不能不提高警覺，可是也仍須將眼光放高放遠，放寬放大，去適應今日之特殊環境。

一九八九年一月十日《中國時報》人間副刊

赫遜河畔縱談主義

問：你替我們寫一篇約五千字的文章，敍述「共產主義」與「社會主義」的異同，好嗎？

答：那會是一樁費力而不討好的工作。

問：爲甚麼呢？

答：因爲我自己不相信那一套。

問：你連社會主義也不相信？

答：不是那樣的。我當然知道社會主義的存在。我在美國退休之後即依靠「社會安全」(social security)基金所發支票作生活費的一部分。還有些老年人則全靠這種收入生活。基金所發支票每年占美國預算內支出部分的一個很大的百分率，這已是社會主義之性格。又如美國村鎮劃分爲無數「學校區」(school district)。所有經費，大部由當地地產抽稅而來，也有一部由聯邦政府津貼，而聯邦政府的收入，不是稅收所入則是發行公債而來，而且各學校區也多發行公債，作爲他們興建校舍之用，債務也全由納稅人承擔。在這供應學校經費的時候所抽稅及攤付債務全不顧及付稅人家裏有孩子上學與否。比如說刻下我們家裏已無孩子受義務教育，我們也還有賴以棲身的小房子一所，每年付出「學捐」(school tax)約一千元。如此截長補短，即最貧寒家庭裏的子女也可以與富家子女同樣上學，也不管你家裏有一個孩子或十個孩子，全有巴士接送，也都有學校裏貸與的教科書，還有帶津貼性質的午餐，這更是濃厚的社會主義性格。

可是你和有些美國人提到社會主義，他們可以把它罵作毒蛇猛獸。我所謂不相信，乃是不相信完全以意識型態作主，讓理論超過事實，對左派右派正面反面全如是。

問：你用不著如此擔心。我的問題針對最近東歐局勢的展開而提及。爲甚麼有些人說共產主義已死路一條，又有些人仍在高唱社會主義優勝於資本主義？更還有些人將共產主義與社會主義兩個名辭認爲可以互相交換。它們到底是二而一，還是只有在某些方面局部的重疊？

答：哈，你提到左派意見問題更複雜了。你記得起一九五八年劉少奇和毛澤東的衝突嗎？

問：對不起，我生已晚，一九五八年，沒有，還不能躬逢其盛。

答：那時候毛澤東幹土地革命搞人民公社，中國的私人財產權在法制上的力量本來脆弱，經過他一搞一時蕩然無存，他就膽大包天認爲中國可以直接進入共產主義的階段。於是全民同樣的生產，都在房子左邊後面煉鋼，大家都吃大鍋飯，受著一視同仁的待遇。這樣把全國經濟鬧得烏煙瘴氣。不到年底已經險象環生。一九五八年十一月中共八屆六中全會在武昌舉行，通過了一紙文書，稱爲《關於人民公社若干問題的決議》，內中稱不應當無根據的宣佈農村人民公社「立即實行全民所有制」，甚至「立即進入共產主義」。那樣做「將大大降低共產主義在人民心目中的標準，使共產主義偉大的理想受到歪曲和庸俗化」。可是表面上錯誤不歸咎於毛而以陳伯達作替身。不久之後毛澤東只做中共黨的主席，而將人民共和國的主席交付於劉少奇，伏下了日後毛在文化大革命時清算劉少奇的基礎。

以上可見得主義這樣主義那樣即在中共已因人而不同，因事而異。另一方面說，這一紙文書也替今後中共樹立了一段立場：亦即社會主義與共產主義的區別有等於「集體所有制」和「全民所有制」的區別。我之所謂不相信，乃是不相信此「制」字。從我剛才舉出的例子說來，即算資本主義的美國也已滲入一部份「集體所有」和一部份「全民所有」，可是仍不能憑藉當中任何因素造成清一色的「制度」。美國如此，其他各國亦然。

問：難道你提議廢止這些名日，將它們摒棄於你著書講學之外？

答：當然不如此。我不怕這些名辭，只是不願為大帽子所壓倒，被意識型態所蒙蔽。如果有人提及社會主義在某時某地出現，我當根據事實斟別它社會主義之成分和社會化之程度而不願囫圇吞下。

問：你是一個學歷史的人，倒眞可以用如此閒情逸致去分析解剖。但是一般人怎麼辦？

答：先替自己造成一種判斷的標準，基本上並不甚難。

問：那也就是我劈頭要你寫文章的宗旨，你卻預先推卻費力又不討好。

答：你問的是旁人的立場，現在我提及的乃是你自己應先預有標準，此中當然有一段區別。

問：好，就算我自己的標準，如何下手？

答：首先認識「共產主義」在歷史上演進之由來。其實英文communism由「公社」(commune)及「主義」(ism)的接頭語和接尾語拼合而成，原來應為「公社主義」。既然如此，則只要有成員自動組織公社，不一定必要國家在後支持，也不必強迫個人加入。

在馬克思以前的共產主義全屬這種性格，要不是原始社會裡私人財產尚未成為一種制度時的狀態，則是有心人憑自己的理想組成公社，各人放棄私人財產，集體勞動，全面分配的情況。前者為前者大概都不能在現代社會裡立足，只有印度鄉村裡所謂「渣基曼尼系統」(jajmani system)到二十世紀還保持著一部原始共產主義的痕跡（馬克思在《資本論》裡就一再提及)。後者也此起彼伏，經過若干人的提倡，曾在蘇格蘭、愛爾蘭和美國的印第安那州試驗多次，最後都全部倒閉，所以有人認爲共產主義整個想法不合實際。

問：這在甚麼時候發生？

答：你問得對。我說的既爲歷史事物，則必牽涉到時間之層次。以上發生於一八二〇到一八四〇年間，也就是拿破崙戰爭之後，國際保守力量抬頭，產業革命進入高潮，勞動階級確實被剝削得厲害的時候。你一看那時西方各國初期存積資本的紀錄也確實令人膽戰心驚。例如六歲的孩子每天趕工到吃飯的時候，食物在口昏然入睡以致父母哭泣。十多歲的女孩子一絲不掛用軛套在頸上到煤礦裡去運煤……

問：是在這種情形之下才有主張使用暴力的共產主義出現？

答：不。迄至一八四〇年間，上述烏托邦共產主義者並沒有認爲他們是共產黨，而自稱爲「社會主義者」，他們也仍以爲工業社會的變態可以和平的方式糾正。有如羅拔．歐文(Robert Owen)，他對組織公社曾產生了領導的力量，除此之外他也發動組織工會和消費合作社，凡此都有與當日之資本主義和個人主義對立的趨向，他就自稱爲社會主義者。而法文「社會主義者」(socialiste)一名辭據稱最早曾出現於一八三二年，又經過《新百科全書》(*Encyclopédie nouvelle*)的提倡，這名辭才流傳遐邇，所以至今社會主義這一名辭可能有兩種不同的涵義。廣泛的含義包括共產主義在內，只要與資本主義和個人主義對立，都可以稱爲社會主義。即有些共產黨員也自稱社會主義者。而且蘇聯正式國名也還是「蘇維埃聯邦社會主義共和國」。另一方面這名辭也可能有一種狹義的解釋，即可能與共產主義相對的存在。

在造成後者的解釋，以馬克思的影響最大。

問：馬克思如何能夠一手獨攬乾坤？

答：他和恩格斯著作《共產黨宣言》的時候，正値一八四八年的革命傳遍歐洲大陸（英國則已經在社會上採取了某些改革沒有被波及）。這小册子才指斥以上以公社爲基礎的共產主義爲烏托邦。他們又標榜他們自己所提倡的共產主義爲「科學性」的共產主義。《宣言》裡面說：「共產黨員的理論可以一言以蔽之，即是要廢除私人財產。」這樣一來，已不是以公社爲基礎的共產主義，也非志願組成。communism不復與commune發生直接關係，倒與中譯「共產主義」非常接近了。這小册子裡面雖然包括不少積極性的建議也帶著挑戰性的情調。例如說及共產黨人要將「所有現存的社會條件全部武力推翻，讓統治階級在共產革命之前戰慄。」這些文句要參對當日法德義奧的工人與學生，在一打以上的城市與政府軍巷戰的情形，和前述勞動階級的悲慘境界對照，才能了解得眞切。階級鬥爭已非抽象的觀念，而係眞人實事。

他們的結論如是之武斷，如是之不妥協，也就與前述一八四〇年間前的社會主義互相排斥，而實在的《共產黨宣言》裡面有好幾段幾節指斥「反動的社會主義」、「保守派及小資產階級的社會主義」。這些立場都有將作者們所標榜的共產主義駕臨於當日社會主義以上的情勢。

馬克思也說過：「從每一個人根據他的工作到每一個人根據他的需要」，他已經將社會主義與共產主義的分野解釋得更明白，也就標示著共產主義的精髓已在「各盡所能各取所需」的最後階段了。

問：你這一解釋我就只越聽越糊塗了。你前面說及馬克思毫不妥協，要將現存社會全部推翻，現在又提出一個社會主義的緩衝階段，到底何去何從？

答：尚不止此，《共產黨宣言》也提及辦義務教育和抽累進的所得稅。稅收既爲累進，則可見得收入之高低幅度仍大，亦即現存社會條件尚未全部推翻。總而言之，《共產黨宣言》裡始終有一種雙重著眼，一是最後之目標，一是刻下之步驟，當中沒有確切的時間表。也難怪今日之馬克思主義者，可以自稱信奉共產主義而目前不過執行社會主義之準備工作罷了。

問：謝謝你。我現在才知道你所謂費力不討好的來由。你不能把你自己不相信的理論解釋得合理。那你也和我一樣對馬克思這一套全部否定？

答：讓我這樣說吧，熊彼德(Joseph Schumpeter)和羅賓遜(Joan Robinson)都對馬克思有極苛刻的批評，熊指斥馬的寫作又重複、又雜亂無章。羅在最扼要之處，責備馬克思之前後矛盾。他們也都是不主張用暴力的人。但是他們並不全部否定馬克思。他們是經濟學家，卻也在著書時勸告讀者忽視馬之經濟理論，而注重他的倫理價值。我前面說及美國學校區之抽學捐，雖一百多年之後，仍不能說沒有受馬克思的影響。總而言之，共產思想是人類的一種理想，即中國《禮記・禮運篇》已有共產趨向，只要不被用作幌子侵犯人權，無從禁斷。

我所學的是歷史，馬克思的歷史觀有一個最後的觀點（最近福山博士(Francis Fukuyama)所作論文觀點相反，方式卻一樣）在哲學上稱爲「目的論」(teleology)，我不能接受他的看法。但是他的唯物史觀，我覺得受益不淺。一方面也由於歷史學之研究進步，今日我們已有了很多眞人實事的資料，就用不著倚靠各種抽象的觀念作立論的基礎了。最有趣的我們也能「以子之矛攻子之盾」。因爲一百多年後看來，馬氏的著作也仍是理論多於事實，意識型態重於唯物。

問：你對今日蘇聯中共及東歐的看法也是如此這般？

答：你這一問題要我將一百多年來的中國史和世界史作三兩句話說清，事實上有所不能。俄國因第一次大戰不得下台而革命，列寧認爲革命者應由少數菁英組成，行動起來必帶陰謀性質。又認爲馬克思所謂歷史行進可能縮短，幾百年的程序可在八個月完成，史達林謂社會主義可在一國之內遂行，毛澤東以農民代表城市中之無產階級，又製造了一段中國資本主義萌芽的史料，東歐之執行共產主義由於外界的軍事力量壓迫。這些都是馬克思做夢也想不到的情節。我雖有些愚見，只能留待旁處發表。

一九九〇年一月二十五日《中國時報》人間副刊

摩天樓下的芻議

衛方在波士頓遇見了他的朋友。晚餐之後聚談到十點半，他辭別了出來。朋友原來邀他在旅館裡住夜，他辭謝了。在夏天像奧頓這樣的旅舍，單人房間起碼就是一百美金一夜。而且衛方每一旅行就失眠。與其輾轉反側地糾纏著枕頭和床單掙扎，還不如星夜回家，說不定在巴士上還可以若斷若續地坐著打盹。

在車站裡，他發現洗手間在地下室。但樓梯口有一位穿制服的服務員把守，來人非持有車票，不得下梯。

上下樓梯之後，衛方還想到當晚他和朋友在奧頓的餐室裡的晚餐。他叫的是小鱈魚，朋友要的是海味特品(seafood special)。他們的侍者名叫沾米。

「一切如何？」沾米每幾分鐘就走來問。

朋友告訴沾米，海味煎烹得過度。「抱歉。」沾米說著。衛方在旁邊沒有明講的則是鱈魚味同嚼蠟。付帳時，朋友在帳單上簽了字，另給小帳三元。沾米取過去，初時並沒說什麼，過了三、四分鐘他又回來了，手中仍拿著內有帳單與小帳的膠型碟子。「先生，」他告訴朋友，「你的簽字沒有註明房間號碼。」這位朋友照著侍者的指示，將房間號碼加寫在簽名之下。這時候，三塊錢小帳仍在碟裡，沾米就趁著這機會做文章：「先生，」他說：「難道這裡的服務這麼壞？」

「什麼？」東道主已經把筆放在口袋裡，很驚訝地瞧著沾米。對方仍然站在桌子旁邊。很理直氣壯地陳述：「你給的小帳不到十分之一，所以我要知道服務有什麼不好的地方。」

當面被抗議小帳給得不夠，這是第一次的經驗。可是，這是沾米的世界，小帳已是份內應有而不是額外施恩。他又不能原恕這兩位資深公民之年老無知，重複地說：「這小帳不及十分之一……」

衛方不能猜想四十年前，當他的東道主胸前掛著飛行員和降落傘的徽章時，對這種質問的反應，現在到底是經過聖命的牧師（ordained minister），此一時彼一時也，態度自然不同，他從皮包裡找出一張五元鈔票放在碟子裡，才把三張一元鈔票收回。沾米算是對他的抗議得到圓滿的解決，低聲哼著道謝退場。

波士頓到紐約的巴士擠滿了旅客，有些人在車門口站隊達一兩小時，就是想要佔得座位。衛方上車時已經找不到座位，後面還有三十個人，照例公司要加派一輛車，但是這時候司機用擴音器叫乘客將行囊放在座下，小孩放在大人的懷抱中，「如果一個人佔著兩個座位，就要加買一張票。」這樣的呼喚之後，衛方得坐在一位太太的旁邊，她被迫將一個約三四歲，正在酣睡的孩子貼著自己抱起。

最後還有一位太太讓一個五六歲的孩子佔著一個座位。司機走上前要她買票。

「照規定他不需要票。」她辯著。

「他不需要票，那也就不能佔座位。」司機緊迫著，還站在旁邊不去，這位太太意態怏怏地也把小孩貼身抱著。司機算是替走廊上最後一個旅客找到了座位，於是再度清點人數，又向傳音器裡說了些話，巴士才離站，至此已近半夜時分。巴士脫離了波士頓市區，進入跨省公路。

不知什麼時候，他眞的打了一陣盹，醒來只聽著司機大叫。「哈特福！」此時只有一位乘客下車，座席也給一位新來的乘客接替。衛方又在矇矓中繼續他的旅程。再醒來時，巴士已入紐約州。外面的雨已經停了，沾濕的樹葉在路燈之下帶著晶瑩的景色。自從一九七四年衛方已成爲美國公民。提到美國好的地方，衛方是毫不猶疑的。在他所著的歷史書裡，已經說明抗戰後期，中國是靠美國的支撐才能獲得最後勝利的。他也記著一九五〇年間在美國南部旅行的時候，車站的洗手間沒有派專人看守，卻有「有色人種」和「白人」的區別，任何地方都是分作兩處。即是飲水的噴泉，也標示著colored和white，眞是涇渭分明。

巴士在清晨四時半到紐約汽車總站(Port Authority Terminal)。下車之後，他才知道一切不如想像。偌大的紐約總站，只有灰狗經營的地下室一部分開放，有警衛守門，只讓有票的人進來。候車室已經坐滿了人，還有人在地上躺著睡覺，也有人靠在樓梯旁邊看報紙。

提著行李信步走到四十二街，他已經問明白了：第一班去紐普茲的車在清晨七點出發，車站在六點半才開門售票。離現在至少還有一個半鐘頭。這時候街上雖有車輛行人來往，但所有的店鋪全都關著，即使咖啡店也是門扉深鎖。他抬頭望著很多的摩天樓，又興起今昔之感。衛方第一次到紐約時，全部的建築都是鋼骨水泥，現在卻有很多的用有色玻璃做建築的外表了。

沿著第九大道走去，他不敢太靠著建築物走。因爲有些無家可歸(homeless)的人正傍著牆壁睡覺；有燈光的一片地方，則有不少街頭的叫化子。

他不能過度的發牢騷，訴不平。紐約是世界上最大的通商口岸，也是各種時裝美術藝術表演展覽之中心，有天才的人起先或者有些困難，只要在這幾平方哩的面積內打開門徑，無一不獲得生活之滿足，物質上的報酬也很實際，十萬百萬隨手而來，也不分人種國籍的畛域。他也不能過度的代街頭搭地鋪討飯吃的人伸冤。美國現在可算「全部就業」(full employment)。到處都是事求人(Help Wanted)的廣告。不然像沾米那樣的侍者，要是記掛著飯碗之安全，又何敢在資深公民的顧客面前講小帳不能少過十分之一的大道理？至於報紙雜誌上有時還提到百分之五到百分之六的失業人數，則有專家分析其咎在這些人自己身上，其中大多數則是無可僱用(unemployable)。再說得不好一點，在這個時間、在這樣的一個地方仍蹓躂於街頭的人，也就是沒有出息。在重視成功的社會裡，他們只能被稱為失敗failure。

衛方也索性承認自己是一個失敗者，不然何以天尚未亮，仍蹓躂於紐約的第九大道與四十二街之間？又何以四分之一個世紀之前尚在侃侃而談，閒坐著吃龍蝦，今日則自己扛著行李袋付不慷慨之小帳？

雖說閒常他有這樣的想頭，可是又不願如此衷心的糟蹋他自己。

他也不願爭辯在經濟景氣的年份仍然找不到事做，其咎在社會還是在各人本身。他認為兩種情形都能存在，彼此都有理由。要是加入此中爭論，他就會被捲入現實政治的漩渦中去了。他學的是歷史，這時候他希望以一個學者的身分，對現時政治保持距離，可是歷史承先啓後，又不能和今日不關痛癢。同時他看到很多人沒有看到的一個大問題：刻下美國和很多亞洲國家打交道，政治思想的衝突已屬次要。這些國家以廉價勞工製成品侵入西方的市場，使美國對外貿易，產生收支上絕大的不平衡，也仍可以平心靜氣的根據數目字談判。唯獨兩方之不同，可能因宗教思想之不同而產生更大的差異，至爲可慮。

比如說：日本和美國同時提倡資本主義，日本人卻將神道的宗旨滲進了他們的生意經裡面去了。又如新加坡也和美國一樣的在實行資本主義，可是這個城市國家針對內外情勢嚴格的主張由政客作主，採取儒家「自謙」和「一國興仁」的辦法就和美國的新聞界造成一個勢不兩立的情勢。

衛方之所謂宗教，有一種廣大的含義，包括出世入世的思想，有形與無形的成分，大凡一提及人生之「最高的」目的和「最後的」宗旨，又牽涉很多人衆，即不妨以宗教視之。這樣看來，神道也並不神秘，甚至可以用「清明在躬」的四個字籠罩之。即是穿鮮明淨潔的衣服，反映著山川自然之靈氣，甚至保持著原始社會的恩義觀念，只要在這種美術化原始型的條件之下，做人做事表現著既簡單又眞切有力的風格，即可以算得符合神道之旨趣。所以美國人做生意以賺錢爲目的。日本人之做生意除了賺錢之外，還要各人在其行動之中，反映著他們國家的原始性格，就不期而然的在世俗之成功的局面裏，產生了一種精神上的力量和集體的效果。有些日本人還意不在此，索性藉此鼓吹日本人種優秀，甚至有修正第二次世界大戰結論之趨勢。

新加坡的華裔公民佔百分之七十。如果他們都以短視界的立場，堅持狹義的本身利益，也眞可以暫時頤指氣使，把華人的地位捧上雲霄。只是處在一個億萬的印度人馬來人回教徒之人海中，短視界的作法，很難有成果，而且貽害子孫。好在儒家思想「柔遠人，來百工」，向來一視同仁，也是中國人的歷史性格。現在新加坡決定用這種態度當作立國精神，甚至將南洋大學原來專用以保持傳統的中國文化之教育場所一併封閉，要他們和新加坡大學合併，如果將一個行政上的大前提，處之如憲法精義，也不容爭辯，看來就有宗教上的硬性了。

很多美國人沒有想起的，他們所表彰的「自由」也一種歷史產物，也有北美合衆國的特殊性格。英文裏面有兩個字可以視作自由，一爲freedom，一爲liberty，前者帶有濃厚的宗教意義。十七世紀的清教徒，在其旗幟之下，深信他們個人接受了神之啓示(calling)，遠渡重洋，來北美洲披荆斬棘，把個人主義和自由主義發揮到極端。後者追溯其根源於歐洲之中世紀，起先封建領主將城市特權(municipal franchise)授與市民(burghers)等到經濟發展成熟才普及於全民。美國得天獨厚，也可以說是將一個已經試驗有效的組織與系統，施行於一個空曠的地區。可是也還要經過無數的奮鬥，最顯然的則是四年的內戰，當時雙方都認爲爲自由而戰，北方固然認爲解放奴隸是一種解放運動，而南方也認爲抵抗強迫就範的威脅是他們作人的第一要義。所以至今內戰的歷史仍爲美國人百讀不厭的題材。至於美國人在海外爲自由而犧牲，已經用不著說了，旅遊者只要看到各處的美國人公墓，就可以想得起。

衛方已經走過十一大道，他才折回東行，這時天已微明。他知道本身自已決定爲美國公民，不可能與自由的宗旨作對。可是他覺得不顧其他國家的歷史與社會背景的推行自由爲不合實際。自由是一個極爲廣泛而抽象的名辭，在古今中外一向就爲人濫用。今日亞洲諸國除舊佈新，只能根據自由平等的大原則之下，讓他們各自發展他們的國家性格，不能由外界干涉，使他們的群衆運動，變成一個四不像的改革(unstructured form)。次之則以美國的尺度衡量亞洲，往往做得文不對題。今日美國公民享有之自由乃是社會分工合作進展到某種程度，法律賦予各人權利與義務之一種保障，包括各種特殊情形，並且仍在流動狀態之中，也仍在不斷的修正。要是其他國家的經濟條件尚未發展到這程度，就要實行同樣的自由，首先就費力而不討好，萬一僥倖讓有些人獲得如此之自由，他們即將之翻轉爲特權。刻下很多華裔青年，接受諸般誤解，生活沒有宗旨，甚至走私販毒，結成犯罪之幫派，即是今日華爾街證券市場之舞弊，已有華裔參加，這都是他四十年前初來美國之所無，難道這不是濫用自由的例子？

等到車站將各種鏈條撤除，各處門窗店鋪大開的時候，他到阿莊力克公司的櫃台上買了票，順便又去隔壁不遠一家點心店，買了一塊黑草莓蛋糕，他的早餐。這店裡卻無去咖啡因之咖啡，於是他又從自動樓梯上了一層樓，那裡有一處小食店，在那裏購得他要的飲料。掌櫃的女店員是亞洲人，看樣子也是華裔。

「六毛五分錢，」她說。突然，她看到衛方手裏的紙袋，內盛黑草莓蛋糕，乃樓底下店內之物。「喂」，她指著這袋向衛方警告，「你不能在我們店裡吃這些食物！」

原來這店裏也有它自己的點心，也有空桌子讓顧客憑站著吃早點。當然它有權力拒絕來客用他們的家具，去幫助樓底下的競爭者賺錢。衛方很誠懇地解釋，咖啡與點心都準備在巴士上用。

他又買了一份《紐約時報》，才匆忙地奔去樓下的候車室。他左手抓著兩個紙袋並報紙，右手拇指穩定著掛在肩上的行李袋，夾在食指與中指之間的乃是阿莊力克的汽車票。如此他可以及時站入乘客的行列中去，用不著掏腰包。

他已經站在慶士頓和紐普茲的乘客陣容裏了，可是他還是想著東方與西方，美國和亞洲。

這中間之不同已經展開成爲一種宗教問題。清教徒在麻省登陸已經快四百年，今日很多的美國人，已不常到教堂去做禮拜了，可是「我的良心只有神知」的觀念卻已經透過三百多年來無數的歷史事蹟轉化而成一種社會力量，把持這種觀念的人，當然要盡力保衛各人的獨立人格，因之將個人主義和自由主義發展到最高峰，這也是使衛方在年輕時代醉心於美國之一大主因。可是這種想頭也容易使各個人所想像的宇宙限於自身的人身經驗。在今日一種帶收縮性的世界裏，這樣的宇宙觀是否合適，甚成疑問。

當司機開始收票，乘客每六七秒鐘向前走一步時，他更猛省地記起，他想發表的意見不易被人接受。「甚麼，」他可以預算到對方反應，「你打算傳播東方及集體性的哲學(philosophy of collectivism)？」

衛方無意傳播東方之集體性的哲學，他只希望這樣一個世界能夠依然存在。這也沒有超人的見解，他想今日之資深公民必有很多與他有同樣的想頭。他為人父已二十多年，曾看到不少的美國父母帶著他們的子女，去參加小狐童子軍cub scouts、芭蕾舞、幼年棒球隊、軟式棒球隊。縱使他們都是個人主義者，又縱是他們都不明言，總也不能離開一個心有同感。

現代的中國人，很少的會以贖身超度(redemption)的觀念，或因個人與神之特殊關係之下祈求永生。可是據他所知，一種父以子繼、兄以弟繼的傳統卻仍然壯盛。換句話說，他們都在血緣關係中祈求永生。如此則必須現有的一個世界依然存在，於是也必須延長擴大個人的宇宙觀。這種想法是否可以與西方的個人自由主義並存？他希望如此。

他衷心地希望如此。在二十四時之內，兜了一個大圈子，走了五百多哩路，看到了數十年沒見面的老朋友，當然內中仍有不少個人的想法，只是始終沒有忘懷這樣的一個念頭。

一九九〇年七月《廣場》第二期

一九九〇年九月十五日《中國時報》人間副刊

怎樣讀歷史

中國在二十世紀有很多地方適應於孟子所謂「此一時也彼一時也」的說法。首先對日抗戰動員了三百萬至五百萬的兵力，與強敵作生死戰八年，戰線連亙五千里，已是洪荒之未有。而接著毛澤東的土地革命其範圍之大程度之深也超過隋唐之均田。今日重創法制性的聯繫，以便從過去農業式的管制方式進展到以商業爲準則的管制方式(稱之爲資本主義或社會主義尚不過是當中的枝節問題)也勢必工程浩大，牽扯極多。不少寫歷史的人，包括我自己在內，通常不能甩脫個人的觀感，而且感情用事，容易小心眼，用尋常人的眼光去議論非常之事和非常之人，也就是容易忽略後面有大規模的群衆運動在。

讀史要認清時代

孟子還有一句話，「盡信書不如無書」。中國人在二十世紀不僅推翻了超過兩千年的專制皇權，停止了科舉取士的制度和與之共存亡的傳統教育方式，也在社會組織、婚姻關係、宗教思想、對人態度甚至衣食住行各方面都有了顯著的改變。如果這種社會革命沒有更換我們所用的語言，至少它也增訂了我們常用的辭彙。可是傳統古籍仍是以舊時代的眼光寫成，連《二十四史》和《資治通鑑》在內。這教我們如何是好？將所有古籍全部放棄？或是待全部歷史重新編訂功成之前，叫一般人暫時不讀歷史？

我們不敢贊成這樣削足就履的辦法（在過去朝代國家內曾如是通行，即「文化大革命」也步其後塵），可是不得不提醒讀史人，務必放寬胸襟，增廣視野。讀史的人也要和創造歷史的人物一樣，認淸自己在時代內的使命。尤其今日之年輕人既已崇慕自由，則更要孕育各個人對公衆事務判別之能力，而讀史是增進這種能力的最有效之捷徑。

對中文已有相當根柢的年輕人講，我主張在研究現代史之前，先對「傳統中國」的這一段有基本的認識。中國歷史的特色，即是長期的以文化上的力量和社會價値作行政的工具，數量重於質量，紀律重於法律。雖說經過一百多年來的長期革命，這些因素已在逐漸消磨，可是卻並未全部被摒斥於我們的生活圈外。縱使過激之人士，企圖將它們整個剔除（有如魯迅，他稱之爲「吃人的禮教」，而且要讓「孩子們」再不被其汚染），至少也要知道它們的內容和活動的範圍，才能掌握著我們身歷其境的長期革命之背景和沿革。

道德立場是史書通病

《二十四史》和《資治通鑑》諸書仍爲今日治史者的原始資料，即教科書和新著作不能脫離這些原始資料之窠臼。諸書旣已標準化，又在後期經過各朝代審訂，當然不如理想。其中最大的通病，是其以道德的立場講解歷史。我們今日檢討傳統中國之成敗，亟要知道各時期土地政策、軍備情形、社會狀態等。道德不僅是一種抽象籠統的觀念，也是一種無可妥協不能分割的因素。如果它一提出，則涇渭分明，好人與壞人蓋棺論定，故事就此結束，如此最容易阻塞技術上之檢討。好在各書以道德饒舌的地方既明顯又重複，讀者只要稍具用心，不難一眼看出。

〈食貨志〉的啓示

原始資料之過於龐博，可能使初學者望而生畏。我的辦法是將每一主要朝代的興起、最後的覆亡，和當中重要的轉變，分作三五個大題目，而用原始資料充實之。因爲我注重從技術角度檢討歷史，所以曾花了相當的時間披閱《二十四史》的〈食貨志〉。此中食爲食物，推廣之則爲農業。貨爲貨幣，推廣之則爲商業。只是《二十四史》裡有〈食貨志〉共十二篇，而且繁簡不一。如《宋史》之一篇，則共十四章，本身就像一部專書。《遼史》的〈食貨志〉只寥寥數頁。而且因爲古今眼光之不同，我們很難在一章一節內找到有價值的資料下結論。所以只能利用它作開路的引導，而向其他方面推廣蒐索，再以各文之互相引證前後連貫作覆審的根據。例如我在《遼史》〈食貨志〉裡看到《禁朔州路馬羊入宋》。後來細看張擇端所畫的《清明上河圖》則當日之開封，連大車都用黃牛與水牛併拉，也可見得其禁令之徹底。回頭再讀拉體摩(Owen Lattimore)的專書，更相信馬匹因耕作地區之差異在中國地緣政治(geopolitics)中極重要。我自己讀〈食貨志〉的一種心得則是整個傳統中國的歷史自先秦至明清，可以連貫的用財政稅收解釋。

以十七世紀的英國爲出發點

中國的現代史也可以概略的看做傳統中國與外界接觸和衝突，又經過大規模的調整後更生再造的一種紀錄。因此對中國青年講，又不能不對外界的歷史有最低度的了解。因爲牽涉過廣，又面臨著今日之特殊情形，我建議先以十七世紀的英國作出發點。這建議包括著重點主義之立場，也藉之了解兩種文化匯合之源遠流長。英國在十七世紀人口才由四百萬增加到六百萬，但是經過三世紀的流血動亂，才將一個農業基礎堅固的國家，改造而爲一個以商業法制管理的國家。迄至世紀之末，全國已如一個城市國家，全可以用金融操縱，銀行業與保險業也開始露面。這不僅可以用資比較，還可以從這原始型態（proto-type）裡看出各國需要現代化的這個問題之由來。

從根本的政治哲學著手

在政治哲學方面，我也主張從根本的方面著手。今日之讀史者縱未翻閱過柏拉圖之原書，或未參加過基督教堂的禮拜，也應當獲悉他們思想體系之輪廓和「原罪」的意義。文藝復興以來的思想家如馬基維立（Machiavelli）、霍布斯（Hobbes）和洛克（Locke）爲古典派經濟學家之先驅，也透過後者而影響馬克思。如果讀者全不明悉這思想線索之由來，則很可能對今日之西方生誤解。以上的作家從自存（self-preservation）解釋到人性爲惡，最容易引起中國讀者的反感。可是這已經無數的學者解釋：現實的承認人性爲惡，並非提倡人類應當爲惡。如果我們呼籲今後不用暴力，這還講得通，要是歷史家否定過去暴力之存在，又不承認其在歷史上之作爲，就不合實際，其所寫歷史也與實情不合了。

綜合以上所述，這「長寬深遠」的設計，無非針對著目前地覆天翻的局面，其用意也仍是注重「時間上之匯集」（timing），亦即不離孟子所謂「此一時也彼一時也」的著眼。又因爲最後需要讀者作主而自存信心，所以又必加上一個「盡信書不如無書」的附帶條件。

一九九一年五月三十一日《中國時報》開卷副刊

一九九一年八月《讀書》

從綠眼睛的女人說起

尉凡多年就傾慕綠眼睛的女人。他以為和一個綠眼睛的女人接近，就可以產生好多羅曼蒂克的情緒。後來總算運氣好，他居然和一個綠眼睛的女人結婚！可是不久他的太太就買了一副隱形眼鏡。戴上隱形眼鏡之後，她的眼珠已是藍色，而非綠色。並且她不贊成他以羅曼蒂克的眼光觀察事物。

他前幾年去波士頓看到一家商店發售中國出產的竹籮筐，所用的竹片倒也細緻，手摸著也不會被竹纖維戮傷。他就花了十五塊美金買了一個，大約不到兩呎的圓徑。初時他也沒有打算作何用途，只因為這是道地中國土產。恰巧他又去哈佛燕京圖書館，朋友幫他借了幾十部書，他即隨手將所借書裝在竹筐之內帶回家中，不料這竹筐竟發生了特別的用途！他當時正在寫一本關於中國十六世紀後期的專書，既涉及宗教法律，也牽連到各種儀節和社會形貌。只是所有的資料分散在各處，有時候寫一段也要翻閱到五六種書籍的記載，要是把書都放在桌上則彼此重疊，而且古裝書與洋裝書紛至沓來，總之就是要找某一專書時一般無線索之可循，也容易在匆促之間把已經尋索過的一堆書堆放在尚未尋索的幾本書上。因之翻來覆去更無條理。有了竹籃筐諸書高低左右不等的擺在裡面，又置放於椅旁，從上向下俯視下去一覽無餘，也可以採所要的書隻眼看出，信手拈來，如是省事不少。並且可以保持著桌几的簡明淨潔，所以尉凡這一本書的成功，得力於祖國土產竹筐之力不少。

可是書稿寄付出版社之後不久，他的一個十幾歲的孩子一天走進他的房間，就說：「爹爹，你這隻竹籮筐空著沒有用，倒不如給我借去盛髒衣服。」尉凡還想辯說，已經來不及，竹筐已給兒子扛走了，本來兒子唸高中的時候就玩足球，又演話劇，有時還要借媽媽的汽車去會女朋友，髒衣物在房內亂丟亂甩已經受過爹爹的指摘。這時候要借爹爹的空器皿作一番整頓，尉凡也沒有充裕的理由阻止。只是他也一直沒有機會再補充那有用的竹籮筐，因之近日他的參考書也仍一團一堆地囤集在桌上，有時他也仍在做研究工作的當頭，將已經搜索過一堆書擱置在幾本未經尋索的書上，因之要尋覓之線索，仍是百覓而不得。

好容易兒子高中唸完，大學也唸完，也找到了工作遷出戶外，尉凡正在打算將失去掌握的竹筐收回自用，可是也是動作遲緩。一天早上他的藍眼睛太太也是原來的綠眼睛太太對他說：「我在清哲夫的房間，他的衣櫥裡有一個中國式的竹籮筐。你說巧不巧。我們起居室裡那盆樹正缺乏如是這般的一個器皿盛裝著。擺在地毯上也和背景調和。你去看一看！」

尉凡用不著去看，他已經知道收回主權的事無望了。

按其實尉凡一生失去自己掌握的事情很多。即使和綠眼睛結婚也非本人原意。只因著抗戰軍興，他被逼著廢學從軍。當日的想法抗戰只要四年就可以結束，並且只要中國人肯拚命，日本人被軍閥逼著參戰，沒有不敗的道理。還有一個英國人叫做H. G. Wells就寫了一本書，預言日本人一到湘鄂區的山地之間，中國立即會轉敗為勝。所以那時候不少的中國人只承望日軍早到湖北，連尉凡也在內。直到他從軍又從軍官學校畢業下部隊之後，才知道全不是那麼一回事（讓咱們悄悄的說吧，要不是美軍救駕，幾乎作了瓦上霜）。自此也一波生一浪，尉凡也隨著抗戰勝利而保送出國深造，又隨著因內戰而軍隊被打垮再悄然在外國做小工，即以後娶番婦，年近半百才有了一個寶貝孩子，全出自原有計畫之外，更與預定的進度不符。

因此他也採取了一種不同的人生哲學，究其實也是自然其說的解釋。幾年之前他問了自己的一個學生：「這件事原本由妳自己選擇，妳預先決定了出生在美國，時在二十世紀，並且爲女性？」這女孩子倒也伶俐，她一下子就領悟了尉凡的意思。「凡教授」，她就嫣然一笑的說：「我連出生與不出生之間都無權決定。也不知道如何之間我就出生了！」

可是尉凡既是自己志願入美籍也曾宣過誓，就不能指教學生各行所是。他就解釋「自由」和「個人主義」並非兩位一體，美國所提倡的自由，著重宗教上的意義，所謂「我的良心只有神知」已在開國之前就由與正規英格蘭教堂作對的傳教士廣播於新大陸，即是開國時，也強調自由，也帶著現實的經濟意義，卻仍是對英國的高壓政策而言。譬如說那時候英國人只許美洲殖民地的人製生鐵，卻不許設鋼廠煉鋼，所有鋼產必由英國輸出。即是比較精緻的製成品也不能由北美洲上的一個殖民地，也即是今日美國之一州，輸出於另一州發賣。他和美國學生說著的時候，很多學生以前都沒有聽說到這一套。按其實當日曾有一位經濟學理論家名 Adam Smith 的就曾寫下一本書題爲 *An Inquiry Into the Nature and Causes of the Wealth of Nations*，多年在中國已有譯本稱爲《原富》，對這些事情有了詳細的記載。並且這書也在一七七六年出版，正是美國宣佈獨立的一年。要是西方人連這些都沒有弄清楚，一到中國即將美洲對大西洋彼岸行動的方針，錯移在一個整塊土地人煙稠密的國度裡鼓吹，把自由說成了一個不顧歷史背景，全無組織結構的品質，就不免張冠李戴了。

大凡很多美國人在亞洲國家裡的錯誤，不外先由於將時間與地點混淆之所致。

這已是好多年以前的事了，自此之後尉凡也將他自己對十六世紀明朝作綜合敍述的書發送到中國大陸上出版。這一來倒非同小可，他在北京社會科學院的朋友，就寫信告訴他，這本書倒也確被很多讀者欣賞。可是這些欣賞的人不說敍事的綿密客觀，卻先用意識型態說出：「這方是眞的馬列主義。」原來當地的習慣，凡是他們以爲眞實的情事，概以「馬列主義」稱之。果是如此尉凡應當引以爲慰。只是他也害怕，他怕美國聯邦偵探局眞以爲他在宣揚馬列主義，而且連中國的共產黨人都以爲他尉凡筆下作物確是馬列主義。

然而將本人憎愛的事物以一個籠統的編號概括之，也不只在北京的中國人如此。尉凡也記著他在密西根大學做研究生的時候，有一位教美國憲法史的教授本人對Thomas Jefferson極端崇拜。在他看來凡是任何法案在他眼下合乎時宜有進步性格，或者只要行得通，不妨全稱之爲Jeffersonian，否則即是un-Jeffersonian，後來他的一班同學都抓住這要點，也都模仿教授的口語。例如在前一堂曠課的人，因有同學將所發油印教材留下一份給她或他，也不稱謝，只稱讚對方之義舉爲「Very Jeffersonian」。如果準備抗議或者對某種事體有意批判就說：「This is un-Jeffersonian」。

不少西方的人士沒有想到他們對民主和自由的招牌也是如此看待。

尉凡也有一個朋友叫做夏志清的，在哥倫比亞大學當教授已經好幾十年了，到最近才退休，他又有一套理論，他認爲內容全不重要，凡是罵人的書總是行銷。尉凡仔細一想，這觀察卻也有道理。他起先以爲自己的書寫得好，所以暢銷。殊不知在很多情形下，只是讀者把他們自己對書中人物憎恨的情緒看進書內去了。比方說他寫十六世紀的書，完全以技術的角度著眼。他認爲一個國家的社會組織及風尚一經固定，則與當局的道德無關。如果制度行不通，雖是執政人有賢愚不肖，最後也都是同樣的一籌莫展。可是從多方面的反應看來，這要義並未完全傳達了過去，倒是有了不少的讀者仍在罵萬曆皇帝為無道昏君，也有人認為海瑞是壞人，值得咒罵。倒有一位相當有名望的教授對作者說：「你提到皇帝一舉一動，實在是聽命於人，而不是憑己意下命令，倒是我以前沒有想得到的！」尉凡固然感謝這位老前輩能體會他的著意，可是為著書之行銷起見，反而期望這位先生不要張揚其獨具隻眼。至於這種態度對讀者是Jeffersonian或是un-Jeffersonian，已經不在意內了。

這年頭誰不希望自己所著書暢銷？除了罵人之外，高舉着民主與自由的旗幟也可以旦夕成名。前些日子有一位美籍日人名福山的就在一種雜誌裡著文稱資本主義已打敗共產主義，這也就是自由與民主戰勝了強權與獨裁。他的結論倒不是天下太平，大家都可享清閒之福；而稱之為「歷史之終點」，亦即今後英雄無用武之地，只有對著無聊厭煩的局面打哈欠。這文章問世，福山和他的雜誌同享盛名。

原來福山的根據來自德國哲學家G. W. F. Hegel。提到德國的哲學家尉凡就害怕。本來「自由」一辭語在英文裡面或稱freedom或稱liberty，看場合而定，已經使他頭腦昏眩了。而在德國哲學家的手下，自由成了die Freiheit，不僅屬陰性，內中的r要在喉頭裡打轉，而且這名詞包涵著無限超過世俗的意義更令人只是高深莫測。Hegel認為人類歷史出自自由之意志。如果無自由，也就無歷史，這樣也說得對。要是奴隸不造反，如何能製造歷史？可是Hegel眼中的人類歷史不創自旁的地方，倒創自咱家中國。首先只有中國皇帝能自由，可是這是一個人的自由。以後傳到希臘羅馬，才有些人自由，有些人不自由。迄至第三階段自由被日耳曼民族掌握，才是全體之自由。於是世界歷史至歐洲而及於「絕對之終點」。同時Hegel的自由有羣衆之意志作支撐，也和倫理不可區分，這已和刻下西方的個人主義有了一日千里的距離。尉凡也聽人說及如果Hegel先生在世，他一定會認為中國學生佔領天安門廣場搭地鋪弄得一團尿臭爲「不自由」，派兵驅逐他們反是「自由」，他也不知道這說法對或不對。況且Hegel所敘中國皇帝行動自由的說法已和他自己所著書不相銜接，如果此說加在秦始皇嬴政的頭上倒有些契合，要是擺在萬曆皇帝朱翊鈞的份上則已是名實不副了。可是現在既已有人搬出Hegel作威權，他也不敢啓齒。因爲他也知道西洋還有一位哲學家J. J. Rousseau，他對自由的解釋更爲硬性，他認爲一個人自己不知道享受自由，旁人也可以「強迫」他自由。

及至今年情況愈複雜了，美國現任總統名叫George Bush的主張給中國「最惠國」的待遇。尉凡在小學讀書的時候就聽說鴉片戰爭戰敗，中國被迫承認英國爲最惠國。此後中國對任何外強讓步，這同一讓步的條件立時自動的加予英國。後來這最惠國的待遇也被其他國家獲得，終構成在中國劃分「勢力範圍圈」的根據。現在在美國的最惠國，當然沒有這些特權，只限於對外貿易的入口稅。有如某些貨品，最惠國的國家只付百分之三至百分之七的關稅，非最惠國的關稅卻可以高至百分之二十五。而且現在和美國交易來往的九十幾個國家，只有古巴等三個國家不是最惠國其餘都屬最惠國。這樣看來最惠國所受之「惠」也並不十分之「最」，只是非最惠國卻實際上被歧視了。

可是總統的一道文書發出，立刻引起國會山莊之爭議。衆議院和參議院起先都認爲北京作事暴戾，理應撤銷最惠國的待遇以示懲罰。尉凡一想這可糟了，他早想另買一只道地土產的竹籮筐，可能因這段糾紛吹了。同時中國大陸的同胞，辛辛苦苦的編篾爲生，也想趁此賺出一點外匯，藉此提高國民生活程度，也因著主義這般主義那樣，Smith的自由和Hegel的自由所產生之糾紛無從實現了。

今春他又有朋自遠方來，此人也非同小可，乃是一家跨國控股公司的總經理，下轄十個分公司，也各有一部在美國和台灣，他的總司令部卻在香港。尉凡和他父母也算是世交，已有了好幾十年的歷史。於是他和他藍眼睛的夫人不亦樂乎茶飯招待之後的問及他來美之目的。

他正在向國會山莊遊說，希望延長中國在美的最惠國待遇。他也是香港派來的商界代表團成員之一。

尉凡就說總統的意志既是如此之堅強，看來最惠國的身分總是會批准的。來客則說：「希望附帶的條件不要太苛刻。」尉凡知道他所說的意思。國會的另一提案是有條件的批准，例如保障人權，將歷年來因政治糾紛拘捕的人犯向外間交代等等。本來保障人權也是好事，但是將處置刑事的權力由外國的立法機關作主寫成法案強制執行，又當作兩國間貿易條件之一，是任何有自尊心的國家極不能接受的。即是在參議院小組委員會辯論的時候已經有兩位參議員不耐煩的說出：「要就承認她爲最惠國，或是不承認，何苦來這囉哩吧嗦的一套！」

這些參議員也看清楚了，人民要民權，國家也要主權，人民的民權還在爭辯之間，國家的主權即無可爭執了。

話說回頭，他們主客間的談話仍在繼續下去。

尉凡：「與這法案切實有關的貿易部分是紡織品和玩具，這佔中國向美的輸出不過百分之二十五。要是索性不要最惠國的待遇會怎麼樣？」

來客搖搖頭。他說：「總是牽涉廣泛，不會一下子垮台，只是這裡發生一點問題，那邊發生一部分問題，歸根遲早之間避免不了壞結果。」啜了一口咖啡，他又繼續下去：「現在大陸好幾省的生產事業都已和香港連成一片，都已經整體化了。並且要自由，要民主，也先要有經濟的展開，是不是？」尉凡想像著既無香港整體化也必與台灣的經濟相關聯，所以要加強台灣的安全也還是要促進大陸的經濟改革，其步驟是推廣其對外貿易，不是阻塞其對外貿易。

他送過客人去，過不久George Bush邀請了華裔人士要他們支持他的政策，對中國延長最惠國的條件一年，不附加條件。如果美利堅合衆國對中華人民共和國另提出要求，也可以分別交涉而不糾纏到商業法律條款之內。可是國會山莊對華貿易的法案也仍如預定的通過。兩院都在同意延長最惠國的原則上附帶了很多條件，也都有提倡民權卻侵礙中國主權的嫌疑。總統也預先聲明，他將否決兩院的折衷法案。

根據美國憲法，衆院和參院也仍有否定總統之否決，再度通過這法案的權力使之務在必行，但是必須兩院的票數都在三分之二或以上。看來衆議院達到這三分之二的人數綽有裕如，但是參院原通過法案時贊成者五十五票，反對者四十四票，看來無法糾集到六十六對三十三之多數。所以現今縱是尚未依程序全般做出，已可算作總統的勝利，於是執政黨領袖招待各界，報告結果。料不到這時候仍有出席招待會的人士在會場發生爭執。爭執者也非旁人，也仍是中國留學生。一派說他們支持總統，另一派說他們始終沒有同意讓中國爲最惠國而不附帶條件。

尉凡自讀歷史以來，尤其自閱讀鴉片戰爭的史實以來沒有這樣的經驗。這是因時代展開自由已容納了新的內涵，只因爲他自己守舊不能領略？還是只因兩方隔閡，仍是同一自由的觀念卻被濫用而待指正？抑或是中國人不懂得美國人注重選民反應要政治工具？這是entirely Jeffersonian？還是thoroughly un-Jeffersonian？

他也恐怕自己一心想買副關稅低的竹篾籮筐，才產生了一種自私的念頭。可是他不能懷疑美國總統和一個獲有經濟博士學位主持資本上十億的公司之董事經理因不識好歹不顧民權，支持馬列主義，縱使今日馬列主義也有了不同之內涵。同時他的太太也是土生的美國人，她對他自己的看法並無異議。

一天早上他醒來時突然想起：他自己可能戴上了有色眼鏡。他的夫人也戴上了有色眼鏡，不然她的眼珠如何會由綠而藍？「親愛的」，他就問她，「妳戴上了隱形眼鏡不是將所有的景物都看成藍色？」

「怎麼會呢？」她卻回答：「接觸眼鏡只使瞳孔以外的彩膜改變顏色，瞳孔上的部分仍是透明的。」

至此他揉著自己的眼珠三兩次，才算放了心。

一九九一年九月十日～十三日《中時晚報》副刊

江淮度寒食
京洛縫春衣

爲甚麼威尼斯？

每年四月半是美國報所得稅截止的日期。去年我去看公衆會計師的時候，他看到我的帳內列有歐洲旅行的開支，他就提出一個問題：「爲什麼研究中國歷史要涉及威尼斯？」

預計到聯邦國內稅務署(Internal Revenue Service)也會提出同一的問題，所以我就把自己曾在英文刊物發表的一篇文章解釋兩者中的關係帶去作見證。寫中國歷史，不一定要覆履中國，寫歐洲歷史也不一定要自己遊歷歐洲。不過在可能情形之下，還是親身切眼看過自己筆下的題材較爲穩妥。世界上常有出人意外的情事。我們都知道英國的國都在倫敦。可是實際上今人所遊歷的倫敦，包括海德公園(Hyde Park)、白金漢宮(Buckingham Palace)、英國議會等等地方都在威士敏斯特(Westminster)而不在歷史上的倫敦。今日之旅遊者可以遍遊不列顛島經過英格蘭、蘇格蘭而未曾涉足於倫敦。可是英國歷史上的銀行街卻又在倫敦城內。這些事情不一定會包括在書本知識之中，通常情況下我們也用不著咬文嚼字的必須追究得一個水落石出，可是寫入歷史論文裏面去，其中的細目卻可能在某種關係之下發生很大的差異，偶一不愼，可能鑄成天大的笑話。

法國的鮑德爾教授(Fernand Braudel)是我至爲敬仰的一位歷史家。我所羨慕的是他的眼光，而不是他說人敍事時一筆一句的眞確。他曾把湖南寫成一個濱海的省份，中國的明朝則於一六四四至一六八〇年間（時爲順治康熙年間）被蒙古人所征服，雖說這是著筆時查考書籍之一時疏忽，究竟也是閉戶造車，沒有實地經驗之故，只因爲鮑教授在國際學術上之聲望，雖犯了這樣的錯誤還能依舊的立足，旁的人恐怕就難如此的僥倖了。

威尼斯在海島之上，去大陸有兩個半哩。這海沼之中過去一般水淺可以徒涉，其中卻又有一些深水道曾在歷史上防禦戰時發生過作用。今日則水漲地低，全城有淹沒的危險，國際間營救古蹟的組織，正設法以泥漿注入建築物基地之中，使其抬高。過去我也曾聽說這城市的鹹水不便於製造，可是又有些書上說到十六世紀中期年產羊毛呢絨一萬六千匹，使人懷疑。到過該地之後才知道中世紀的手工業都在大陸之上海沼邊緣的村落中發展。這些地方也屬威尼斯，還有不少的猶太人聚居在這地方，威尼斯人卻不許他們過海到島上去。所說鹹水不便於製造乃是專指麗都（Rialto）及聖馬克（San Marco）諸島而言。

至於我和內子的喜歡旅行則已成癖性。最近十年之內我們常常弄得無餘糧，所有的積蓄不夠短期間的開銷，可是只要一有機會，我們又是向航空公司和旅行社打聽消息，找價廉物美的票位。在我說來這種「滾石頭不聚青苔」（rolling stone gathers no moss）的作風不僅與我的寫作有關，而且已經積有半個世紀以上的經歷。

現在讓我先說五十多年前的一段人身經驗：

一九三七年對日抗戰開始，各地動員。在我家鄉長沙的火車站，也常有一列列的兵車運部隊到前線。有一天我在車站看到這樣一段列車開動，那時候我還只十九歲。一時情緒激動，不自覺的脫帽，向上前線的官兵大揚其手，預料開赴前線準備和敵人拚命的將士發覺後方群衆如此熱烈歡送，勢必揮手回禮，豈知大謬不然，站在月台上如此興奮的「群衆」，只有我一人。不僅踞著站著兵車上的官兵對我漠然視之，即前後左右月台上的人也覺得我舉動失常，好像是神經病發作。那時候我羞憤交併，如此這般才生平第一次體會到中國的社會和西方的現代社會當中有一段莫大的鴻溝。從背景上的不同影響到心理，也表現到語言和行動。

幾個月後，我在《抗戰日報》工作。有一天日本重轟炸機十八架來臨，在湖南大學附近投了很多炸彈，據說當日我方軍事最高領袖在湖大圖書館召開會議，是否如此不得而知。只是我去現場報道時眼見炸彈全未投中建築物，只在四周炸開了不少的深坑，身在其處遭殃的平民，頭顱身軀四肢莫辨，只是一團血肉模糊，也有家人子女搶天叫地的號啕痛哭，可是旁邊的人毫無關心。還有若干男女正在搶炸下的樹枝，這方叫「我的」，那方拖著不放也叫「我的」。樹枝可作柴燒，多謝日本飛行員，對沒有受害的人講，這也算是一種份外禮物。此時距日軍在南京「屠城」不久，而且七澤三湘還是素稱愛國心長，一向士氣激昂的地方。當夜我寫了一篇文章，不知用了多少口誅筆伐的字眼責罵搶樹枝的人冷血，倒忘記了對我後方不設防城市濫行轟炸的日本空軍，那篇文字當然不能刊載。

當日主持《抗戰日報》編輯廖沫沙後爲中共高幹，也在文革期間受過一段折磨，我稱之爲沫沙兄，僅僅知道他思想左傾。在他看來，我寫那篇文章卻是表現我的思想不成熟。也還是不加思索先用小資產階級的觀點隨意批評指摘的表現。今日想來，我當日對階級觀念之不夠認識，事誠有之，

▷作者與廖沫沙（左）、廖夫人（右二）及作者之妹黃粹存合影。

▷里昂山頂上的教堂。

可是並不是小資產階級與無產階級間的矛盾。而是知識分子與未受教育的群衆之間的距離。在中國社會裏講，知識分子也是一種階級，即傳統士大夫階級的延長。

本來「知識」早就應當全民化，雖說當中也有粗細深淺之不同，卻不能爲一群所謂「分子」者所獨佔。知識分子，英文爲intelligentsia，據我所知道的今日還只能適用於蘇聯及中國。既有知識分子，也必有無知細民。這也是此世界上兩個泱泱大國至今落後而不能民主化的癥結之所在。這兩個國家企圖民主化，其方針不在加強知識分子的地位。因爲民主即是「天下興亡、匹夫有責」，而不能如傳統社會之天下興亡，全由士大夫階級包辦。俄國的intelligentsia在十九世紀即有此種警覺。所謂「民粹運動」(populist movement)者，即由知識分子發起。他們男女都有，放棄了養尊處優的生活，自動下放到鄉下當小學教員或是客棧雜貨店的經理。可是沒有結構的改革(unstructured reform)到底不能成器。鄉民無知，不識好歹，反對這群熱心人懷疑，或者驅之出境或向沙皇的特務人員密報，此運動也夭折。

以上所說我自己兩段人身經歷已是五十年前事。當時我也不知道英文中的intelligentsia和俄國的populists。也仍不顧左翼右傾，只是憑著個人英雄主義盲人瞎馬的亂闖。一九四一年我在成都軍校畢業後，於國軍十四師當少尉排長，足穿草鞋，一個月後已是滿身虱蚤，也經常被行伍出身的同事逼著吃狗肉。至此才發覺我們士兵之中有極少數是抗戰以前募兵時代的「遺老」。他們希望靠行伍出身升官，和我軍官學校出身的利害衝突，也經常想方法和我作對。一般徵兵所得則半屬白癡，否則亦是痺癃殘疾，不堪教練。我可以想像他日我們衝鋒時一擁上前，只好不較分寸，死傷狼籍；退卻時即作鳥獸散，各自逃命。我和他們勾心鬥角後，再度忖量之餘，發覺他們入廁時以竹片瓦塊當手紙，又不免良久惘然，而深嘆人間何世。這時候後方城市如昆明重慶除了少數「發國難財」的外也算是一片赤貧。可是和我們部隊的生活一比，又已經是兩個世界。至此才領悟到中國是一個「未經整體化」(not integrated)的社會。兵士被徵入伍，主要的是沒有社會地位。若為知識分子，則有各種免役避役代役的機緣。因之「壯丁」被征入伍，用繩子牽套著送來，逃亡時即不需訊問，可以就地鎗決。這些事實，成萬上千，也不容我們右傾保守即可以在歷史上掩飾。而且也因為我們組織上有此弱點，才引起強鄰入侵殺進堂奧。

兩年之後，我在駐印軍當上尉參謀。這時候兵員已經通過一段選擇，裝備也由美國供給，可是這未經整體化的情形依舊存在。我也知道自己偶一出入於陣地最前方，已經獲得各方讚揚。可是有不少的戰士，已經兩次受傷三次受傷依然派往作尖兵斥候，成日整夜與死為鄰。我曾親眼看到有些士兵一足穿網球鞋，一足登不合尺寸的橡皮靴，在泥濘之中蹣跚。在森林之中的黑夜裡我曾親耳的聽到他們談天，提及「恐怕要到密支那才有大休息哦？」至此已引起無限之同情，駐印軍無掩埋隊，有些在公路線外人跡罕至的地方戰死的士兵，只就地掩埋，情況緊急時幾鍬黃土也可以算數，也可以想見以緬北之傾盆大雨不幾小時就骸骨暴露。也可想像他們也是人子人夫。他們在國內的家屬還不知道彼此已是陰陽異途，恩斷義絕，卻還仍是生死莫卜，將信將疑。偶一開追悼會時，我們聽到讀祭文中有「嗚呼，草長鶯飛，故國之春已暮，剪紙招魂，他鄉之鬼尤新」的辭句，深覺此情此景屢現眼前，而不能責備軍中文職人員舞弄筆墨了。

這和我所說的旅行有何相干？又與此文劈頭提出的威尼斯何涉？

因爲五十年來的胡闖瞎闖，我獲得了一段將世事縱橫曲折前後左右上下觀察的機會。我既非忠貞謀國之士，也並非投機分子。只因介入兩者之間，才能保持著作史的主觀和客觀。一個國家與社會與時代完全脫節，並非任何人之過失。只是這種情形必招致革命。許倬雲教授曾大書：「革命不仁，以萬民爲芻狗。」曾在法國以「老虎總理」著稱的克里曼梭(Clemenceau)也曾說過，「革命總是一個大整體，一個大方塊。」既然如此，則只有帶集體性，而無從在每一個人之間保持著人身經驗之合理合法，也談不上公平與不公平了。

又經過幾十年的教學歷史，我已發覺到近代國家的革命，統有共同的程序，即上面要重創高層機構，下面要翻轉低層機構，從中還要新訂上下之間法制性的聯繫。這樣的改造少則三、五十年，多則近百年或超過一個世紀。即是改革輕易的國家，通常將其問題之一部外界化(externalize the problem)，引起兵連浩劫的國際戰爭，最後玉石俱焚，也並未佔到便宜。我初作此說時，還害怕自己過於偏激，所說或有未當。經過最近十年來在各處著書講學的經驗，則更只覺得唯有此說才能貫穿中外的歷史，而且才能將書本上的知識和個人人身經驗穿插成爲一氣。

今日還有不少年輕的朋友羨慕日本。恰巧我在抗戰勝利之後曾隨軍赴東北。也發覺到當地好幾十萬的日本軍民，包括不少鐵道線上的員工，已被蘇聯作戰俘一併擄去到西伯利亞做工。對他們的家屬說也是生死莫卜，音訊杳然。有些技術人員的家屬爲生計所迫，以浴室作爲澡堂備熱水供我們洗澡。我們看到他們太太們也如此下場，覺得過意不去，慷慨的多給幾文錢，已經引起她們伏地磕頭致謝。後來殘餘的日本人撤退回國時，也不管他們是掠奪致富或是勤奮起家，每人除隨身行李之外只准帶約値美金二十元的現鈔。一九四六年的春天東北各城市中到處都可以看到老幼的日本人推挽著大車，上置被袱，飄揚著白旗悄然回國。後來又有在秦皇島和葫蘆島的同事告訴我，每次遣返日僑船未開行時，總有好幾個日本人跳水自殺。他們一生經營至此盡成流水，東望祖國又是B29轟炸後的廢墟。從渤海灣面對太平洋已和項羽的不願再見江東父老一樣的無地自容，只好與波臣爲伍。

我寫這篇文章的目的何在？難道以「時也，命也，運也」勸告讀者自識指歸，各安本分？說來也難能相信：如果我們純粹以個人主義解釋一切，則只能得到如此的一段結論。天地既不因堯舜而存，也不因桀紂而亡，那麼誰又在革命期間擔保你的人身安全和各個人的因果報應？在長沙遭敵機轟炸後搶樹枝的人們，早已採取這種看法。如果要知道各種情事在大時代的意義，則只將眼光放寬放大，相信歷史上的長期之合理性(long-term rationality of history)。

今日看來世界各國已有「天下混同區宇一家」的趨勢。馬克思主義者慣以從封建社會到資本主義社會解釋。這種說法以西歐作基點也必牽扯上一段階級鬥爭。如果因此從意識型態堅持下去，很難避免原核戰禍。我提倡的世界史觀則注重從以農業習慣作社會骨幹代之而以商業精神爲主宰之一大轉變。威尼斯實爲這個世紀牽涉全球一個大運動的出發點。因爲聖馬克和麗都諸島無土可耕，無木材足以架屋、無纖維可供織紡、甚至無淡水可飲，於是全體人士才銳意經商。起先在波河沿岸兼魚鹽之利，後來增進造船技術加強商業組織及商業法律，具有資本主義之初貌。

中國不僅以農立國，而且兩千多年來上自專制皇權下至宗法社會暨當中的「五服」、「十惡」和科舉取士的制度無不融合著以小自耕農爲國家主體的大前提，此中大小新舊不論，總之就是和威尼斯之精神全部相反，三四百年前要說中國終要受威尼斯傳統之影響，可能誰也不能相信。這也是我要瞻望威尼斯的一個原因。來此並非崇聖。可是看到所謂巴士即爲大船，出租汽車即爲小船，紅綠的交通燈掛在便河之上，也是書本知識之所未有。

這樣一來，我們也可以想見中國要改造時的荆棘重重。我在美國教書時首即提醒學生：如果中國過去一百五十年的改革加在她們頭上，則上自髮髻，下至鞋帶，當中的服飾、腦袋中的思想，嘴中的語言，人與人的關係有關宗教婚姻教育與契約無不需要改變。我自己就是一個D.P.（亦即displaced person）。早三年前我在一個國際漢學會議提起：即因內戰而使大陸兩百萬以上的人口遷移台灣也爲中國歷史亙古之所未有，因之隨便批評，以先進國家平日的標準，檢討一個待開發的國家尚在掙扎的狀態，必會冒上一個以靜衡動的嫌疑。如果說得更過火則是以小權大，坐井觀天。

個人的躑躅與蹁躚，託之命運，前已言之。可是其所代表的是一種群衆運動，帶有歷史性格，又當別論。我已在各處寫出，包括大陸的書刊在內，中國的改造途中，國民黨及蔣介石所作貢獻爲創造一個新的高層機構。中國想要動員全國，糾結著三百萬到五百萬的兵力，和強敵作八年苦戰，也是破天荒之壯舉。當時一切無不因陋就簡，所有軍令軍訓軍政軍需，要不是全無著落，即是倉皇支吾應命。其中貪污不法無能的事項必有無疑。最近陳誠將軍的遺稿問世，他就提及一九四三年在滇西滇南視察時，發現「若干部隊對於走私運煙聚賭盜賣軍械等破壞紀律行為，亦較其他駐地之部隊為多。」（《傳記文學》三二〇期，五一頁）為什麼以陳辭修將軍的高風亮節還只能開一隻眼閉一隻眼？因為最高統帥部不能解決下屬的供應問題就無從認真計較了。退一步解釋，即是整個組織與時代脫節，罄全國之所有和立即需支付兌現的條件當中有幾百年的距離。要不是行苦肉計及空城計堅持到底，聽候同盟國解我倒懸，則只有任日本軍閥宰割。

在同樣大前提之下，我對於中共及毛澤東行土地革命翻轉鄉村中的低層機構，也是同樣尊重其在歷史上的長期之合理性，即對我在軍校中因內戰而殞命的同學之遺孤，惶恐不能應命，也只好說今昔歷史眼光不同，只要他們父兄保國衛民的宗旨為對方中共承認，已是英靈不朽。

有了以上兩個條件，那麼今日之中國只能繼續經濟之開發。惟其如此才能在重訂私人財產權利時，固定上下之間法制性之聯繫。也惟其如此，才能掃清文盲，普及教育，使知識不永久的被若干分子所獨占。如此之民主，才有眞實的意義。下一代聰明睿智之士，或為農為工為商，或做律師及政治家，或作藝術家寫小說著歷史，也用不著把天下興亡的責任全由一己擔當。

天安門慘劇至今已有一年，自此我們的觀點也要改變：其重點

你是華夏的女兒；
你是中原的男子。
你們志在救亡圖存；

何以又甘冒必死？

那不然妳們如何又戴上了東洋式的頭巾，

裝扮著kamikaze？

也有人說，經濟改革前途必有風險，萬一不慎，或是通貨膨脹不可抑止，或是大批人口失業，必致社會動亂。可是我說雖然計畫改革時不能明知故犯自招貽戚，可是冒必要之險，仍是無可規避。所有現代經濟本身即帶著一種冒險性格，在今日也是衆望之所歸。如果躊躇不前，則是冒更大之險。

也有人說，今日地球已經海陸空一片汚染，森林砍光、臭氧層開天窗、地溫升高，中國經濟繼續發展，勢必增加以上破壞的程度。可是我說雖如此也不能讓中國停滯在一個不上不下的局面裏。而且縱如此仍不能將全球的問題全由經濟落後的國家如中國擔當。這些大問題之獲得解決，先必有極大之壓力，然後由先進國家作領導分工合作尋覓途徑才能在經濟上有效，有如能源用盡，勢必尋覓新能源。於今原油價格低廉，則雖有心人無法做蝕本生意的去收集太陽光內的功能。而且世界上貧富懸殊，各國所受經濟壓力相差過遠，亦非富有國家之福。

假使世界上的事情能全球化，我們是不容悲觀的。我們現在所知道的科技知識，尚可能不及宇宙間奧妙千萬分之一。宇宙間事物之大，大而不知其極，其小處也小而不知其極。這當中必有很多尚待發現的神秘足供人類在技術上引用足以解決實切的問題。

這樣一來已越說越遠了。讓我再問一次。為什麼威尼斯？提及威尼斯則是表現我從技術角度看歷史，不從道德觀念檢討歷史。我希望以後寫作，集中於前者，而逐漸離開後者，如是才輕鬆有趣。可是一牽扯上中國歷史，又不能將道德這一觀念完全放棄，也只好主張在將歷史的觀點放長放遠時，也將道德觀念放寬放大。又讓我再說一次：我對前途仍是樂觀的。一九八七年我和內子去法國里昂(Lyon)。此地在大革命時為反革命中心之一。山嶽黨人(Montagnards)削平叛亂之日主張將全城焚毀，使地圖上不復有里昂的名字。被拘捕的反對派則擺在預掘之壕溝間，二百人一批，予之以砲轟，再不死則槍殺刀刺，也真是人間地獄。可是今日之里昂則為法國工商業重鎮表現著一片昇平氣象，羅昂(Rhone)及薩恩(Saone)二河在此交流，水色深碧。大革命時因為天主教的僧侶不肯宣誓，則由革命政府索性廢除天主教，不承認耶穌基督。今日里昂最高點富微亞(Fourviére)山頂上的教堂仍供著聖像。我和內子推門入內時劈頭就看到信男信女供奉的明燭，金焰閃爍，也無慮數十百支。我們雖不屬任何宗派，看來總有一種心情溫暖的感覺，而更體會歷史上的長期之合理性，並非託於空言。

一九九〇年六月廿九、三十日《中國時報》人間副刊

一九九〇年八月廿三日《時報周刊》二七八號

一九九〇年《知識份子》秋季號

重遊劍橋

八月初的一個傍晚，我和內子在劍橋的穀米市場（corn market）前面散步，迎頭遇著一大群年輕人，騎自行車。內有一個男孩子脫隊停車問我游泳池之所在。我將方位指點給他之後，又加說我不來此地已三年，不敢擔保最近有無變更。聽著他的英語裏帶著外國口音，我又問他從何處來。至此才知道他是法國人，他和他的夥伴參加了暑期學習的組織，在此一半上學一半度假。我再問起他對劍橋的觀感如何，他索性將掛在車墊上的右腿一併著地，然後說：

「這眞是好地方，了不起！」

其仰慕之情出入於言表。

其實劍橋好壞不說，其爲大學城（university town）即在現今的英國也獨一無二。牛津大學成立於劍橋之前，可是新式工業和現代化的建築已相當改變了牛津形貌，劍橋卻在很多的地方，仍舊保留了中世紀古色古香的情調。

我們和這學城的邂逅，說來話長。一九七二年我應李約瑟博士之邀，參加了他所主持的中國科技史的研究工作，在此居留一年，至今屈指已十八載。此後也再三舊地重遊前後五次，短則滯留數日，長則達兩個半月。我和內子特別喜歡飯後漫步，大凡全城街道橋樑，大部瞭如指掌。即是曲徑通幽的小巷，直達各草場之捷路，也大半融會貫通，加以看清了此地各色各樣離奇古怪的安排之後面的邏輯，更增加了親切之感，而不免賦予情緒上的聯繫。有如看到朝曦斜掛在此間煙囪林立的屋頂之上，或是經過一場濃雨洗刷過的小巷盡頭，總記掛著五年前十年前類似的情景，也脫離不了當日的心頭滋味。如此舊地重遊，再履茲土，即不能無動於衷了。

本來英國早已是產業革命的先進國家。其爲先進則只有按步摸索的經驗，而無事前全面改造的藍圖，因之實際重於理想，局部的更革重於整體的維新。自此雖然生產方式逼著她打破環境，一方面她仍是倔強地保持固有的習俗與背景。而且劍橋又是適應這方針的理想場所，譬如說我在一九七二年初來此地時，李公任凱思書院 (Gonville & Caius College) 的院長 (master) 另有院長寓所。我就佔用他作學者的書舍，內中既有螢光燈，也有煤氣爐和自來水。房內更有櫃龕一所，內設窄榻。古來中世紀的學者與僧侶同流，書齋也和宿舍無別。今日這三尺胡床早已不用以睡眠，可是也不卸除，只用以堆放書籍，觀察者入內再一考究，則發現整個建築全屬古蹟。這邊牆壁係十六世紀所建，已爲伊莉莎白時代之遺物；那邊的門戶爲十七世紀新添，也與順治康熙同時。這一切如舊。即要添設電線煤氣管和自來水管也是小心謹愼地從壁上鑿小孔導入。內部再加粉刷，即不露痕跡。倒是向外臨街的一邊反而全部存眞。舊壁新磚和已堵塞的窗孔故態依然，讓他們各自磨洗認前朝。凱思爲劍橋初期創建的書院之一，最初出現於十四世紀，時當中國元朝末年，乃關漢卿的劇本首先膾炙人口之日，至此有目共見證據確鑿。

和凱思比鄰的國王書院 (King's College) 爲亨利第四所創，較凱思遲約一百年，其建築之雄偉，草地之修飭整齊爲其他書院之冠。它又有它維持昔日容貌的辦法。它的外牆之上有水泥塑製的碉塔近二十株，其下面基層像縮尺之碉堡，上端像古塔尖，當中有鏤空的彫刻，驟看像象牙刻成。經過長期的日曬雨淋，全部水泥帶黃綠色。可是仔細觀察過去，又可以看出此一碉塔較另一碉塔年資爲深。然而如此精細的裝飾，不可能無破損。補救的辦法不是二十株碉塔一體重塑，甚至尙不是某一株全部再造，而是隨時檢視，立即修補。我在國王書院前走過時，極少的機遇裏，看到工匠不在修碉塔。這樣的裝飾有似藝術品，也只有他們之一筆一劃的錙銖必較、毫不苟且的翻新，才能全部存眞。所以劍橋連亙幾百載，見者如履足中世紀，實際上無日不在重建，只是他們注重舊裏翻新，著眼於一磚一瓦的精微罷了。

建築物既如此，街道也大致如此。劍橋之爲劍橋乃是有橋架在劍河（Cam River）之上。羅馬征服英國時曾在此開設大道。中世紀時劍河又爲通歐洲大陸之孔道。今日劍河不過一線溪水，學生們駕遊艇，撐篙三尺即見河底。可是因爲以前的沿革，中世紀所建立的房舍，又帶宗教性格，都不容更革。今日最引人注意的乃是聖約翰（St. John's）書院和圓寺（Round Church）前街道迴轉，有如髮針。間常又有兩層樓的巴士經行，看來驚險萬分，好像萬噸輪船驟入峽谷。可是在劍橋通行的車輛一般時速無過十哩。人行道雖窄狹，也和大道高低不同，所以車與路人各行其是。每一巴士經過，可能去行路者左右不過數吋，產生一陣耳邊風。我們習之既久，也不以爲奇，於是放棄了各種警惕。如此之粗心大意在此地猶可，其他地方不足爲法也。

傳說劍橋大學創設於十三世紀初年。當日牛津大學的學生，因事謀殺了當地一位女人。中世紀學生之無紀律是爲常態。可是這次國王震怒授權牛津市長凡學生及教職員可以由他拘捕，並且稍一訊問即處以吊刑。有些學者避難此間。事平之後多人已返牛津，卻有一部份人士逗留此處而開設劍橋大學。所以劍大最早的書院至今已有八百年的歷史。可是劍橋也有最近創立的書院，有如邱吉爾

△（右起）作者與李約瑟博士、作者夫人Gayle、李夫人魯桂珍博士合影。

△今日之劍河。

◁劍橋國王書院，可見到其中正在整修的碉塔。

書院為紀念二次世界大戰之英國領導人而開設。更有再新的羅賓遜書院（Robinson College）創立於一九八〇年，至今才十齡。

為甚麼既有大學（university）又有書院？他們彼此間關係如何？我們初來時也有此種問題請教於李公。他說：「凡書院基本上乃是一座宿舍（basically a dormitory）」。其實此間關係複雜，非三言兩語可以道盡。書院不僅為宿舍，管理學生與學者飲食起居之事，更係私立。學生入校概向書院申請（研究生不在此例）。書院也供給學生導師，所主持著為宿舍內的教學。但是書院不給學分不授學位。大學則與之相反，係公立，其本身不招收學生卻又發給文憑，也聘各書院的學者為教授及講師，所掌握的為「機構上的教學」（institutional learning），所主持的為正式的演講。學生聽講與否各隨尊便。可是大學所執行的各種考試一視同仁，又鐵面無私。學生考不及格無法畢業。所以學生可以向近三十個書院中任何之一申請入學，批准之後也可以在大學所屬之任何一系專修，前者幫助學生準備功課，後者釐定教學及考核之標準。一私一公，一陰一陽，對學生講也是一進一出。

牛津與劍橋，在歷史上有對立之姿態，有時也參與了些幽默之成分。我初決定來劍橋時曾對畢業於牛津的一位朋友說起。他的反應乃是：「也算不壞，只是掌中的第二指！（Not bad, the second best!）」劍大的朋友當然也不肯服輸。他們則指出牛津只能培養循規蹈矩之士。特立獨行有創造精神之人物多來自劍橋。牛頓即在劍橋工作而享盛名。英國內戰時圓頭黨領袖克倫威爾即曾為劍橋學生，而且他家在封廷登（Huntingdon），距此只十餘哩，因之劍橋成為了他的根據地。國王則設大本營於牛津，更使這兩座大學城之對立，由來有素。劍橋值得驕傲的尚有發現血液循環之哈威（Harvey），以二十五歲任首相主持拿破侖戰爭之庇特（Pitt），倡言劣幣必驅逐良幣的桂昇（Gresham）。今日各國理財者都熟悉以舉債刺激經濟之成長，始作此說的凱因斯（Keynes）也是劍大的學生，也曾任教職員。達爾文也曾在劍橋下榻。宗教革命期間人本主義者依拉斯摩司（Erasmus）也曾在此就學。

每一學院人數不多，校友們一般情誼彌敦。除了捐助基金之外，也有校友義務替母校任勞之事。當李約瑟博士任院長期間，凱思書院之庶務長Bursar即為二次世界大戰時英國空軍副元帥之一。以一個曾立戰功的高級將領退休之後管理油鹽柴米之事，實屬罕聞，恐怕只有英國人才有此精神。

我們在美國大學每逢舉行畢業典禮時總聽到司儀官高唱某某等人學業完滿應授予博士、碩士、學士等學位，並賦予傳統上之特權（privilege），也算得是依樣畫葫蘆。可是偶一問及所謂特權何在，卻又彼此茫然。我到劍橋之後才知道以上純係抄襲英國之成例，而在劍橋，其特權卻實有其事。我在一九七二年因研究須向劍大圖書館借書，按成例攜書外出限於本校獲有文學碩士學位者，我的美國學位不得算數。於是李公與凱思院務會議商量並且通過劍大，授我「同文學碩士」之頭銜。因之我不僅可以向圖書館借書，而且可以終身在凱思之餐廳用餐，每學期可以一餐不必付費。而且至今十八年，每年我仍收到凱思書院之邀請參加他們的年會及發給之同學錄。

劍橋並非毫不變更，只是在質量上逐步改變，通常表面上不露痕跡，前已言之。即以我們十八年之經歷，街上之鵝卵石起先代之以瀝青，最近又遍舖防火磚，也是前後不同。不過他們今日掘地五尺，明日修街一丈，總在循序漸進而已。而在某些地方，即此十八年內已令人有滄海桑田的感覺。一九七二年初來時，凡院長不在之日，書院不僅鎖閉側門，即正門也關閉，而在大門之上開一小門，「初極狹，才通人」，要仔細跨步才能進出。這仍是承襲中世紀之傳統，總怕山中無老虎，猴子稱霸王，一般學生淘氣滋事。而且晚餐時教職員席位較學生座位高兩尺。先生飲酒，學生喝水，菜肴也不同，使人想起「有事弟子服其勞，有酒食先生饌」的規例。並且男女有別，雖院長夫人無法參與。一九八七年我們來此時例規已大改，凱思書院男女同校早已成爲事實，女生並與男生共宿舍。教職員晚餐時內子也被邀，我告訴她此爲數百年之所未有。當晚學生仍在低座，飯未吃完，他們與她們已在互相摩肩抵掌大作暱儷之狀，此絕非中世紀書院創辦人所可夢想者也。

李博士不能反對新潮流。他在半個世紀之前即鼓吹中國科技獨到的地方，在舊世界觀的環境裏不免孤掌難鳴。他又倡言中國之走上社會主義之道路無非想避免歐洲工業化過程中所犯的錯誤，於是極表同情，在當日也有離經叛道的傾向，不能見容於主流。凱思餐廳有前任院長之油畫像，個個都是歐洲學生服的裝束，獨有他的衣飾爲中國式之長袍，鈕釦在右肩。他在凱思院長任內首讓學生列席院務會議，也等於承認平民參政。

可是這次來劍橋看到李公以九十高齡靠手攀椅來往，目力也已衰退。我自己也已由中年而入暮年。以前來此六次，今後尙有第七次與否至爲可疑。所以和內子去以前租賃的房屋處巡視一次。我們也記得當日剛到英國，五歲的孩子突發高溫，無藥可施，又因爲英國醫藥已社會主義化，也無醫生外診，因之終夜徘徊，幸賴李公令他的高足也是凱思校友白樂地醫生（Dr. Brody）來訪，才頓釋疑懼。凱思附近的小菜場與穀米市場爲鄰，也是我讀書有疑難時走步思量的地方，這次也追蹤往跡走馬觀花的巡視一周。再回頭入凱思校園，看得一切如舊，內中之整飭且勝於往日之經濟低潮時。樹下之薔薇花也盛開。只有K-2學士室爲李約瑟博士和李夫人魯桂珍博士研討中國古籍的地方，門扉深鎖。從窗戶上透視過去，則文具紙張若干古籍及舊時影片俱在，並有懸額大書「人去留影」四字。我不敢自作多情，說甚麼到此躊躇不能去，可是也不願再逗留。回想我們恣意翱翔於空間已算是得天獨厚，十八年間前後來此六趟已是緣分不淺。當然不能再奢望時間也爲我們駐留，或者我們與八百年的劍橋同壽了。

一九九〇年十月十一日《中時晚報》時代副刊
一九九〇年十月十三日《時報周刊》二九四期

英倫鴻爪

紐約出租汽車的駕駛人常常是外國人，有些尚不說英語。大概曼哈頓（紐約市所在的島嶼）的街道豎的是大道，橫的是街，各以數目字定名，沒有十分的高深奧妙。倫敦可不然了。其街頭既不平行對稱，也不輻射，而係處在二者之間。通常我們要去的地位又常在步行範圍之內。可是轉錯了一個彎，則可以謬以千里，而且更難找回原來的地方。我和內子犯了好幾次錯誤之後，發現了一個補救的辦法，則是全面撤退到 Picadilly Circle。那樞紐的東北角 Boots 藥店的後方，有一家叫 Regent Palace 的旅館，內中有問事處，又和旅館的問事處隔離，也不管問事者係旅店顧客與否，一般應答慇懃周到，通常又贈倫敦市中心地圖一紙，還在問事者要去的地點畫一個叉，然後解釋走去的途徑，使你萬無一失。在今日的社會裏如此周到的服務還能維持多久，甚成疑問。總而言之，我們就不可想像紐約的鬧市有同樣的款待了。

不少情形之下，我們必須借重於計程車。倫敦的計程車仍然保持著它的特色，不是一般的汽車充數，而係特製，車廂成方匣形，容積龐大。三、四個乘客帶著行李尚綽有裕如。而且車身高，乘客只要稍一彎腰，而用不著匍匐進出。計程車價也不特別昂貴。如果三、四個人坐計程車，通常較地下鐵（英國人稱為 tube）便宜合算。談到熟練門道，這才是倫敦計程車的駕駛人之所長，原來倫敦的大街小巷，縱是縱橫曲折，實際無不互相貫通。計程車總是經行不意的地方，最後才脫穎而出。

有些小巷看來絀蹙不堪行車，他們也能縱橫來去。

我所擔心服務性質的事業不能繼續，一方面根據個人經驗，一方面也是猜想經濟條件高度活躍的情形下之必然。倫敦市中心去希則羅(Heathrow)飛機場約十五哩。一九七三年我岳父母來英倫訪問我們後回美，因爲他有心臟毛病，我就替他包了一部計程車，預定天明扣門來接，車價只十二鎊。一九八七，即三年前，我們飛機在加特威(Gatwick)機場下落，本來那邊也有地鐵直達維多利亞火車站，只因爲我們一夜未眠，疲憊不堪，我們拖著行李，看地圖加特威也並不見得較希則羅相去要遠得多。於是與內子商量後決乘計程車去倫敦，豈知車費鎊數川流不息的在計程表上跳出，彼伏此升，其快無比，加以那天M—23公路又在修路，到旅館車費已一百十鎊。那天我們下榻的地方乃是柏克(Buck)旅舍。這也是我自稱倫敦裏手而吃虧的地方。一九七〇年間，我們來此多次，柏克可算當日眼下價廉物美的地方，住宿仍照英國「床與早餐」(Bed and Breakfast)的辦法計算，成人八鎊一天，小童減半。這旅館地位適宜，靠百貨公司哈羅(Harrods)及維多利亞博物館都近在咫尺，既方便又安靜。也不知我們來去不在之間，這旅社也已易手，改稱波芙花園(Beaufort Garden)一等到我們把計程車打發去後，開始塡住客單時，才發現舊日之客棧，一經粉刷重新裝備，已成今日之時髦旅館。「床與早餐」成爲往蹟，現在的價格，雙人房每天一百鎊。所以我們才履足於英倫兩小時，已花費去了預定三星期旅費中相當數目之一部份。後來回美偶閱旅行雜誌，才知道波芙花園現爲倫敦優秀的小旅館之一。老闆和經常顧客同爲演出界聞名人物，只是不知其最近房價幾何。

有了以上的經驗，這次我們小心從事，希則羅去倫敦中心偏北的旅館區有公共汽車，稱爲「空運巴士」(Airbus)，紅色二層樓，每隔半小時一班，行李欄也寬敞，任客自行取放。單程票五鎊，來回票八鎊。可是我們去時可以坐四、五十人的巴士只有乘客四人。回時巴士經過所有指定旅館附近，也只接得來客五人。看來巴士公司有維持路線的義務。我們則仍希望乘客增多，公司財源茂盛。因爲老是賠本生意遲早要關門，則我們可以引用的服務事業也必又少一籌也。

如此這般的情形，剛一履足於英倫，第一印象即爲經濟狀況與物價。本來英國的通貨膨脹，已相當的可怕。回顧一九七二年第一趟來英時，英鎊還是一個很紮實的單位。如果銀行支取二百鎊，出納員必道歉，要到內面驗證存數，「因爲這是一個相當大的數目」。我也曾親眼看到有 Sir 和 Lady 貴族銜的顧客（甚可能因學術上的成就封爵），和一般人站隊去支取三、五十鎊。今日則很少的人還認爲兩百鎊是大數目了，也沒有再到銀行裡兌取零用錢。以金融卡支錢的機器裝置於牆壁之內，到處都有。十年之前英鎊已不如前，可是仍爲一個基本單位。這次我們來英，帶有以前留存的一鎊紙幣，至此才知道業已作廢，即銀行的兌換也已過時。新鎊爲銅幣，面積小而肉厚，以便和以前所發的貨幣面積大而值價低的有分別，也只當作零錢使用。我們以美金作本位的遊客，更有一項苦處。一九七〇年間美金值高而英鎊低，又一路從每鎊二元四角的兌換率跌入二元大關，一度與美金的價值接近，而物價還沒有趕上，所以我們佔便宜。內子也說：「We save a dime here, a nickel there.」（我們此處省下一毛，那裏掙著五分。）今日則他們以英鎊作單位的物價和美國以美金爲單位的物價在數目字上已有扯平的趨勢，而英鎊在最近又回漲接近美金二元。這也就是說以前物價廉，我們錢多，他們錢少。今日這三個條件全與以前相反，好像逼著我們將以前所佔便宜退還回去。通貨膨脹的情形也可以在報紙上「求才」的廣告看出，內中所提及的薪水數，以前英國常只有美國同樣工作者六成左右，今日至少業已扯平。

通貨膨脹使個人感到跼蹐，可是在全國經濟的發展，並不可少。因爲這是重新分配財富最簡捷的辦法（所述與惡性通貨膨脹，即政府無法籌謀支出，全賴印鈔塞責，以致整個經濟崩潰的不同）。通貨多物價必漲。然則物價高工資也高。短時間內後者可能趕不上前者，而以某種社會階層中尤甚。可是長時間內則一般生活程度爲之提高。現代經濟之發展有賴於生產者也爲消費者，於是市場擴大，大規模之生產與分配才能引用科技，將成本降低，使昨日之奢侈品成爲今日之必須品，在過程中不得不多發籌碼。英國經濟學家羅賓遜（Joan Robinson）不久之前去世。她在著書立說時不否定馬克思所謂資本家對工人之「剝削」（exploitation）。但是她指出在經濟已展開的社會，雖剝削而不以爲苦。悲慘世界全在未開發國家之內。當中生活程度之不同超過階級鬥爭之意識形態也。

我一生引爲自豪的經歷，乃是旅行中外從接近最高層的旅社和舟船艙房以及最低級之艙房全部嘗試過。今日受人服侍，可是年輕時也曾服侍於人。現在看來，對經濟之發展，不能以個人人身經驗論斷。比如說：二十五年前噴射機之航空旅行仍是中等以上階級之特權，今日則日益普遍。羨富嫌貧乃人之常情。有時看到待開發國家群衆攜老扶幼提箱帶簏而來，聲音嘈雜了無秩序，不免厭惡。即此忘記了今日受有別人的印象，亦即是前日自己給別人高層階級的印象。總而言之，刻下世界經濟之發展，成爲一種龐大的潮流，超越國界，不僅在每一個國家內刺激其社會階層之流動性（social mobility），也引起全球人口作大規模的移動。保守界之人士雖欲抑止，已不可得。

今日英倫與二十年前之英倫產生了一個顯而易見的區別，則是以前英屬殖民地人民，成數的移民過來。他們與她們也參入了勞工隊伍。有一天我們去超級食品商場（supermarket）看到收帳員十餘人，盡屬有色人種，也代表著亞洲、非洲不同的國家。在劍橋則發現昔日販普及食品之「油榨魚塊及番薯」(fish and chips)之小店，已歸華人接收，改著以中式飯菜外銷爲業。看樣子如是的情形不止一家。只是尚沒有如美國之所在華人餐館偏稱湖南風味及四川風味之普遍。我們以前所租平房在「桑樹別境」(Mulberry Close)。當時尙屬新建，房主自住者有之，短期租賃與人者有之。大概都屬於大學教職員及自由職業者，今日之住客則多屬工人階級，內中也有亞洲人，可是門首所停汽車則反較昔日爲多，而附近昔日之一所平房的出處，今日已改建爲摩登大廈，似乎比柏克旅社之成爲波芙花園又勝一籌。

我們一提到英國就牽連不斷的觸及「階級」這一觀念，此乃歷史使然。大家都知道克倫威爾是英國提倡民權的健將。可是他也說過：「這裏必須有一個貴族(nobleman)，一個地方紳士(gentleman)，一個小地主(yeoman)，和一個莊稼人(husbandman)。這是理之當然。」而且十九世紀及二十世紀初期大英帝國之稱霸於世界，也靠社會上階級森嚴紀律整肅爲骨幹。我們曾看到一營英軍能由一個軍士長(sergeant major)口令之下指揮操作，了無差錯，嘆爲觀止。其後面側面社會組織及社會紀律使然也。即在十八年前我們初履足英倫時，舊日風尙仍不斷表現於眼前。任服務性質工作者絕對循規有禮。接受服務者也必抑制盛氣凌人之氣概。雖不滿意，亦只稍示顏色，而不能見諸言表。(不然何以被稱爲gentleman?) 今日如此之禮尙已有顯然之衰退。

舉一個例，劍橋各學院之門房稱porter，掌管進出，有管家(butler)之身分。一般衣服精緻整齊，較大學教授及各學者有過之無不及。他們嚴格的督視內外，對後者卻又站在從屬地位。這一次我看到如此之門房，與一位訪問學者口角。聽口音，後者也是英國人。所爭執的來由爲學者所預定購買之《倫敦泰晤士報》因門房及值班交代貽誤而未在報販來時留下。這位學者不斷的指責。門房即說：

「我已經說sorry(對不起),但是我們不是職業的新聞紙發送者。」說時聲色俱厲,毫無sorry態度。對方也更加追究,在指責之後又質問:「難道你們有錯而不能改?」

此係小事,在其他各處恐怕是司空見慣。但是發生於有秩序及條理之英國,又出現於劍橋,就值得思量了。

社會上的變遷也影響到環境。倫敦最引人入勝的地方乃是很多幽靜的住宅區。這樣的住宅區分佈於各處,各以其mews爲基點發展。Mews譯爲馬廄,可能過去爲馬廄,或預爲指定作馬廄之空地,所以地區寬曠。通常住宅不逾三層樓,環繞這空地建造,當中栽植樹木,所以景色優美,氣氛芳馥。加以各種店鋪甚至郵政局都近在咫尺,有大城市各種方便而無其弊,多數美國電影明星退休後在此置宅,前述計程車穿梭而過的也多經由如是之住宅區。可是也因經濟發達之故,近日人煙鼎盛,開臨街餐館的也愈多,質量上也有大不如前的觀感。

是否各色情形都是今不如昔,都在每下愈況?這是一個牽涉到多方面的問題,不容片面的答覆。首先我們即須認清:今日旅遊者所見到的倫敦雖說內中有不少的古蹟,但是其中各種建築,而尤以各種紀念碑像大部係前世紀及本世紀初年新添。有如跨伏爾加方場(Trafalgar square)之高柱係紀念納爾生,彼乃摧毀拿破侖海軍之英雄。場中二人銅像紀念第一次大戰時日德蘭(Jutland)戰役之海軍將領Jellicoe, Beatty,又二人銅像紀念征服印度之陸軍將領Napier, Havelock。威士敏斯特(Westminster)之寺院雖創於十三世紀,其旁哥特式之英國議會則建於十九世紀中期,前後經營三十餘年。其鐘塔稱爲「大朋」(Big Ben)者則造於一八五八年。大英博物館建於一八四七年,倫敦塔橋建於一八九四年。這大都會裏的重要界標既如是,很多住宅區的設計興建也大概同時。可是十九世紀是大英帝國揚威世界之日，在對外關係近乎完全採取主動，當日米字國旗之下國富也空前膨脹，這種情形，可一而不可再。迄今也沒有另外一個國家能夠如是之行動自由。

即是前述社會組織與社會紀律也包涵著一個時間因素，其側面後面也帶著若干不公平的成分。十九世紀的英國法令森嚴，尚有婦女兒童偶犯偷竊小事被處吊刑的情節，至今讀之不覺毛骨悚然。即遲至一九七三年我們寄寓於劍橋之日，當地有人被告引用業已用過的巴士車票，所規避的車費不過兩毛左右，被判徒刑一年，以至輿論亦指責處罰過重。(歐洲很多國家內公共交通工具讓乘客自動買票，自動在機器上截洞作廢，查票員只不時抽查，惟近時如倫敦地鐵已用電子機在出站收票時審查。）至於社會階層則學校制度分爲兩途，兒童在十二歲即區分爲白領(white collar)及藍領(blue collar)。所以其秩序與條理並非平白產生，這些因素也都前後連貫。我們也可以想像大英帝國馳譽海外之日，其軍民不是沒有付出相當代價。

我們通常忽略一段事實：英國在二次大戰之後經過一段劇烈的調整。因爲既大規模的放棄海外屬地，大部海外投資亦已化爲流水，戰時經濟又待復員，曾在資本主義及社會主義間幾度徘徊，但始終未釀成政變，尤無武裝衝突情事，也可見得其法治基礎之鞏固。英國經濟也曾一度甚爲瞠乎很多歐美國家之後，近二十年來開發北海油田，加入歐洲市場，才產生今日繁榮現象。可是刻下又感受日本之經濟壓力。這次在英倫所見，日製汽車仍極稀少，只是豐田及SONY之廣告觸目可見。最大之電子製造者ICL則即將被富士通財團收購，刻下大英博物館之陳列亦由富士通津貼。所以瞻望情勢，只能將大量之消費轉爲投資。保守黨所主持之新稅，實爲人頭稅(poll tax)。驟看起來，即是劫貧濟富，也受各界指責。我們在劍橋即看到人行道上粉筆大書DON'T PAY TOLL TAX字樣。技術上新稅也確與以上通貨膨脹之作用相反，亦即要束緊腰帶必須將全民一體投入。

綜合各種情形看來，今日英倫仍在一個長時間大規模的調整過程中。威士敏斯特要從一個獨霸全球之大帝國的首都變爲一個眞實而帶國際性的商業場所、文化重心、旅遊要地，不可能追戀往日，即接受社會之流動性及世界人口之移動亦無從永恆不變。是否今不如昔？這就很難說了。從人身經驗論，我們自己即難擺脫人類惰性，總之即羨慕下野之電影明星的生活易，權衡下層民衆之向背與同情於提箱帶篋之國際難民難。在這情形下，我想最好旅遊者也去參觀英國山地區之夏特烏茲(Chatsworth)及西南之朗里特(Longleat)兩處大廈。則可能對「今不如昔」之一觀念增加一層縱深。兩處同爲英國個人農業財富發展最高潮時之里程碑，現今已不能由私人家庭維持，只好捐作公衆博物館。我們也可以在瞻慕這財富結晶的傾間，想見當時人對工業革命遍地造成貧民窟(slum)以及因煤煙汚染濃霧「刀也切不開」之倫敦也必有今不如昔的觀感。這也就是說：我們如要悲觀，可不勝其悲觀。十七世紀末季英國人口由初年之四百萬增殖至六百萬，時人即作已超過飽和點的結論。反面言之，如果我們接受「約翰蠻牛」(John Bull)之英國精神以及他們過去對世界文學和商業技術的貢獻，又相信移民之下一代必有聰明俊秀的男女對給予款待的國家作更實質的貢獻，則十七世紀大火燒不盡的倫敦和第二次大戰時德國轟炸機和飛彈毀滅不了的倫敦，仍可能在下一世紀創造更新的形貌。人類的歷史有時也像倫敦的街道，必在其縱橫曲折之中摸索一陣，才能突然發現柳暗花明之處。倘非如此，則我這篇文字實無付梓之必要。

一九九一年六月七、八日《中時晚報》時代副刊

斯堪底那維亞

挪威的峽灣（fjord）斷岩峭壁，嘆為奇觀。即使是國都所在的奧斯陸，其峽灣海面寬闊，附近的平地可以闢為飛機場，與別處不同。當中島嶼起伏，有似黃山諸峰的峰頂出現於雲海之上。各種船隻，龐然大物在島嶼之間穿插而過，看來間不容髮。這次我們有機會到當中一個島上散步，發現全島無一呎一吋的沙灘。沿海的邊緣全作犬齒狀，而且與水面平行有無數橫線呈現於其斷面之上，彼此相去不過半吋，顯然是冰河時期（glacial age）終結，解凍時在地面上侵蝕的後果。有些專家指出當日此間泥土可能被沖刷而去，遠至英倫。

我們即使是唯物主義的歷史學家，面臨如斯龐大的自然的力量，也不免要重新猜測人類活動的眞實意義。在這機緣之中，就不期而然的在心頭湧起一種形而上的思想，有時也帶宗教意識。這就是我常倡說的「放寬歷史的視界」之盡頭，既體會地理因素給人類歷史之影響，也要問：是否其後面仍有一個（總攬一切的大方案）Scenario。

挪威、瑞典與丹麥今日同為世界上最富庶的國家，可是一百年前它們仍為歐洲最貧窮的國家，自十九世紀中期，這三個國家都曾向美洲移民。丹麥的數量較少，瑞典的移民則達一百五十萬，是其十九世紀人口之四分之一。挪威在一九〇五年獨立時人口只二百萬左右。可是一九一〇年美國的人口調查顯示挪威的移民已四十萬，挪威移民之子女則六十萬。我有一位美國朋友祖籍挪威，他曾說明當日祖父母離開家鄉的原因：「那邊除了森林之外別無他物。」

這三個國家有很多相似之處，也有截然不同的地方。大概因地理上的位置大致相同，種族和語言上的因素也非常接近，容易被視爲一體。除了極少的例外，這三個國家的男女金髮碧眼，皮膚白皙，據說係因長期居住於森林之中，濃霧之下不被陽光逼射之故。今日這三國也同爲君主立憲，王室互通婚姻，政治上也都長期帶社會主義色彩。在宗教上她們同以路德教爲主體，一般教育程度高，也都以造船業和擁有商業艦隊著稱。

可是出乎一般概念之外，丹麥的面積不及瑞典的十分之一。挪威是一個狹長的國家，其南北長逾一千哩，東西最寬亦不過三百哩，而最窄處竟至四哩（我們很難想像如此一個疆域對國民心理之影響）。瑞典北部有半年之內在冰點以下，連波羅的海也凍結。第二次世界大戰德國攻佔挪威的理由之一是瑞典輸德的礦砂須由挪威港運入，如果當地被英軍佔領，則重要之戰略資源將被截斷。此外丹麥地勢平坦，農業土地佔百分之七十。瑞典所有不過百分之九，挪威只有百分之三。

在中國人眼裡，斯堪底那維亞的歷史至短。當地人首先吸引外界注意的爲「維京時代」（Viking Age），時在九世紀及十一世紀。維京人亦即斯堪底那維亞之土著，擅於製造龍舟式的高頭船，上置方帆，每船有划槳手三十人，能通行於內河及外海，再配上每船戰士六十人即用以剽劫於西歐各國，凡英、法、愛爾蘭、西班牙皆有其蹤跡，不僅殺人越貨，且一度統治英國。侵犯最高潮時曾以如是之高頭船數百艘糾結成隊而來。直到維京人全受基督教感化，其剽劫才終止。經過這場活動之後，斯堪底那維亞的三個國家才在歷史上露面。

上述時期在中國爲晚唐和北宋，看來維京不無創造精神。我們所看到的高頭船遺跡，全長約四十呎，所有龍骨，由一塊整體之椽木構成。結構堅實而帶美感。船首又有精細之雕刻裝飾。全部設計也表現製造者了解在大風浪中保持重心的辦法，再看當時人所造教堂，全部木構，即屋瓦也是鋸削均等約半呎爲方的木塊，上凹下凸的重疊，邊緣又鑿爲燕尾形，工作全不苟且。屋頂上既有十字架，以下也有野獸樹林的裝飾，表現其爲非基督之所謂「原始邪教」（Pagan）的習慣之痕跡。有如斯之組織及創造能力，維京人卻未曾留下其部落組織情形、首領名目、侵略原因、攻戰部署等有關紀錄。我們所知道的維京時代如非被侵犯者之傳聞，即係考古學家勘察發掘之憑證，因之也不能詳盡。

瑞典、挪威與丹麥曾在十四世紀末成爲一個聯合王國（相當於中國明洪武年間），稱爲卡爾瑪聯盟（Kalmar Union）以丹麥王位爲主體，可是下層常有齟齬與衝突。一五二三年聯盟解散（事屬明嘉靖初年），丹麥與挪威成一系統，瑞典與芬蘭又成一系統。歷史上瑞典與丹麥不時以兵戎相見。可是斯堪底那維亞的三個國家一般總是向外拓土，其本土不曾被人侵佔。有之則始自希特勒。

十七世紀初期（明末清初）是瑞典兵威最振的時期。國王戈斯塔勿司．亞多爾夫司（Gustavus Adolphus）是三十年戰爭中保衛新教的英雄。他雖戰死，戰後和議時瑞典卻獲得了廣大的疆土，已經過芬蘭拓土而擁有今日蘇聯在波羅的海沿岸的二小國（內一部分原有），即今日之列寧格勒，和波蘭及德國沿海一部地域也一併接收過來。加以世紀之後半又收回丹麥所佔今日瑞典之南端，波羅的海遂成爲此邦內湖，奄爲當日之超級強國。這稱霸於北歐的情形至十八世紀初年（康熙末年）才結束。

拿破崙戰爭期間（事屬清嘉慶）又成爲斯堪底那維亞軍事史與外交史之轉捩點。戰事快終結時，瑞典決定與外圍之英、俄聯手，丹麥則仍親法。瑞典也在這關頭決定放棄芬蘭，任俄國奪取之，本

戈斯塔勿司•亞多爾夫司。

身則攫得丹麥所屬之挪威為補償。迄今為止瑞典可算一個好武的國家，可是自是以後即未再參加任何戰爭，至今日已近二百年。一九〇五年挪威宣佈獨立，迎立丹麥王子為王，瑞典初欲出兵阻撓，最後也仍聽任之。

第一次世界大戰期間瑞、挪、丹宣佈中立。二次大戰爆發也仍望中立，已不可得。丹麥與德國原有不侵犯條約，一九四〇年希特勒全面出兵於西歐之前夕，數小時即佔領丹麥，國王被軟禁。同日挪威也被侵，但其抵抗長達兩個月，使國王哈康第五（Haakon V）得以及時逃出，在倫敦組織流亡政府。希特勒也在挪成立啓士林（Quisling）之傀儡政府。瑞典可算保持中立，只是在強鄰壓境的條件下亦至為不易，也不得不供給德國礦砂，也讓德國在境內運兵。

這三個國家如何由貧至富？這是今日讀者和觀光者亟待知道的問題。有人解釋實由三國民主精神之所賜。這樣的立場，理想主義的成分多，事實上的正確性少。修改憲法讓全民參政、婦女投票可以使財富的分配和經濟組織更為合理，卻不能憑空產生財富。固然斯堪底那維亞有長期代議政治之歷史，可是最近的民主體制則是社會進化經濟發達後之產物。總之這三個國家自然所賦予的豐富、地廣人稀，再加以對外移民之後，重新組織起來阻礙甚少。她們內部也有實質上之長處。例如人民勤儉誠實，由路德教堂主持的傳統教育精神一致，十九世紀中期已產生了新的學校制度，而尤以所謂「人民中學」(folk high school) 於世紀之交在組織工會時產生了力量。這些條件不計，而實際上我們所謂經濟上之突破，仍待有客觀條件。

丹麥農業基礎較深、人口密度也較大，封建殘餘的因素迄至十九世紀中期仍顯著。她在一八六四年被普奧戰敗，喪失了在德國的領土（是為俾士麥統一德國之前奏）。當時割讓的國土為王國五分之二，人口三分之一，未嘗不創巨痛深，卻也因禍得福。過去丹麥農產品以漢堡 (Hamburg) 為吞吐港，與大陸打成一片，從此才竭力經營哥本哈根。時值美國及俄國小麥傾銷歐洲市場，丹麥人士即勸說農民大規模的將主食生產全面改為副食品生產，自此豬牛肉乳酪雞蛋成為輸出大宗，大麥及麥片則一般作飼養之用，甜菜製糖也普遍的展開。以上用合作社的方式主持，也充分利用國內水道的便利。時值西歐各國工業化，一般生活程度提高，丹麥就此做到分工合作的地步。剩餘的人口除一部向北美移民外，也參加城市內新工業的生產製造。農村勞力的來源既減少，地主不得不向農民讓步。及至世紀末年全國經濟已開始變型。

挪威在本世紀初期，充分得到水電展開之裨益。其他國家尚以煤為能源，此邦則因自然之賜無處不可以用水電改變生產方式，舉凡木材與紙漿之廣泛開採，農業生產技術之增進均受裨益。一九〇五年之獨立本因船業鉅子作台柱而展開（其近因為挪威議會通過法案，本國船只不用聯合王國之標幟，法案經瑞典國王否決），自是政府更向經濟方面著眼。不十年而歐戰爆發，船脚運費增至平日之八倍及九倍，挪威之水產及銅礦也被英德搶買。戰時挪威人民不是沒有經過各種苦痛，如物品價格昂貴，船舶又頗有犧牲——尤以德國使用無限制潛艇政策後爲甚，船員死事者達二萬人。另一方面商船之收入一項，已使該國由對外負債之地位成爲債權國。二次世界大戰期間雖受損失，破壞的程度不深。一經復員即容易超過以前的進度。

以上各種有利因素瑞典也直接或間接的沾光。然則瑞典之鐵礦自十七世紀即已聞名內外，煉鋼製船及機器工業本來一直有所改進，而兩次世界大戰，其他各國之破壞及戰後復員更使其工礦得到突飛猛進的機會。與其他兩國相比，瑞典城市人口之增加又更顯著。(可是近數十年三國也由外輸入大量石油，一九七三年油價陡漲已受影響。近日因中東危機，油價又提高，也難置身事外。)

這三個國家之社會主義政策，看來也屬情理之當然。本來產業革命後起的國家，其服務性質之事業更要由政府主持。要避免先進國家的覆轍，各種福利政策又不可少，即在俾士麥時已有成例在先。瑞典挪威與丹麥公共事業國營，很多水電交通事業由市政府獨占的原則，即在社會黨登場之前已爲保守派及自由派人士承認。以後執政的社會民主黨 (Social Democrats) 原來也遵循馬克思的傳統，可是已早放棄階級鬥爭的方針，也靠與其他黨派合作，才能取得多數。

旅遊的事業也佔這三個國家收入中的重要部分。無意中，三個國家在招待遊客間表示了不同的性格。挪威好戶外生活，強調征服自然的勇氣。滑雪山坡上國王的銅像顯示他牽著狗散步，氣度爽落。現在的國王奧拉夫第五 (Olaf V) 現年八十七，是三個國家中較有實權的王者，他年輕時曾參加滑雪競賽。奧斯陸的博物館除了陳列維京的高頭船外，也陳列了探險北極的船隻和第二次大戰期間兩個挪威人冒險渡海參加在英武裝部隊的舢板，全長不過十餘尺，毫無特別裝備，又有冒險家擬橫渡太平洋及大西洋之草筏，即是威格蘭公園（Vigeland Park）的雕像六百餘尊，全部裸體也以戶外作主題。丹麥顯示著她的封建傳統。王宮前的衛隊換班仍吸引遊客的興趣，有如倫敦之白金漢宮，希勒洛（Hillerod）的碉堡內至今還有丹麥王室爲主體的武士團成員之名位，即當今暹羅國王及現任日本天皇明仁亦赫然在內。（實際上不過由國王授予各人勳章。）而現今之丹麥女王瑪格麗第二（Margarethe II）則係一個毫不矜誇的人物，衣飾有如家庭主婦。瑞典注重長久之過去，王宮陳列著傳國珍寶。相去不遠之寺院埋藏著多數該國君主，包括前述戈斯塔勿司・亞多爾夫司。值得一提的是前任瑞典國王，當今國王之祖父戈斯塔勿司第六，爲有名的學者，曾參加中國的考古工作，至今斯德哥爾摩仍有東方博物館，傳統上瑞典學界對漢學頗感興趣。

我們看到這幾個國家田園修飾，所至之各處餐廳整潔無瑕，人民也守法有禮，無一夫一婦衣服襤褸，也未見任何兒童無人管教流落街頭，無法不感覺敬羨。可是參照書本，也知道發展的過程中各國都有不同的遭遇，其他國家無從全部仿傚，況且一百年前三國之君臣也斷想不到今日之景況。在技術方面產業落後的國家只能參照中外情勢，由舊式農業管理的方式，進至商業的條理管制。至於進展到何程度則無法勉強苛求。物質條件是組織的資料，都不是立國之宗旨。它可以從旁使人民的生活更爲充裕而有意義，卻不能單獨的代表這種意義，尤其不能代替全體的人民。挪威一九〇五年的獨立運動之另一動機即係其領袖看到對外移民過多，希望增強民族國家的自尊心。

那麼，甚麼是人生的眞意義？這問題便是我們在奧斯陸峽灣的島嶼上所產生的感想了。今日很少人提及的希特勒曾試作歌劇，敍述日耳曼民族尚是初民「邪教」時受基督教徒傳教的情節。可是作傳者沒有詳述劇本內容。我們知道的則是他認爲皮膚白皙金髮碧眼的日耳曼民族（當然包括瑞、命。

丹、挪人民在內）最有創造精神也最有出息，應較其他人種有更大的生存機會。這觀念一經他提倡，就索性貫徹到底，甚至在他眼裏貪婪醜陋的人種亦不妨將之斬盡殺絕。這樣，他就完成了一生的使命。

也有人認爲生活沒有眞切的意義，即使有，我們也無法知悉。十八世紀蘇格蘭哲學家休謨（David Hume）即強調人類的知識不外從感覺（sensation）所獲得，所以無法證實其眞實性。有人提及全能的上帝創造完滿的宇宙。休謨即反問，我們如何保證這不是一個「嬰孩上帝」，初出茅廬的製造宇宙，結果是一團汚糟，既不合理亦多費材料，以致他自己不堪回首，只好任之棄之？我們看到冰河遺下的痕跡，想到古生代的巨象，也甚可作這樣的懷疑。

地理上的因素是推動人類歷史的主要動力。在多少場合中有決定性的影響。現在很多歷史家相信斯堪底那維亞的森林繁殖過甚，才引起日耳曼民族的大遷徙。在其過程中也促進現代民族國家之成長，甚至影響到資本主義之展開。例如威尼斯人即爲逃斯堪底那維亞的哥特族人（Goths）的侵犯，避難斯島，發現無土可耕，無纖維可織，才銳意經商，既兼魚鹽之利，也以商法爲民法，造成資本主義的基礎。馬克思也指出：威尼斯存積的資本，透過荷蘭，而輸入於英而美，促成該國家之成長。東亞大陸的情形則因戈壁瀚海，寸草不生，其周邊也不能供應多量人口，一遇乾旱，匈奴突厥就大舉南侵，近千年來更有契丹女眞，除了保持遊牧民族的大量騎兵之外又控制一部分農業人口，更爲患中原。針對這樣的威脅，才有中國傳統體制之綿延不斷。中國的官僚政治初期早熟，在技術成長之前即強行中央集權，以至官僚集團之邏輯駕凌於實情和數目字之上，其阻礙現代化之情形，我已在各處指出。只是在歐美科技展開之前，也曾在體制上和文物上展現過光輝，總之也是出於生存之需要，當中聯繫著一個時間因素。

今日，則兩種體制經過長期的琢磨，已有匯合的趨勢。我們不能再強調優勝劣敗，弱肉強食，也無法提倡劫富濟貧（因爲各國財富也是她們組織上之臍帶）。因之只有互相激勸，增進彼此之同情和諒解。況且再瞻望亞洲腹地和非洲各國，很多地方仍是哀鴻遍野。這些地區之不安，即非人類之福。所以今日之斯堪底那維亞國家一方面企圖保持近世紀來之局外中立，不願參與超級強國政治，一方面又熱心於國際和平運動，積極支持聯合國，是出於今日「天下混同，區宇一家」之趨勢下的警覺。也就是說，今後人類如仍企盼生存。則除了在技術上增進之外，群衆生活之倫理標準亦不得不勝於往昔。

一九九一年一月九日《中時晚報》時代副刊

再敘瑞典

瑞典的歷史中，有好幾個有趣味的人物。雖說他們不一定是我們崇拜或欽慕的對象。前次我已提及戈斯塔勿司•亞多爾夫司。他殞身於三十年戰爭之中，但是他的軍事行動，擴張了瑞士往北歐大陸的領域，也鞏固了新教的地位。現在尙要說及主持「北方戰爭」(The Northern War)的查理十二，和創立白納多特(Bernadotte)王朝的查理十四。恰巧他們的功業彼此都有一百年的距離。亦即按照上述的順序，他們名傳遐邇之日，大約接近於一六一〇年，一七一〇年和一八一〇年。

查理十二，十五歲登極爲瑞典國王，時在一六九七年，只三年而北方戰事爆發。原因是丹麥國王、波蘭國王、俄國的沙皇彼德大帝以及今日德國境內的幾個公國，都企圖奪取瑞典在波羅底海東岸和南岸的領土。也乘著瑞王年輕而缺乏經驗以爲輕而易舉。殊不知查理即在髫齡時，由他父親監督之下，受過各種刻苦耐勞的鍛鍊，也能身先士卒，有嚴格馭下的能力。一七〇〇年初，這幾個國家按計劃行動。查理十二採取內線作戰的不二法門，實行各個擊破。他首先登陸於丹麥，先聲奪人，不戰而丹麥王屈服。這時候波蘭軍攻擊瑞屬波羅底海東岸的領土不下，查理乃於秋天橫渡波羅底海。他沒有遇到波軍，於是決定移麾攻擊俄軍。當年年底那瓦(Narva)一役，他創造了以寡敵衆的奇蹟。瑞典國王率兵一萬人，可是組織訓練裝備都比俄軍強。俄軍據稱有八萬，但至少有三萬五千人參加戰鬥。瑞軍窺破對方陣線上的弱點，於是集中兵力遂行中央突破，俄軍潰敗後沙皇退還國境。

一七〇一年查理十二再向波蘭進兵，其實波蘭國王爲沙克遜(Saxon)國主，波蘭人偶一挫敗之後無心戰鬥。查理乃輕辭重幣的到處招降。一七〇二年瑞軍佔領波蘭國都華沙。可是他又再花了兩年的時間，才將波蘭大致平定。至此他和波蘭人爲約，廢原有波王而另立波蘭貴族首領爲王。可是沙克遜國主並未成擒，他仍受俄國津貼，實行敵進我退，敵退我進的辦法。查理不得已，又只能直搗沙克遜老巢。一七〇六年秋天他佔領了沙克遜，至此其國主才接受城下之盟，宣告放棄波蘭王位。

一七〇七年查理東向企圖與彼德大帝決戰。一七〇八年集中兵力於立陶宛之維爾納 (Vilna，現在蘇聯境內)，其目標爲莫斯科。至此瑞典國王替十九世紀之拿破崙和二十世紀的希特勒預先伏下了一個勞師遠征俄羅斯，不敗於敵軍而先見挫於天候及地勢的前例。瑞軍原擬向莫斯科進發，約三百哩處而已入秋，查理乃折向南入烏克蘭，預料當地之哥薩克部隊接應，不料沙皇已早有對策，哥薩克部隊參入瑞軍的人數有限，而且士氣萎靡，瑞典的接應部隊則沿途被俄軍截擊，所帶來的供應更極短少。查理十二仍無氣餒的狀態。青年國王仍在與部下共甘苦鼓舞士氣。一七〇九年夏天波爾塔瓦(Poltava)一役，瑞軍一萬七千人，俄軍四萬。彼德屢次戰敗，舉動遊疑，查理企圖邀他於原野決戰，乃先圍攻波爾塔瓦北之陣地。只是剛一接觸，瑞王即負傷，其副指揮官無國王之智勇，也不能在戰場採取主動，瑞軍死傷被俘者衆。查理被勸由軍士數百人叢擁入土耳其人之奧圖曼帝國。後衛指揮官被俄軍包圍，降彼德大帝。

至此查理仍不放棄與沙皇決戰之宗旨，他繼續鼓吹並贊助土耳其人侵襲俄國，並遙對瑞典指揮。況又一度被土耳其人囚禁，於是者五年。最後與其隨從於一七一四年十月出走，隱匿身分的飛馳貫穿敵境，而於十一月抵達瑞典在北歐轄地。同行者數百人，至北歐時只二人。他回國後，又再籌備下次戰役，又已集結三萬人，也仍須對付在挪威之丹軍。不幸於一七一八年在挪威巡視時殞身。他究竟是陣亡還是被謀害，始終無法斷定。

要是查理十二之一生行止有傳奇性，則查理十四只有過之而無不及。

白納多特（Jean Baptiste Jules Bernadotte），法國人，一七八〇年十七歲，於路易十六的部隊裏當兵。九年之後也曾一路陞遷；可是大革命展開之後，才是他將星高照的日子。一七九七年他奉命率兵二萬支援拿破侖的義大利戰役，從此兩人的功業與出路，糾纏在一種離奇的狀態之中。

他們兩人的年齡（白納多特長拿破侖六歲）、出身、才幹、志趣、和胸有城府的情形大概相似，照理必有一番鬥爭。可是白納多特於翌年與拿破侖之前未婚妻結婚（拿破侖已娶約瑟芬）。夫人Desirée Clary之姊又嫁與拿破侖之兄約瑟。從此兩人有親屬關係，白納多特也像拿破侖之弟兄一樣，對拿有批評而又忠服；拿破侖也能容納他的若干獨立性格。一七九九年他任陸軍部長，那年拿破侖以兵變奪權，白納多特曾反對他的非法行動，但是在緊要關頭卻又支援。拿破侖於一八〇四年稱帝，升白納多特爲元帥，並封爲郡公。一八〇五年拿破侖的奧斯特黎茲（Austeritz，今在捷克境內）戰役挫敗了俄奧聯軍，奠定了今後稱霸歐洲大陸十年的基礎；白納多特也在這戰役裏建功。

茲後幾年白以軍政總督的身分治理德國北部若干地區，以能幹而有效率，更對人民溫厚著稱。他也曾公開的流露對拿破侖不滿。也是在這種情形之下他展開了對瑞典人士的接觸。後者對他的公平慷慨具有深切的印象。

瑞典在十八世紀和十九世紀之交，在極不穩定的狀態之中。她仍擁有芬蘭及波麥蘭尼亞（Pomerania，今東德波羅底海沿岸）之一部分。她的宿讎爲帝俄及丹麥。因爲芬蘭她曾與俄國長期交兵。法國大革命弒君爲民國，又產生恐怖政治，歐洲各皇室都有參與干涉的動機，在這情形之下，瑞典王國又須親俄而聯普魯士及奧大利。只是一般軍官和貴族中的青年份子（兩者互爲表裡）則景慕法國人所提倡之自由、平等、博愛，更同情他們除舊布新的精神。拿破侖登場後情勢更爲複雜。英國恐怕丹麥艦隊落入法手，曾於一八〇一年砲轟丹京哥本哈根，摧毀了丹麥船艦，逼著丹麥仇英親法。根據遠交近攻的原則，瑞典也必反其道而行，只有背法而通英，於是乃有一八〇五年之瑞典的參與反抗拿破侖陣容。只是當日拿破侖仍是所向披靡，接著又有燕納(Jena，一八〇六)和飛德蘭(Friedland，一八〇七)的兩次勝利，除瑞典外歐洲大陸的反抗都已平息，拿皇於是鼓勵帝俄及丹麥於一八〇八年向瑞典宣戰。丹麥只能透過挪威在邊境騷擾，俄軍之入侵芬蘭則使瑞軍接二連三的戰敗。

在以上情形之下，瑞典經過兩次政變。一七九二年國王在斯德哥爾摩的歌劇院被暗殺。一八〇九年之兵變，青年軍官因著國事蜩螗又廢當時的國王而迎立其叔父爲王，是爲查理十三，時年六十一，尚無子嗣。因著立嗣問題，也是衆議紛紜，更增加情勢之不穩。最後國王接受支持者之建議，遣使謁拿破侖，願得白納多特親王元帥爲養子，嗣承瑞典王位。拿皇既已姊妹弟兄皆裂土，稱王於荷蘭、西班牙及德義境內，至此其建議初看起來荒唐，實際也不爲過。有歷史家稱白納多特初不願往，在拿皇命令之下曾說，他日若爲王，則只能以瑞典社稷爲重，而無法再瞻顧法蘭西之利益，也有人說他暗中活動瑞典名位。總之則是白元帥時年四十七歲，改名Carl Johan，放棄天主教，皈依路德教派，承受拿皇之認可，成爲瑞國王儲。他一生不諳瑞語，只是被立嗣之日即主持瑞典軍國大政。此人身長，面圓，髮黑而濃捲，既具儀表，而在談吐交接時帶魅力。在他主持之下，瑞典與俄國英國修好，聽任帝俄攫取芬蘭，本身以向丹麥接收挪威爲補償。不久拿破侖又發動征俄之役，從莫斯科退出之後，奧、普、俄再度糾結兵力與法軍戰於歐洲中部，瑞典王儲亦率瑞兵八萬至十萬參與聯軍。除以約二萬人保守瑞典國門之外，王儲親率之六萬五千人一路監視拿破侖之進展，最後於一八一三年十月投入萊比錫Leipzig（今屬東德）的戰鬥。是役決定拿破侖第一次之被逐放。勝利後瑞軍也參加追擊，只是不及法國之國門即折向北，徹底威脅丹麥，確實獲取挪威作爲戰果。從此瑞典永遠放棄芬蘭以及波羅底海以東以南在大陸的領土及歷史上之宗主權，只與挪威成爲聯合王國，各有議會而共一皇冠。

王儲於一八一八年嗣位爲瑞典兼挪威國王，稱查理十四，自此終身偃武修文，提倡教育，修造瑞典南部橫貫東西之運河，穩定財政，再未豫聞任何戰爭，一八四四年逝世時享年八十一歲，爲瑞典國王亦二十六年，臨終時曾誇言世間無人創下如我之功業。

如果我們將他一身經歷拿出全般衡量，只覺得此言不虛，白納多特弱冠以布衣從戎，以後既爲革命軍將領，也是拿皇的新型貴族，終爲異國王儲。他既盡忠於拿破侖，也執鞭弭與之周旋，卻又全部公開合法，算不得通敵叛國。而且拿破侖被放逐後所設立之衛星王國，全部瓦解，只有白納多特王朝至今猶存。其子嗣也與歐洲年代深遠之王室聯姻，今日丹麥、挪威與瑞士之王室也都可以算作他的後裔。自他之後，瑞典也再未與任何國家交兵。挪威於一九〇五年獨立，並未引起兵革，瑞典也逃過兩次世界大戰之難關，如是長期的和平近二百年。他留下來的白納多特王朝歷經六位君主，接受了十九世紀以來自由主義和自由貿易的潮流，將一個中古型的國家體制改造而成現代體制，如此都爲古今中外之所未有。

▷查理十二，弱冠而親率大軍遠征。

▷查理十四，以法國平民而創立了瑞典新王統，至今子孫又爲丹麥、挪威之王室。

以上三個瑞王的經歷都帶傳奇性。戈斯塔勿司·亞多爾夫司在濃霧包圍之下與部隊主力隔離，力戰而死。可是他的戰略目標却已獲得，北歐從此被保證不受維也納的統治，新教的基礎也日趨鞏固。查理十二則被一顆滑膛槍的彈丸由左至右貫穿額部而英年早逝，他曾被稱爲窮兵黷武，可是他的爲人又爲各方景慕，卽他的對手彼德大帝也稱他爲英雄好漢。及至查理十四既是革命家，又是職業軍人，却平白的被異邦人士邀請爲國主，而且今日不少在歐洲有歷史的朝代都被推翻，白納多特王朝却毫無動搖的跡象。

但是讀者至此也不免發問：這些故事誠然不乏興趣，却不知與我有何相干？我們今日亟待對現代政局的演變有最基本的瞭解，因之才參閱到各國歷史。難道提及瑞典不已，又還要詳至其帝裔世系？

我的解說如次：這些情節已不僅是瑞典歷史，也是現代歐洲歷史中一個重要的環節。影響所及，也仍與現在的世界大局有關。

歐洲各國從中世紀發展到近代，在馬克思看來無非由「封建社會」進入到「資本家時代」，這樣的解釋，並非整個的不正確，只是失之過簡，容易被利用作爲階級鬥爭的憑藉。我們也不能說階級鬥爭全未在歷史上發生，只是認爲階級鬥爭是推進歷史的首要工具，則與事實不符。在重新檢討各國衍化的程序時，我們最好看清它們都有從「朝代國家」(dynastic state)進展到「民族國家」(national state)的趨勢。前者以人身政治爲主宰，只要因著臣屬關係和家庭關係能使上令下達，則縱是疆域領土畸零分割，人民屬於不同的民族，操不同的語言，亦無所不可，以後交通通信進步，人口增多，產業發達，一個國家之能在行政上有效率，端在其疆域方正完整，人民在人種上或語言上和諧一致，文化上具有向心力，於是才有後者的抬頭。

可是在歷史上講，這樣的改組不出於一種自覺的運動，而是很多國家，因著各種不同的原因，經過一段變亂，在長期間內將這轉變構成事實。只有從歷史的後端看來，我們才能看清這種運動，首先多以宗教的名義發難，以後則地緣政治(geopolitics)的影響越來越濃厚。最近兩個多世紀以來，更有加強經濟組織的需要，於是以前朝代國家以農業社會習慣作管制之南針，至是才有民族國家以商業習慣和效率作爲治國之基礎。馬克思徹底大規模的簡化歷史，才稱之爲封建社會轉變而爲資本家時代。在《共產主義者宣言》裏他用了短短的一段，概括了牽動了全歐洲跨越數個世紀的一種運動。其重點在指出封建領土與農奴間的利害衝突終導引到市民階級之抬頭。

以上三個瑞典國王的事蹟也替這段歷史提出見證，即是我們將當中的曲折一再減略，仍可以看出事實之發展不能算是與階級鬥爭互爲表裏，而只有地緣政治的重要才至爲明顯。

這故事既有社會環境之縱深，也有國際舞台之複雜。其開始即是歐洲自中世紀告終以來，今日之德國(包括東德和西德)尙保持封建社會之體制，全境分爲約三百個單位，內中大公國、侯國及主教區和自由城市總數都約略相等，不僅各單位的面積大小懸殊，而且當中尙有飛地而互相阻隔之情事，在中國歷史中只有魏晉南北朝一段差可比擬。本來馬丁・路德之提倡宗教改革，既有人本主義之精神，也有國家主義的趨向。他在與教皇衝突時，即呼籲日耳曼民族的王子郡主爲支援。各王子也多樂於新教，尤以北方的王國爲甚。他們已有海外貿易之利潤，也承望因之脫離教廷之束縛和財政上的索取。奧地利之王室，則把佔了神聖羅馬皇帝的地位，以「衛道者」自居，在維持天主教的正統之名義下，希圖將僅有名義之領主地位增強，構成一個實際控握廣土地區之威權。

維也納之企圖加強管制，也和巴黎發生衝突，法國眼見哈普士堡王朝在西班牙、義大利、荷蘭、比利時都轄有地土，再加強德境之統治，不免感到三面包圍。只是在十六世紀的後期各種衝突途倪紛紜，都未達到有決定性之後果。

十七世紀初期展開之三十年戰爭，牽連了很多國家，也可以視作前世紀末了之各種變故之繼續，最初也由宗教問題而起，也因各國彼此毗鄰，不免在利害關係之間猜忌嫉妒，才牽一髮而動全身。只是戰事愈近後期，新型國家間的衝突愈為明顯。宗教問題被置於腦後。法蘭西雖奉天主教，為著不願奧地利勢力之膨脹，首先津貼瑞典，以後更出兵支持。丹麥初為新教之領導力量，眼見瑞典軍事上之成功，却又不甘坐看強鄰壓境，於是反戈與之兵戎相見。戰事在一六四八年結束時，法國與瑞典同為戰勝國。因之戈斯塔勿司·亞多爾夫司今日之銅像，尚在斯德哥爾摩歌劇院之前，他雖不能親身體驗得到，他的功業，已代表著瑞典實力膨脹之最高潮。這國家除了擁有芬蘭，佔領了今日之列寧格勒和最近向蘇聯提出獨立要求的波羅底海沿岸三個小國之二以外，又控制了今日之東德、西德與波蘭的海岸據點，尚且囊括了自丹麥以東海內的全數島嶼。此時稱波羅底海為瑞典之內湖，實不為過。

一個世紀之後，又有奇人查理十二之出現。只是他却成了一個悲劇的英雄。他的戰敗和最後以身殞，雖然值得讀史者的同情，可是於國運無補。因之也有人認為他好勇而無長久的計謀。更有不少的瑞典人認為祖先遺留下的大帝國不能保留，以至今日瑞典除本土外，在歐洲大陸無尺寸土也應當由他負責。

又有一批瑞典歷史學家如哈侖多夫(Carl Hallendorff)與休克(Adolf Schüok)則認為查理十

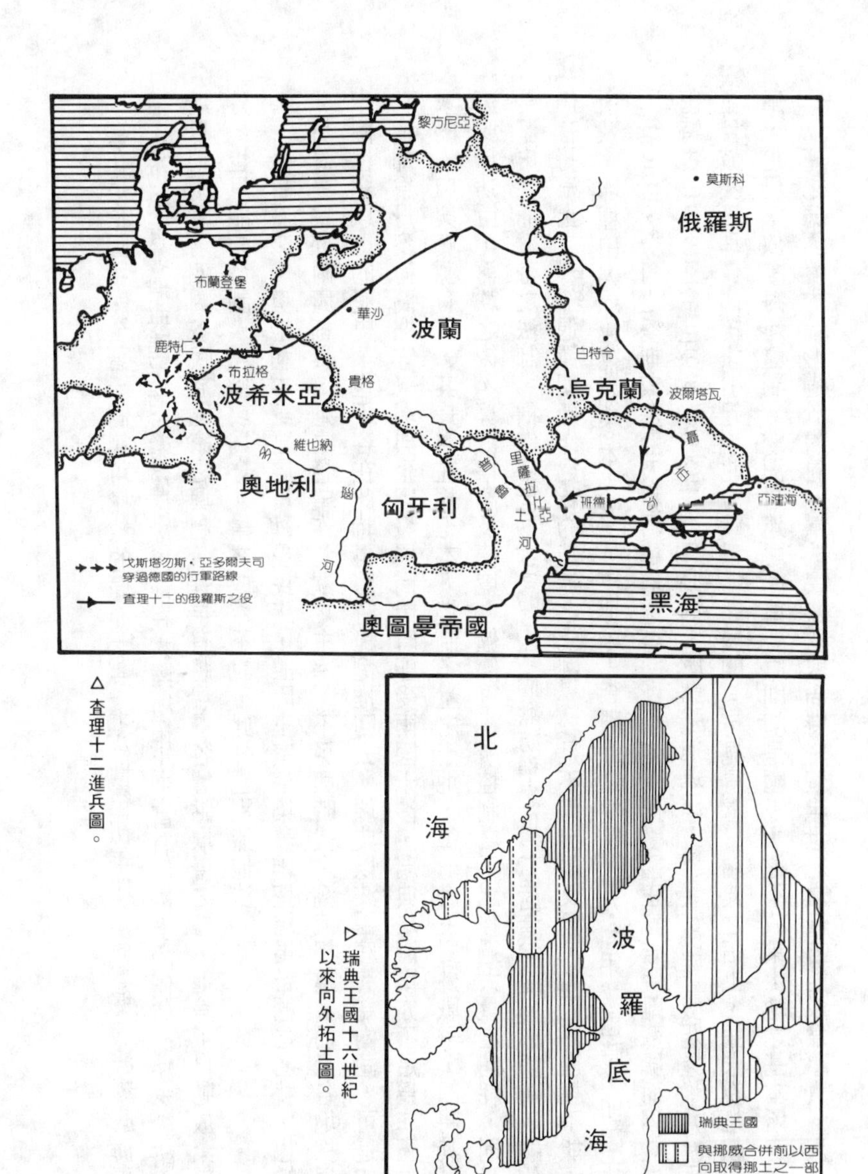

△查理十二進兵圖。

▷瑞典王國十六世紀以來向外拓土圖。

二實在是企圖「保全著一個無可拯救的局面」。至十八世紀初年瑞典尙掌握著波羅底海東部的制海權，也仍保有著瑞典陸軍的優秀傳統。以前在大陸所拓土則富有經濟上的價值而缺乏戰略上的縱深。所以他眼看著四周各民族國家之興起，遲早有將瑞屬各據點取得之勢，他除了自動放棄這些屬地之外，也只能先發制人，以攻爲守。事之成否不說，此外也別無他法。

今日看來，奧地利本身雖屬日耳曼民族，並因王室沾染著神聖羅馬帝國之名號，也被屬下其他非日耳曼民族附庸拖累，她之企望作北歐之主宰，不免與時代之潮流相違。而且各地採用新教已有一個世紀以上的歷史，也不容在此時再將時鐘倒推回去。瑞典以波羅底海爲內湖，可是如通北海之孔道却爲丹麥荷蘭把守。瑞典企圖發展商業時卽受兩國干涉，瑞典之海軍亦不足爲二國之敵，這國家的人口與資源有限，其長處在國王本人控制多量之土地，每一發生對外戰爭，卽將其一部出賣或頒賜於功臣，籌款之後，募蘇格蘭及德境之僱傭軍。所控制之王土經過大量之消耗，則又施行一種帶歷史性而離奇之法制，稱作reduktion的，我們無妨稱之爲「強迫退田」。亦卽新王嗣位時，各人仍有將王土之一部退還朝廷作爲新的基礎之成例。於是不僅出爾反爾，也因財產權不能固定，影響所及，卽種田人亦無從知悉本人之身份地位，查理十二在一六九七年登極時，卽因在黎方利亞(Livonia，今日之愛斯東尼亞及拉特維亞之各一部，刻下此數國正宣告脫離蘇聯而獨立）之大地主巴特古(Johan Reinhold Patkul)不甘心瑞王所謂強迫退田，投訴於法庭無從獲勝，乃遊說各國王，並且鼓吹日耳曼傳統才引起「北方戰爭」之展開。可見得當日瑞典之拓土，並未脫離朝代國家之作風，也仍未放棄封建體制（歐洲封建之一重要原則卽是國王永遠不放棄土地之基本所有權）。

總之德國境內情形過於複雜。構成民族國家尙待一個半世紀之後方能成爲事實。況且縱如是，東歐自波羅底海沿岸各小國，南迄波蘭俄境無自然之疆界，若干地區人口混居，當中種族語言宗教各異，易開爭執之端，也觸發彼此之安全感，本世紀以來循著這東西軸線所發生大規模的軍事行動已有多起，卽疆域亦曾數次變更。而至今此帶有威脅性之因素並未消除，自此也可想見十八世紀大陸上數個國家協同的將瑞典之外界勢力驅除，實爲簡化局面的辦法，在歷史上具有當前的積極性，此非查理十二個人之威望能力所能挽回者也。

自此又約一百年，則有法國元帥成爲瑞王之養子。白納多特旣同拿皇起兵肅淸歐洲封建勢力，以後又厭倦波拉巴特之干戈勿戢了無止境，以他的經歷和態度，他對地緣政治的力量和各國民族自決之潮流不能未具用心。他的「不介與政策」不僅使瑞典長期享有和平，也成爲這國家今日局處中立的基礎。

然則和平與繁榮之間，尙有一段至大的距離，終於十九世紀瑞典仍是歐洲一個偏僻而窮困的國家。今日瑞典的平均國民生產總值冠於歐洲各國，大部得自兩個主要因素之助益。一是向外大量的移民，減輕了國內人口的壓力，也使工資提高、經濟的改組不遇障阻。另一因素則是因藉著科技的進步，開發了以前無法開發的資源。這兩個條件同時生效，給了主政者一個全面籌劃的機會。

瑞典向美國移民的數目，沒有確切的統計。一般估計自一八七〇年至第一次世界大戰的爆發共一百五十萬人。內中也包括以後由美回瑞的人口。一九二〇年間的估計，當時居住美國的瑞典移民爲六十三萬人，再加上移民之子女則也近於一百五十萬之數。此外加拿大也有瑞典移民及其子女約五至六萬人。總而言之，這在該國十九世紀的人口六百萬和今日之不及九百萬的數目內是一個很可觀的數目。

移民最早的時候發動於一八四〇年間，亦即是查理十四自稱功德圓滿的前後（美國開國前曾有瑞典人士移殖北美洲，可是十七世紀的探險拓土，不能與以後移民並論）。當時移民的原因大致爲宗教信仰上的岐異（以Eric Jasonists爲主）。以後的原因，則以經濟上的成分爲多。

初看起來，以一個面積略等於台灣十二倍的國家，迄今人口不及台灣之半，尚要向外移民，頗爲費解。可是我們要注意迄至十九世紀之末，瑞典主要的仍是一個農業國家。一八五〇年農村人口爲全國百分之九十。迄至一九〇〇年仍佔百分之七十五。北部既奇寒，即南方也多森林湖泊，再用舊式農具操作，也無法維持大量的人口。打開局面的條件，首爲工業化，而這條件則待科技之展開。

亦恰當一八五〇年間及一八六〇年間正值該國大規模移民發動之際，西方的科技有了長足的進展。瑞典主要的資源，爲森林及鐵礦。在蒸汽機發動的木鋸登場之前，木材的開採，主要的限於南部偏西的海岸一帶。機器鋸木開始於一八四九年，至一八六〇年間而普及，也隨著英國市場之擴大，開採才遍及於北部。有些樹木如雲杉（Spruce），只能作紙漿用，也待一八八〇年間發現的化學媒介，才能大規模的生產。至世紀之末，瑞典出產之木材佔國際間輸出之百分之四十，而不久輸出之紙漿又超過木材之價值。即鐵礦亦復如此。迄至一八四〇年，傳統的煉法使低級礦砂無法採用。一八四〇年煉法的改進，一八五〇年間的「蘭開夏法」（Lancashire Process）之煉生鐵，及一八六〇年間之「白塞麥法」（Bessemer Method）之大規模製鋼以及一八八〇年間之「吉爾開司法」（Thomas—Gilchrist Method）使工本愈來愈低，於是低級礦砂可用，含磷質的礦砂也可用。及至本世紀瑞典的大量礦砂出產於極北偏西，接近挪威的港口一帶，即是以前之所未有。一九四〇年希特勒佔領挪威，當中一個原因即是波羅底海冬季凍結，瑞典的鐵砂全依挪威方面之港口入海。挪威方面有海洋暖流才能使船舶經年通行。

在這些科技所造成的突破之前，瑞典鐵礦及所製鐵幾乎全用於輸出，至此才在國內大規模的修建鐵道，開設機器廠，促成造船業之突飛猛進。國家普遍的工業化後城市人口增加，再加以向外移民，農村的人口急劇的減低，勞動力緊縮，農業生產的現代化和機械化才合乎實際。以上的情形經過幾十年的經營，也待到第一次大戰前後才發生確切的效用。農業技術的增進包括沼澤地帶的排水，使用化學肥料。大型農具的使用最初仍用馬拖曳，以後才用自動的機械。

所以瑞典的初期存聚資本，沒有經歷有些國家例如中國所臨受的痛苦。亦即毋須強迫農民胼手胝足的節省，而係自工礦分潤至農場。也因爲鐵砂木材與紙漿都有已開設之市場，亦用不著向外長期舉債。可是從紀錄上看來，瑞典最初的保險業，仍操在英國人手裡。

在組織新型的農業和工業的過程中卻自始即有政府之介入，這樣也構成今日瑞典社會主義立場之基礎。瑞典之在農村中組織生產及消費合作社較丹麥要遲幾十年，看來也取法於丹麥。我自己最近十年來粗枝大葉的觀察各國經濟發展情形時，著重每一個國家的農業財富與工商業的財富之自然交流。要是某一個國家進展到這種程度，以後之進展即可加速（很多人沒有注意：今日中國已粗步到達此田地），可是要如此，則先要使農業土地歸併集中，才能增強效率，接受投資與借貸。凡此都是瑞典政府幾十年來一貫的政策。政府不僅有選擇性的頒發津貼，而且設立諮詢的機構，主持土地的買賣。每一地區都有一個農業管理處，也有一個鄉村信用合作社。土地的轉讓都通過於前者，後者即有如銀行。如須借貸買田及購置大型農具，借貸人不得現款，而係將發票交信用合作社，經過後者審核之後才發款，務使所舉債不致浪費。至於牛乳乳酪的生產，合作社更不可少。通常以上的產品都用十噸以上的貨車運送。貨車公司及批發商只向合作社交易；即向各農戶收集產品也仍須由合作社劃帳。所以這個國家農產的生產和分配都已大型的商業化，即鄉村中也有高度的組織。

在近代瑞典政治中佔顯赫地位之社會民主黨（Social Democrats）創立於十九世紀末期。起先標榜馬克思主義，可是後來參加工會運動，主張十小時工作制，提倡全民選舉，在這些實用的行動之中，遂漸脫離了階級鬥爭的抽象理想。在二十世紀雖長期的爲多數黨，卻也經常與其他黨派合作，也間常在選舉時短期的失去了優勢，而且黨內也仍有左右的派別。換言之，看來與政黨政治中的一般政黨沒有基本上的區別。可是它的成員，也滲透入工會組織和其他社團之中。這些組織與社團也在行政機構裡發生了力量。所以有人說現行瑞典的政治體系是傳統的官僚組織與現代代議政治的一種結合。本來兩種不同時代的體制互相重疊，在瑞典已無足爲怪。白納多特王朝，即是這樣結合的一種產物。今日瑞典也一面推動民主與社會主義，一面又仍以王室和傳統作排場，在舉行各項儀禮時盡極炫耀。

所謂社會主義的趨向，表現於稅重，社會上之福利也周到，從老年人之贍養到兒童之生活費都已顧及。政府不僅干預經濟，其本身也持掌著很多服務性質之企業，有如交通、通信、廣播事業與能源。斯堪底那維亞航空公司SAS由四個國家公私股份組成。初成立之日，此邦政府立即在瑞典之份內認股百分之五十。全國的合作社構成一大組合，力量龐大，瑞典政府也是其中的股權人。也還投資於各種生產事業。各處市政府也同樣的表示它們似於大公司的性格。可是全國的企業卻又絕大多數仍在私人手中。有人也以爲瑞典的經濟，雖公私混合，到底仍以自由企劃爲主，所以仍爲資本主義的性格。也有人以爲其社會本身即帶著協會性質，所以她的作風折衷於東西兩種體制之間。

這種種說法，視各人之重點而定。在今日各種名辭陷於一種混淆的局面裡，可能愈作理論上的解釋，愈令人感到糊塗。我們看來，瑞典的社會主義與今日所謂共產主義的國家有一個顯著的區別：此即她之自由的勞動力。此亦即是各人之就業純依自我選擇。前已言之，瑞典之現代化，毋須強迫群衆在農場集體的操作去儲積資本。可是她所聚資本，首先大概得於森林之木材及地下之鐵砂。如此自然所賦予之物資，不期而然的即先帶有一種公衆性格。有了這種種歷史上的因素作後盾，則不待意識型態的鼓吹，社會主義已有了潛在的實力。

這樣的體制是否是一種成功？我們在斯德哥爾摩和哥呑堡(Gothenburg)巡視一周，當然經過旅遊者必經之地，可是也漫步信行，穿插過一般旅遊者罕至的大街小巷。所見所聞縱是走馬觀花，無法否定一般人公認此邦的整飭有秩序。以電子機作管制公衆行動的工具，徧處都是。大凡銀行交易，車站購票，各公共場所之問詢，無不預領先來後到的數目牌號，然後聽依次序之傳喚。今日在美國之街頭停車，猶依鐵柱上之機械時表付費，在瑞典則以電鐘將分秒印在卡片之上，停車人將卡片陳列於車窗之後，供詢查人員檢視。舊式之建築及交通工具也仍所在多有。但即不特加粉漆也仍在樸素之中表示其整齊淨潔。接待人員也一般的循規蹈矩的有禮。本來我已看到旅遊書刊指出在此邦作客通常毋庸付給小帳，即付少數即可，因爲「服務附加」已列入帳內，可是計程車則必給百分之十五之數，因車夫須另向政府繳稅。偏巧我們離開斯德哥爾摩之拂曉，計算有欠周詳，到頭無法給付小帳確如其數，甚爲狼狽，車夫之內心反應如何，不得而知，可是他始終有禮。要是美國，而尤以紐約之計程車司機難能有此宏度也。

瑞典的立法機構設計過度的周詳，已經早有人批判。例如我手頭有一本小册子內中提及：「瑞典人對外賓全部和藹有禮。差不多全數都說英語，也全數樂於表演他們所玩的把戲。他們可能向你訴苦，說他們的國家是西方國家中管制得最嚴格的社會。這在某些方面講，卻也說得確實。最近十二年來，瑞典國會的通過法律和制定條例有晝夜不停每八小時創制一項的進度，也就是每年超過一千件。可是在多種情形之內，一般人民和議員先生一樣對這樣的作法以輕率的態度對付之。這整個的一套既已進展到如此複雜的田地，已經沒有人對之十分重視。瑞典人士對他們認爲合乎情理的條例規則遵照奉行，其他則相應不理。」（節自福達(Fodor's)旅遊指南《斯堪底那維亞》冊一九八六版頁三六九）

可是也有些條例雖然繁冗而無法擺脫。從斯德哥爾摩市中心的空運汽車站(air terminal)到奧蘭達(Arlanda)飛機場的巴士每十分鐘一班，可算便利。車站的平面作長方形，佔地廣大，四面沿街，也各有人行道。可是旅客進口在一邊，登巴士的出口在另一邊，其他門扉全部閉鎖。即人行道上的捷徑亦形同虛設。我們已預買車票，看著巴士也近在咫尺，也只能放棄近路而走遠道，必須在車站建築物內斜插而過，才符合了進由進口，出經出處的規定。而且尙不止此也，及至登巴士時，才發現車站出口有兩重門，中有小室。起先前門封鎖，後門大開。等到乘客二十人一批入室後，後門亦鎖，室內紅綠燈大亮，有一分鐘左右如禁閉在電梯之中。然後後門仍鎖，前門大開，我們才魚貫出站按次序登車。全部程序經電氣操縱。我曾有類似的經驗，則係在美國參觀監獄時。

今日外間旅遊者在此更感到「不便」之處，倒是物價高昂。例如火車站之自助餐廳，咖啡每杯十四個克朗，照此時的兌換率近於美金二元五角，雜貨店之硬麵包一塊，也値三克朗，近於美金六角。倒是在渡海輪船上的頭等餐廳反而價格公道，似和倫敦、紐約中等餐廳的價格相埒，可見得其價昂仍是一般服務性質的工資高昂之故。很多瑞典人以他們國民生活程度之高爲榮。我們不止一次

▷瑞典的船塢。

▷瑞典龍達內國立公園的秋日。

的聽到中等以上的家庭不僅具有汽車，而且自備遊艇。可是我們也不能忘記斯堪底那維亞各國的繁榮，也同和世界的繁榮共始終。十九世紀末期此邦之現代經濟初展開時，即受有美俄小麥登場傾銷西歐的影響。瑞典近幾十年來的突飛猛進，更與兩次大戰之後需要復原的建築資料不可分離。今日不僅旅遊事業爲國際貿易之不可或少的一部份，而且斯德哥爾摩的水果市場產品來自世界各地。西班牙和義大利的已不用說了，而遠者來自紐西蘭及哥斯達黎加，因之原油漲價，此邦經濟必受影響。一九七〇年間即曾使瑞典失業的人數有相當的增多。

我們耳目之所及，發現美國在斯堪底那維亞國家的影響仍爲深巨。在城市間，英語的通行毫無阻礙，使我們忘記了英語是他們的第二語言。而且一般人的英語發音尙是美國語調，而間常帶著美國俚語。電視節目全以美國所產所製爲骨幹。國際新聞以美國廣播之網系作台柱，而其戲劇節目也靠美製電影支撐。即年輕人喜愛之流行歌曲，出租之電視磁帶(video cassettes)亦無不如此。可是如此一來，美國(USA)之影響固然在文化方面，也偏重於享樂。製造方面之影響，則以日本爲盛。斯堪底那維亞各國常見之汽車非歐製之貴型車輛，而以日製廉價車輛爲多，這和倫敦的情形廓然不同。而且日製產品也及於各色通信器材。所以縱是美國之劇本和歌曲，而傳達的則是日造的工具也。

倒底這種體制是否一種成功？這就很難說了。首先提出瑞典的制度近乎盡善盡美的是美國新聞界鉅子柴爾茲(Marquis Childs)。他作此言時在一九三〇年間。今日已經相當的物換星移。在牽扯全局在大範圍的問題中作結論，我們所遇到的困難，則是沒有絕對的標準。前已言之，我們看到斯堪底那維亞的國家而以瑞典爲盛，全部整齊清潔，秩序井然，不能不表示敬仰。而且此行未看到一夫一婦衣服襤褸，一個無教養的兒童躑躅街頭，尤其值得羨慕。可是要提及全民都樂於這樣的體制，則至少缺乏立論之憑藉。

我們也可以從各種書刊看出：瑞典也有已開發國家的各種苦悶。比如說：社會民主黨好像都把各種問題解決了，而實際上工會領袖、合作社負責人物即此也成了新型官僚階級，忘記了爲人民服務的宗旨，反而自命爲國家主人，頤指氣使。在追尋效率的要求之下，無論是農場，或是林園，或是屠宰場，都只有越做愈大，小本經營的業主仍無法生存。又因爲離婚的公算高，父母都忙於工作，子女失去監督，很多年輕人組成幫派，盲目的尋樂，有時也成爲警察巡視的對象。我們在簡短的行程中沒有目擊到這樣的情節。可是根據已經知道的背景，如此的報導必有事實上之根據。

即此我們也可以領悟人間天堂總是一種理想。瑞典前國務總理泊爾米（Olof Palme）出身富室，卻同情於窮人，曾主持著不少社會福利的立法，曾盡力於教育及宗教工作，也曾用他的聲望去調停國際間的糾紛。如此一個樂於爲善的人物，竟於一九八六年在與其夫人在斯德哥爾摩街頭閒步時，被暴徒從後開槍二發被刺而死。雖說刺客迄未緝得，也有人相信其爲神經病漢。然則，縱如是也無法否定其社會仍有罅隙，並未能由物質生活之完善即已造成一個烏托邦。因之我們也只有更強調財富爲組織現代國家之一種資料，卻難能爲一個國家或一個民族所可能追求之目的。

瑞典的歷史，也和其他民族國家的歷史一樣，要是觀察者將視界闊大，眼光放深，則可以看出其前後啣接，雖說當中也有出人意料之成份，卻沒有不能解釋的奧妙。這個國家本身放棄爲超級強國之後，即希望不再介入超級強國的爭端裡去，可是她的發展仍與外界的發展不可分割。因之她提倡國際間的和平，熱心於聯合國的行動，也有內在的原因。她的經濟系統，自有特色。即強調其社會主義的性格也好，或強調其本格上的資本主義性格也好，只是一經展開，其所有權和勞動力即構成一個大羅網，而且越做越大，因之與國際間的發展也越不可分割。

我們乘坐的SAS飛機自斯德哥爾摩起飛三小時後接近英倫。鄰座的一位瑞典乘客借我的筆填寫入境報告單，引起一段談話，不久就牽扯到瑞典的物價上面去了。

「不僅你們以爲高，我們也以爲高。」他很著重的說。「我們還要納高度的所得稅，百分之三十至百分之五十。」

稍停之後他又繼續下去。「現在瑞典是歐洲生活程度次高的國家了。第一位則是義大利。很多人說下次選舉時，社會民主黨有問題，這很難說。」

「不過你們向來是一個福利國家（welfare state）。」我就插上去說。

「那倒是眞的，教育不付費，醫藥也不付費（free school, free hospital）。」

我沒有告訴他的乃是回美之後我們還要立即籌付一年一度的一千三百美金的學校稅。而且紐約街上仍有很多乞丐，最近我們也看到倫敦也有乞丐出現。

「你們的失業救濟一定辦得好，」我說，「這次在斯德哥爾摩，我看不到一個沿街行乞的人。」

「現在也有了，」他更正我。「在地鐵那邊有一個傢伙，我看著他每天都在那裡——有一個多月了。」稍隔一下他又說：「不過他們大概都是外來移民，那個人就是羅馬尼亞來的。」

這時候飛機已至英國東南的Anglia上空，駕駛員說明他會向著泰晤士河飛，到倫敦的「大朋」（Big Ben）之後才折向右準備在希則羅降落。

一九九〇年十月稿，一九九一年八月修訂

臥龍躍馬終黃土
人事音書漫寂寥

沙卡洛夫

我一聽說某人是「中國的戈巴契夫」某人是「中國的沙卡洛夫」，就覺得心頭非常不安。作這種說法的人，通常簡化歷史，將中外情勢混成一氣，滿以為某人能在外國如此，我方也應當在中國如此。有時尚且鼓勵被說的人去東施效顰做得文不對題，其始也失之毫厘，最後則可以謬以千里。

還有些批評家動輒將人物區分為好人及壞人，全憑一己之憎愛將被說者身世環境經歷與行止一併抹殺。有如班固著「漢書」時創製「古今人表」，將洪荒以來傳奇性及現實性的人物按三等九則區分他們的高低，而以褒姒與妲己同列為「下下愚人」構成以道德解釋歷史之最極端。

以今日世事之叢複繁蝟，我們要說某人的行動舉止完全完善無瑕，另一人則毫無是處，更屬遷就，而有時近於滑稽。閒話少說，蘇聯的反對派人物沙卡洛夫（Andre Sakharov）於去年十二月十四日因心臟病發作去世。他的《回憶錄》則早已準備就緒，英文本之上册於今年秋季在美國出版，其文字直捷，立場誠懇。此間提出值得我人特別留意的地方三數則，即可以由讀者自行看出：客觀的敍述人物和主觀的批議人物當中有很大的區別。

沙卡洛夫生於一九二一年，他的家庭在帝俄時代已跡近貴族，至少也屬上層階級，他的外祖父在本世紀初年以軍功任陸軍少將，他的母親上過莫斯科專為貴族所設的女塾。他的父系則世代以任傳教師為業，他的祖父是一個有相當成就的律師，祖母屬於波蘭的貴族。他的父親攻數理，畢業於

△沙卡洛夫。

△沙卡洛夫。

莫斯科大學。據沙卡洛夫說他是一個多才多藝的人物。自十月革命之後，他們一家一度流落在外，靠他在電影院彈鋼琴維生。之後則在大學任物理教授多年，又著有通俗物理學教科書數種，也都能廣泛的行銷，即以版稅的收入，他一家的生活程度已在蘇聯一般知識份子以上。沙卡洛夫自幼年生長於城市中，與今日蘇聯領袖多數由農村出身的不同。

沙卡洛夫本人也在第二次大戰期間畢業於莫斯科大學。他早年在物理學上造詣甚深，這已不足爲奇。他之成爲一個「人本主義者」(humanist)則無疑的已從兒時課外的閱讀，打下了根柢。《回憶錄》裏有他隨意提出兒時所讀書，包括莎士比亞的《哈姆雷特》、大仲馬的《三劍客》、斯瑞夫的《小人國遊記》、囂俄的《悲慘世界》、歌德的《浮士德》、狄更斯的《塊肉餘生記》、斯妥夫夫人的《湯姆叔的小屋子》、威爾士的《時間機器》、馬克吐溫的《湯姆歷險記》，和安徒生的童話。至於俄國作家如普希金、托爾斯泰和果戈里諸人的作品，更已不在話下。他成年之後也讀過史坦貝克的《憤怒的葡萄》、海明威的《戰地鐘聲》和奧斯威的《向卡塔龍尼敬禮》，此外尚有本文作者自愧不知的書和沙自己「不勝枚舉」的書。這種遍閱群書的習慣不可能與他想像力之展開及對西方之認識沒有關係。然則《回憶錄》內除開說及對馬克思及列寧之著作不感興趣之外，全未提及現代政治經濟理論及歷史書刊。此中也可看出蘇聯之文化封鎖政策，以後更使沙傾向於BBC及美國之音的廣播。

沙卡洛夫畢業之後參加兵工署的研究工作，一九四八年奉調參加原核兵器之研究，茲後他被稱爲蘇聯熱核炸彈之父。他書中對一九五三年的原爆及一九五五的氫爆都有相當詳細之記載。

固然他之參加上項工作與否不能由他自己作主，可是他當初也確是樂意參加。第一，原爆是理論物理學家之「樂園」。有了原爆則在極端的溫度與壓力之下物質之形態(state of matter)可以根據數學公式計算而得。反面言之決定熱核反應之程度的方式自此也可以直率的提出。第二，當日沙本人也確爲愛國心所驅使。他說：「我認爲我是這新科學戰爭中的一個鬥士。」原文以過去式寫出。《回憶錄》裡對史達林有很剴切的批評。這位專制魔王，大規模的拘禁毒殺無辜，尚因他的恐怖政策及諸種罪行，以致飢餓而喪生的人口，據他粗率估計總數一千萬，後來聽說旁人估計六千萬，沙才知道自己估計過少。因之他在一九六六年簽名反對爲史達林平反。沙也自承過去的錯誤。一九五三年史達林逝世時他對各種公開的秘密已有所知，可是在他私人給他第一位妻子克拉娃（Klava）的信內仍稱此人爲「偉人」，而懷想他的「人道觀念」（humanity）。後來他回憶著當日自己有這樣的思潮不禁「臉上發燒」。然則沙卡洛夫並沒有完全放棄他的心頭矛盾。在另一處他寫出：「我堅信給納粹德國戰敗是一個更大的災害，超過我們自己的劊子手給我們的任何一切。」

人類的劣點即是貪婪自傲，這種損人利己的態度，東西皆然，因之以國家安全的名義去擴大自己的勢力圈，更是彼此一樣。至此沙卡洛夫提出：「我們在蘇聯應當如何辦？西方應當怎麼辦？如是的問題，不能以片言隻語答覆。我希望沒有人會自稱他有最後的答案。預言家總是不靈的。但是我們縱承認自己的缺點，仍舊需要不斷的懷想此類問題，並且根據良心與想像力，給旁人忠告。最後則只有如我們祖父母一代所說的，讓上帝作我們的裁判員。」以上兩段都用現在式寫出。

沙卡洛夫成爲在西方人盡皆知的人物，始於一九六八年時。時值「布拉格之春」，亦即捷克人士展開了反共反蘇的運動。沙寫了一篇〈對進步、和平共存，和知識界的自由之反省〉的文字，初只供同道參閱，後來經過地下組織的傳達，在荷蘭發表。英譯也經《紐約時報》於七月二十二日以三頁刊出，又經美國各大學重印。當日蘇聯仍在布里茲涅夫和KGB所主持的鐵幕之下，沙卡洛夫失去了他的官位、政府供給的住宅和公安許可證。一九七五年諾貝爾獎金給他和平獎金更被蘇聯政府視作一種挑釁，他公開反對蘇聯進軍於阿富汗才被判放逐於高爾基。可是沙卡洛夫所提倡的各節，日後都成了戈巴契夫所主持的開放（Perestroika）理論上之基礎。他也經一九八六年底戈巴契夫親自電話解除他的放逐接他回莫斯科。只是他堅持激進的改革，也不能盡爲戈巴契夫承受。我們在電視上看到他的最後一個鏡頭乃是在全國蘇維埃大會場中與戈巴契夫的口頭爭執，而翌日即有他逝世的消息傳來。

沙卡洛夫前妻卡拉娃在一九六九年去世，《回憶錄》裏說及她對沙各種政治運動並不完全同意，只是也不出面阻擋。不久沙即邂逅了後妻露莎（Lusia，正式名Elenor Bonner），《回憶錄》裏稱之爲「美女」，她是猶太人也算是「行動份子」，曾在法庭假造文件作證，罵不同意的爲法西斯。她曾爲沙在海外奔走，接見西方權要傳遞稿件。沙也受了她影響，支持猶太人脫離蘇聯的權利，替劫機犯求情。他的絕食，即是支持露莎在美國的兒子之未婚妻，使她離開蘇聯與未婚夫團聚。在這些方面之行動，沙卡洛夫也不盡爲他的國人所諒解，也有人認爲這些行動將私事與公衆運動混淆一起，另一個反對派作家索贊利津即對他有率直的批評。

沙卡洛夫以前也和索贊利津一樣，認爲中國是侵略者和擴張主義者，在《回憶錄》裏提出，他已不作如是想，因爲中國只有一種原始型的經濟，內顧不暇，幾十年內無此能力。

一九九〇年十二月三日《中國時報》人間副刊

母后伊莉莎白

這次到倫敦時值八月一日，天氣奇熱，據說八月一日氣溫九十度是最高的紀錄，爲以前英倫所無。當日中午倫敦塔橋開拆半小時，這消息見諸報章，卻又沒有說明原委。到傍晚時分，爆仗聲音震耳。我們想不出八月一日有何奇特之處。夜中看電視新聞才知道今年八一乃當今英國王太后、本國人士稱爲「母后」（Queen Mother）伊莉莎白的九十壽辰（當今皇后也名伊莉莎白）。開放吊橋乃是讓王室的遊艇上溯泰晤士河。伊莉莎白母女與群衆關係良好，今年華誕雖然沒有做到普天同慶「大酺」三日或五日的地步，只是也成了頭條新聞。報紙上一律刊載了這位九十歲老太太的玉照，看來御躬抖擻，依然行動自如。同時各種刊物也順便重印第二次大戰期間德機轟炸倫敦，在警報尚未解除時她陛下和國王喬治第六巡視災區的舊影，以表彰當今王室與一般平民共休戚的旨意。這時候旅遊者如捶足英倫各處書店，可以看到母后伊莉莎白的傳記三數種同時成爲了暢銷書，被陳列在書店裏顯著的地位。

可是暢銷書之成爲暢銷書，全靠顧客作主，其內容不能與官方之宣傳依樣畫葫蘆。我雖說沒有翻閱過這數部母后外紀，只是從《倫敦泰晤士報》的節錄介紹，已大致窺見其內容。一般提到的乃是母后伊氏愛賽馬，即御馬廐裡的馬也不時進出於賽馬場。在英國人來講，這早已不是奇聞，即當今英后伊莉莎白也愛賽馬，間常見諸新聞鏡頭。本來英國人愛賭，是衆所周知的事實。賭博之經營也是一種公開的企業。王子或公主誕生，臣下就預測其命名。當今王太子查理，王太孫威廉，其命名出於一般人預料之外，因此以此作賭而輸贏者大有人在。足球賽之勝負成爲賭博的對象，早已不在話下。而且氣溫也可以作賭。今年天氣奇熱，據說發賭票的希爾氏（William Hill）因之坐輸十五萬鎊。群情如此，則王室的參加，已如孟子所云，「王如與百姓同之，於王何有」？不能逕自指斥其爲「流連荒亡」了。況且賽馬又與武藝攸關，歐洲的王室，一向出於武士傳統，與中國文謅謅的態度大不相同。十七世紀的英王查理第二就愛賽馬，曾自任騎師。所以至今英國王后之伴王駙馬愛丁堡公爵和王儲查理仍愛玩馬球。查理甚至墜馬折臂，公主安妮也在賽馬時作騎師，這只算得與民同樂，也只會增進王室的群衆關係。

大凡宮闈間總不時有風流韻事流傳於外。現在暢銷書裏傳出一段故事則是，本世紀初期，王太后尙是一位窈窕淑女的時候，曾以蘇格蘭貴族華裔的身分作客於英倫。首先注意到她的並非後來成爲英王的喬治第六，而是他手下一名騎侍（equerry）斯圖亞特（James Stuart）。他也是蘇格蘭的貴族，不僅年少翩翩，而且跳起舞來步伐輕捷，引起各界傾慕。他與伊小姐的交往也曾招致社交界注目。可是他聽說主上對伊小姐有意，立即自動的退出圈外。喬治第六在家庭中名Albert，暱稱Bertie，當時封約克公爵，爲人多病，而且害羞成性，因之語言遲鈍。要不是伊莉莎白予以青睞，其大婚之出處尙不可定奪，也必會影響到今日英國王室的世系。

而與伊莉莎白更有關係的一段交往，則爲當日王儲愛德華與辛浦生夫人（Wallis Simpson）間的一段緋聞。愛德華本名大衛，是中外聞名的美男子，而且擅長於體育競技。但不知如何將婚姻錯過。有關人士百方設計的替他安排對象，而愛德華總是左右都不稱意。大概年輕女郎家教過深不識風趣，

▷伊莉莎白母后。

▷不愛江山愛美人的溫莎公爵由於堅持與辛浦生夫人結婚，而致被迫放棄大好江山。

或者承攀過度引起反感。因此王儲年近四十，依然風采不遜於少年，成爲世界上最高身價（most eligible）的未婚男子。可是他對妙齡女郎不感興趣，對不少年齒稍高的已婚女人反又格外垂青，而且他們的交往又超過尋常的範圍，不免引起議論，而議論得最露骨的乃是弟婦伊莉莎白。

迄至華麗絲·辛浦生登場，以上的情形更急轉直下。她爲美國平民，已婚，又與和作下級軍官的美國丈夫離婚，再嫁於在倫敦作證劵交易的辛浦生。據各種資料所敍，他們夫婦看清了愛德華的弱點，一意與皇儲接近，但曾幾何時，辛浦生先生不再被提起，華麗絲及大衛倒反而儷影雙雙，出現於度假的公衆場所。恰巧此時，一九三六年英王喬治第五去世，愛德華嗣位，只待正式加冕。而當時華麗絲·辛浦生在伊浦斯微支（Ipswich）法庭中進行離婚的程序，愛德華又要求政府將其大婚費用列入預算，於是掀起莫大的波瀾，鬧得全國鼎沸了。

正告國王如果堅持與辛浦生夫人結婚，則必須退位者有首相鮑爾文（Stanley Baldwin）。但是鮑有王室的支持，而王室中最有力量的人物，則無過於約克公爵夫人伊莉莎白。王弟約克公爵也在緊急關頭聲明如果局面不可收拾，他自己願意出頭取而代之。這樣堅決的態度不可能後面無公爵夫人的支持；是否出於伊莉莎白之慫恿，則無從考證。所以至今黃色新聞不說，即有聲望的報紙亦強調兩個女人都想做大英帝國之第一夫人，爲以上糾葛的一大主因。最近《倫敦泰晤士報》即以BEST OF ENEMIES，亦即「敵對中之強手」作標題，追敍一九三六年間的往事，並且將當日伊莉莎白及華麗絲的倩影擺在文字的上下兩端，又在文中提起這兩個女人不應當在同一星球之上存在，大有《三國演義》裏周瑜痛恨諸葛亮所說「既生亮何生瑜」的情調。

愛德華退位之後與華麗絲結婚，稱溫莎公爵及夫人，但是封爵書內載明華麗絲非王室親屬。伊莉莎白及喬治加冕完成後，亦始終拒絕禮遇溫莎夫人，是以愛德華終身流寓他邦。第二次大戰爆發後，希特勒有意截留愛德華，看來也在希望將他家庭間的糾葛加以挑撥擴大，使他成爲親德人物的憑藉，但此計未酬，不過溫莎公爵希望回國服務參加戰時工作的願望，也不能爲英國王室接受。他除了一段短時間內以陸軍少將的身分在法國爲聯絡官外，即縱有好友邱吉爾爲之周旋，亦只派得一個巴哈馬群島（Bahamas）的總督，有同流放。評議者仍認爲伊莉莎白的幕後阻撓是其主因。

當今母后個性堅強，言辭率直，是衆所周知的事實。她與華麗絲．辛普生之嫉不相容也言之成理。只是將一九三六年的往事，當日稱爲「憲法危機」者，全擺在兩個女人的虛榮及妒嫉的份上，則未免過度簡化歷史了。

在徹底認識這問題之前，我們必先看清當今英國王室是世界上帝裔綿延最長久者之一，在它整個歷史裏也分劃爲若干朝代。可是這與中國朝代的趙宋和朱明彼此的不相屬不同。通常英國後一朝代出於前一朝代的旁支側裔，或係女婿及外甥入承大統，縱不如後漢之於前漢，亦必如隋之於唐在親屬關係上仍是一脈相傳。可是在憲法史上講，現今王室約九百多年的過程中，已經久歷滄桑，帝系儘管依舊，可是王位的性質與功能業已前後不同。當中最重要的變遷，無逾於十七世紀的內戰及光榮革命（Glorious Revolution）所帶來的後果。

十六世紀及十七世紀是一個青黃不接的時代。簡言之，工商業在社會上的比重加強，國際間接觸頻仍，政府的功能和施政的範圍需要擴大。馬克思主義的歷史家泛稱這是封建時代衍變而爲資本家時代。甚實當中爭執的重點，不在階級鬥爭，而在擴大行政範圍、加強軍備、增進稅收的過程中，問題上應由國王作主或議會作主。如依前者則爲君主專制，如依後者則爲民主。只是當時人不如我們能夠看到歷史的縱深，雙方都依成例爭執，而事實上他們所面臨的問題，已經超過他們人身經驗之外，於是才有內戰。在國王及保皇黨的立場來說，總還是希望假借於皇權神授說，於是加強教規甚至企圖放棄宗教改革的成果，返回天主教的範圍中去，以便增進管制。而議會派則有清淨教徒的鼓勵與支持。

內戰後議會派得勝，克倫威爾當權，並且一度弑君成立民國，只是仍不能解決當日的問題，於是才有復辟的情事。而復辟後的國主查理第二及詹姆士第二，又有恢復天主教增強人身政治的趨向，於是才有光榮革命。威廉第三爲荷蘭人，但係英國國王的外甥，其妻又爲英國公主，被邀率兵推翻詹姆士第二。是役兵不血刃，所以革命才稱爲光榮。可是至此名義上朝代依舊，國王實係經過選舉而產生，時爲一六八九年。迄至一七〇一年，英國議會更進一步竟預先通過法案，在王族之中指定王位嗣承的序次，而且對嗣位者的身分提出若干要求。一般教科書沒有講明者，至此國王實由議會廢立。以後雖按血緣的序次嗣位，但已非絕對或當然。況且嗣位者又必限爲英格蘭教堂的成員，其子女的教育也有若干限制。所以國王與王后縱非國民的僱員，所謂王權神授說，也早已置諸腦後了。

國王有職無權，在十八世紀更是趨向明顯。最初被邀而爲國王者實係德國人，不諳英語。次之政黨政治抬頭，內閣制成熟，國王更無參與政治的必要。喬治第三企圖打破其限制，任內則有美國獨立。自此之後，國王更只是一個橡皮圖章。

在十七世紀之前，外交事項統屬國王特權。迄至二十世紀，國王已聽命於內閣吩咐。一九一一年，英王喬治第五訪問歐洲大陸，當日英德對立的情勢緊張，歐洲的王室則又因聯姻的關係彼此都是親戚，所以國王的公開談話，事前概受外相格雷（Edward Grey）指示，事後又得向後者交代。至今歷史書內仍說明了國王接受內閣的「訓示」，回國後向內閣「報告」。如此，政治立場上講國王與政府的主從關係，早已前後顛倒了。

如此要他國王及王后何用？一則維持近千年的傳統，二則使內閣制有所交代。而且也準備在非常情況之下可能發生作用。但是一般說來，皇冠只有象徵式的功能。國王王后以及王儲公主等，除他們自有私產之外，也仍由政府核發薪水和津貼。他們主持各項典禮則由宮內職員核定，幾乎無日無之。這樣一來他們雖屬帝裔，除了遺傳也和一般公僕大致相似了。

那麼一到緊要關頭，由民選的政府不會忘記他們乃是真實的偏主。生在二十世紀，各人擇偶，當然是自己的事，雖父母無從干涉。國王有外遇也不算新聞。愛德華及喬治的祖父愛德華第七即以此著名。但是國王偏要牽扯出來一位份外的女人，又是外國人來做王后，尚可以因以後的子嗣影響到大統，則又另當別論了。而最可以擔心的則是，這一婚姻也可以將以前幾世紀以來的成例抹煞。一九三六年，鮑爾文並沒有絕對的公意作後盾，也有人民願意漂亮英俊的君主和他的有情人終成眷屬，於是憲法危機更確切地存在。當日的母后瑪琍，一向偏愛愛德華，她在喬治及伊莉莎白行加冕禮後，特別在媳婦亦即新王后面前行屈膝禮，表示天命已定，大統不容爭辯。

伊莉莎白至今猶說喬治挺身而代兄作國王乃是一種「犧牲」，他自己也因此而短壽。實際上喬治登極後做了十六年國王，不能算是夭折。可是他不待勸進即自動出面，可見得其所表彰的不是名位問題，所謂危機實有其事。

所以無論伊莉莎白的動機如何，她幫助了二十世紀的英國解決了一個大問題。她和女兒伊莉莎白的最大貢獻乃是保持了王位的尊嚴。這有職無權的名位愈來愈與時代脫節。所謂傳統也半含著抽象而不合實際的成份，因之愈難維持。怪不得今逢王太后九十華誕，眷戀往事的英國人要著書宣揚而且隆重的慶祝了。

一九九〇年十一月二日《中時晚報》時代副刊

薩丹・海珊

自從八月二日早上在倫敦旅館的餐廳裏聽到伊拉克攻佔科威特後，至今二十多天沒有一天報紙上不用海珊（Saddam Hussein）做頭號標題。這位五十三歲的民族主義者和社會主義者，以政變起家，為伊拉克的終身總統。他能夠在一千七百萬人口的伊拉克維持一百萬的常備軍，又擁有五千五百輛戰車和五百多架軍用飛機，已可見得他軍事統治的徹底。事實上，他也倚賴著特務政治做他震撼世界的本錢。

在西方的報紙雜誌裏，海珊是各種口誅筆伐的對象。他曾被稱為瘋狂、殘忍和冷血。他在某種場合之下可以將昔日之戰友集體的處死。伊拉克境內的卡茲（Kurds）部落叛變，他下令使用毒氣，受害者及於無辜之婦孺。他發動對伊朗的戰事，犧牲了十二萬人，費時八年，所得至為有限。現在他以十二小時急行軍的姿態取得科威特。後者地域雖小，不到七千方哩，略等於中國兩三個縣的面積。可是自是海珊掌握著世界上石油儲藏量百分之二十。邏輯上和形勢上他將再覬覦沙烏地。倘使沙國也入他彀中，則他所控制的石油量將達世界上儲量百分之四十五。有些作家比擬他為希特勒。看樣子他有在中東造成另一個超級強國的姿態。更為可慮的則是他除了擁有化學武器之外，不失也可能有原核戰爭的能力。他過去所經營的原核產場經以色列於一九八一年炸燬，可是現在的情報顯示五、六年間他可能擁有原核武器。

由美國領導的制裁，立時得到其他國家的支持，英、法、西、比、荷、義、西德、加、澳派海軍船隻參加封鎖。阿拉伯聯盟裏的國家決定派兵保衛沙烏地；其他回教國家如巴基斯坦和孟加拉也準備進兵。日本則承應供給軍費。對伊拉克的封鎖和使用武力執行的決議也順利的於聯合國的安全理事會通過，蘇聯和中國大陸也無異議的投贊成票。這樣超過人種、宗教、和東西意識形態的聯合行動爲歷來所未有。以海珊一人膽敢與天下爲敵也可謂打破以前紀錄。看樣子這波斯灣的危機將會曠日持久；但即使於明日解決，其事態的非常性和嚴重性仍然值得考慮。

海珊之不度德、不量力已經毫無疑問。所以在各國的反應之下，他即扣押了他們留在伊科兩國的僑民作爲人質（發稿時獲悉他已讓婦孺離境）。發言人向干預各國恫嚇如果任何人敢向伊拉克進兵，他的手臂就會從肩部以下被砍剁下來，海珊本人則向中東各國的阿拉伯人呼籲參加「神聖的戰爭」。他並且向已停戰而待開和議的伊朗建議，願意讓步，甚至放棄八年戰爭所得的伊朗土地，不厭舊惡而同以回教國家的立場對付外界的干預。

海珊之作爲在今日以電子工具及人造衛星傳遞消息的情形下，不時即已傳遍全世界每一角落。我們在倫敦旅館裏去他手下進佔科威特後不過數小時，餐廳裏聽到鄰座的談話就無一不涉及中東之危機。我們離開美國只二十天，去時汽油每加侖才一元零五分，回時已一元三角二分。紐約證券市場的指數也已下跌近四百點。連日電視新聞看到很多預備役的官兵應徵報到於役沙烏地的情形。新聞記者訪問民衆時，一般的反應表示對未來經濟不景氣心存戒心，公認要束緊褲帶節省消費。

可是這危機的釀成不始自八月二日。今日仍然只有很少數的人考究到它的背景。

在攻佔科威特之前，伊拉克已和科國發生爭執，主要原因由於石油之價格。她們都屬於「石油

△▽ 薩丹・海珊。

輸出國家組織」(OPEC)。伊拉克是組織中的強硬派，主張各國嚴格的遵守組織所指定的限額，提高石油的價錢。科威特及阿拉伯聯合大公國(United Arab Emirates)則利於低價傾銷，兩國常在組織指定限額之外加量生產。伊科交鄰，在疆界上也有爭執。伊拉克並且指出科威特鑽井出油時，在地下盜出伊國油源。此外伊拉克幾乎完全是一個大陸國家，無海岸線可言，早已垂涎於科國之海岸線。遠在一九六一年科國離英獨立時伊拉克即準備吞併之。只因英國阻止，隨後又使科威特加入聯合國才作罷。

如果要了解海珊之甘冒天下的大不韙，我們更要將歷史的基點後推。

伊拉克因為她的戰略地位，一見二十世紀，始終為西方各國角逐之場所。迄至第一次世界大戰時伊國屬於土耳其人的奧圖曼帝國，土耳其與德國加盟，並且籌備建築所謂「三B鐵路」(Berlin-Byzantine-Baghdad)。英國即出兵攻佔伊國。一九二〇年英人一手製造了一個伊國國王讓他宣佈獨立，實際仍在幕後操縱。而且一九二〇至一九三〇年間石油開始開採問世，利潤之所在更不能放鬆。第二次大戰時反英之伊拉克人士與德義接觸，曾一度奪取政權，但被英軍削平，事平之後伊拉克並向軸心國家宣戰。一九五五年巴格達公約(Baghdad Pact)成立，伊拉克為簽字國，以英國為盟主。三年之後伊拉克革命成功，國王被殺，民國成立。可是政治始終不穩。每三年五年總有一次政變。外交政策亦左右反覆，曾與英國絕交，曾防俄反共，也曾承認共黨合法，並與蘇聯訂立友好條約。北部之卡茲民族占伊拉克人口百分之十九，則要求獨立，經常引起武裝衝突。海珊可謂伊拉克之數一強人，雖親蘇而能保持外交之主動。他因著一九六八年的政變而登場，但是只有最近十一年才公開佔有領導地位。在回教徒中他屬於宋尼(Sunni)宗，在伊斯蘭中算是正規派，也佔大多數。但是在伊拉克境內多數則屬史埃特（Shiite）宗，後者受有波斯之影響。看樣子海珊之宗教性格並不濃厚，雖說最近美軍進駐沙烏地，他以「保護聖地」向一般回教徒作號召。所當注意則是海珊年輕時加入巴茲黨（The Baath Party），這黨派的政策一方面強調阿拉伯民族主義，一方面提倡社會主義。迄今仍是這執政黨的宗旨。

縱有特務政治箝制輿論，他海珊也不可能憑一人之力將全國的命運作孤注一擲。他膽敢如此乃是由於多數伊拉克人相信他的企劃，並且憧憬於一個強大的阿拉伯國家。據西方記者訪問海珊下面的軍官所得，他們一般有此信仰。我還記得一九五〇年間我在密西根就學及工作時，遇到的伊拉克同學及同事，可算是千篇一律的武力主義者及國家主義者，對以色列深恨，對美國憎愛不能定決。當時我尙不了解。現在看來，這樣的態度與伊拉克之歷史不可分離也。尙與這態度有關的，則是遲至一九七二年伊拉克才宣佈石油國有。以前如此重要的企業由外人掌握，年輕人作事就業動輒掣肘，經常引憾不難想像也。

曾有人問海珊之外長何以伊國如此粗蠻，他即說：「時間不夠」。最近之電視節目有演放海珊接見西方學齡兒童之爲人質者，他曾提出英國退出中東時，憑己意指定彼爲一個國家，此爲一個國家；在他看來所有的阿拉伯人，只是一個民族國家。所說帶種族主義成分，可是並非沒有理由。在他看來阿拉伯人口分置在約二十個大小國家，有些純依舊日之部落組織，有些缺乏資源，有些富於石油卻只供王公大人任意揮霍，並與西方國家打交道，應予以改組，即用武亦所不惜，這種著想原則上不能稱爲瘋狂。所以女作家安密爾（Barbara Amiel）在《倫敦泰晤士報》寫出：「很多阿拉伯的領袖及一般人民認爲阿拉伯乃是一個民族國家，石油理論上歸全國所有，（但事實上）極少數人物坐擁此資源。這種觀點正確與否不論，其結果則是誰能將石油的利潤作較廣泛的分配即是他們的朋友，而且可以得到廣泛的阿拉伯支持。」

事雖如此，一個聯合國的國家，入籍近三十年，也早經伊拉克承認，只因爲過去奧圖曼帝國在經理上曾一度將它隸屬於今日之伊國，或者只因爲與海珊的政治哲學不對頭，即可以用武力否定它的存在，那又還要聯合國何用？又何必牽扯上集體安全？今日已有少數的美國人認爲布希之進軍於沙烏地乃是「以打仗保證價廉的汽油」。可是原油的使用及於世界上大多數人口的衣食住行，也是很多工業先進的國家及待開發國家的經濟血脈，影響到百萬千萬人的就業與失業和全球國際貿易之盛衰。其供應與一般的私人財產不同，目下之事實更不能認作完全是伊拉克「領導父親」和科威特的「埃米爾」(emir) 個人間之恩怨。

安密爾謂阿拉伯人爲數二億，要是團結起來可以成爲一種可怕的力量，很容易產生誤解。如果說這是一種精神上的團結，無可阻擋，並且現在已有這樣的趨向。如果西方國家與海珊的戰端一開，一般阿拉伯人民的向背，非常值得考慮，即參加保衛沙烏地的部隊亦然。可是說要以武力統一今日阿拉伯聯盟的國家，則要超過希特勒的野心。阿拉伯聯盟裏的二十一個國家（內中巴勒斯坦解放組織(PLO)有名號而無國土），所佔土地自中亞腹地跨紅海連亙整個北非海岸而達大西洋，雖說都屬回教國家（敍利亞和黎巴嫩即有很多的基督徒），又都屬阿拉伯語言通行之地（埃及以西之巴巴人(Berbers)中則只有識字階級操阿拉伯語），可是每一地區已有不同歷史之背景，而且社會經濟條件也不相啣接。縱說其中有改組的可能，可是要將之結合爲一片，則爲一種過時代的理想。日前阿拉伯聯盟在開羅集會時，即有十二個國家贊成派兵保衛沙烏地以拒止伊拉克的侵略。即過去埃及和敍利亞組織阿拉伯聯合共和國，也終至不歡而散。又巴茲黨同在敍利亞和伊拉克抬頭，而這兩個國家迄今尚是死對頭。

但是伊拉克以石油的收入在國家上頭造成一種大權威，由外輸入百分之六十至七十之食品，又低價分配於民衆，即造成一種近乎全國皆兵的形貌，勞力不足則向埃及及巴基斯坦招募一百萬勞工算數。其組成不能因下端嚴密構成的經濟因素層層節制，結果只能採取寡頭政治及人身政治。根據過去政局不穩的情形看來，非對內以特務監視、對外黷武，則團結堪虞。其情形有似漢武帝對衛青所說：「一不出師征伐，天下不安」。這種問題超過海珊做事之漫無標準。

現在代表聯合國行問罪之師的國家也有她們的弱點。海珊固然窮兵黷武，但是誰供給他的武器？伊拉克不產飛機不製戰車，他大部的裝備得自蘇聯。迄聯合國制裁之日，蘇聯才聲明終止軍火的輸送。以色列炸燬之原核廠場則得自法國。販賣軍火於伊拉克牽連了很多國家，連中共在內。美國至少已供給直昇飛機。很多國家明則禁止對伊輸出軍火，實際開一隻眼閉一隻眼。大概伊拉克每年一百四十億美元之軍事預算引誘力過強，無法禁拒。(待開發的國家固然可以說在軍備競爭的條件下，外銷軍火可以減輕一部財政上的負擔。先進國家旣如是，窮困的國家不能不效法。此種說法成理與否不論，實際上則是武器更爲氾濫之由來。)

今日世界乃是石油生產之世界。其消耗率按人口計，美國每年逾每人一千加侖（包括用於製造等用途）。如果照現在之消耗率繼續下去，現有地下儲量在美國蘇聯及中國大陸部分統可以在十年至二十年間用罄。在波斯海灣各國或可支持九十年至百餘年，中美南美國家如墨西哥及委內瑞拉或可撐持八十年（也要靠已用罄國家之消耗率不加在這些國家頭上）。可是資本主義國家之風尚。凡不能賺錢及利潤小的事業統不能做，以致明知開發新能源爲不可或免的出路，依舊支延馬虎，所以一到中東政局緊張，立即手忙脚亂，更增加這地區的爆炸性。

在阿拉伯各國看來，美國一意袒護他們的宿仇以色列。而且今日美國人養尊處優，缺乏堅韌性。據戰地記者的報導，剛派往沙烏地之士兵即以無冷氣及啤酒爲苦。我自己也已有了不能適應環境的毛病，可是回想年輕時於役印緬，當日所看到的美國官兵無此現象也。

我在學歷史中保持的樂觀，有在長時間遠距離的基點上深信世界上不合理之事物經過一段折磨，終至於合理。不平衡的事物，則趨向平衡。但是當中的運轉很少人能於事前逆睹。總而言之，今日世界上至大之糾紛，由於科技進展過速，先進國家已經過幾十年幾百年的培植，各種機構重重相因和科技的發展相始終，落後的國家想要迎頭趕上愈不容易，因之不顧程序，只抓著力所能及的因素，有時做起事來沒有分寸。海珊可以與希特勒相比，可是因此我也可以聯想到慈禧太后之對所有國家一體宣戰並對使領威脅。從這立場看來，技術問題之因素超過道德問題。目前這危機包括著無限的變數，它們時間上之匯合（timing）愈非任何人可以掌握，所以此絕非單純之軍事問題，也不能有直捷而完美的解決方案。

一九九〇年九月十日《中時晚報》時代副刊

蔣介石

三十八年之前，我第二次來美，就想寫本蔣介石的傳記。我知道中文原始資料，要不是認爲他是國家元首，最高統帥，只能崇拜，不能議論，連他官銜之上還要留一空格，以表示尊敬；則是無理謾罵，斥之爲逆爲匪，如此同樣的不能令人置信。中國歷史裏留下如此一個偌大的空洞，不僅影響中外視聽，而且使研究歷史的無所適從。我以爲我自力攻讀，可以比較客觀；也曾將中國事物，作過一段內外上下觀察的機會，希望筆下可以承乏。

殊不知美國在一九五〇年代也並不是凡事皆可客觀，任憑各人隨便恣意批評的場所，韓戰既開，「誰拋棄了中國」成爲黨派政客間爭執之焦點，參議員麥卡錫（Joseph McCarthy）只憑片言隻語，指摘誰係共產黨，紅帽子威脅之下曾使不少左派人士丟官，也使不少藝術家和職業界人士因之失業。而且這也不是左派被斥，即爲右派揚眉吐氣的日子。美國的國務院、文藝新聞界及大學學府倒因爲本身受了麥卡錫的壓力，更增加對中國國民政府的反感。《新聞記者》雜誌（*Reporter*）曾出專號，指斥「蔣宋孔陳」將美國援華使法幣回籠的黃金，炒成外匯，培養「中國說客團」（China Lobby）回頭到華盛頓與聞美國政治。杜魯門的《回憶錄》則揭舉蔣迫害學術領袖，用特務槍殺西南聯大教授李公樸和聞一多，並且公佈他在這事發生時與蔣來往的書牘做見證。再則四十年代之暢銷書，有如《史迪威文件》和白修德（Theodore White）所作《雷霆後之中國》（*Thunder Out of China*）此時仍有極大影響，白氏曾被美國人稱爲「蔣委員長之敵」，《史迪威文件》即係他所編，他自己書中對蔣及國民政府批評得體無完膚，而且內中更以國軍在河南將糧食搜刮一空，造成人爲的饑饉，解決共軍新四軍時縱容士兵強姦隨軍女政工人員，最爲口誅筆伐的對象。在如斯氣氛之下，我剛一提及自己曾爲「蔣家軍」內之下級軍官（重點在下級）即被講課的教授和同學瞠目相視，似乎我即是納粹黨內的小頭目。我想將在國軍的經驗拿來作學術討論的題材之建議，只好打消。寫蔣介石傳記的計劃提出後，在若干書社和雜誌面前碰過釘子，也從此石沈海底，永遠的棄置。

可是今日已近四十年，我對失去的機緣，毫無遺憾，事後想來要是當日草率成書，今日可能羞窘。即使今日去蔣逝世又十五年，撰寫他「全面目」的傳記之機緣，也還不是十分成熟，以下只據我所知道的列舉建議三數則。

第一，我們不要忘記迄至今日關於蔣介石的資料，中外之間仍有一段莫大的鴻溝。

史迪威曾在敍蔣介石時《文件》裏寫出：「他想做道德上的威權，宗教上的領導者和哲學家。但是他沒有教育！這是何等的可笑，假使他有大學四年的教育，他尙可以了解現代的世界，但是這實情他全不了解，假使他能了解，情形就好了，因爲他倒想做好事。」

驟看起來，史迪威言過其實，近乎荒唐。曹聖芬的《懷恩感舊錄》裏提及蔣不僅偏覽群書，而且讀得極其仔細。書中又提及：「北京大學一位哲學教授賀麟先生曾經說過：德國黑格爾的歷史哲學最是晦澀難懂，中國哲學家對之眞有深刻研究，眞能透徹了解的，只有少數幾位，而總統是其中之一。」周策縱的英文版《五四運動史》也提及蔣在五四運動期間，曾訂閱《新青年》雜誌，還準備去西方留學，即據常情判斷，他爲中國領導人幾十年，得到學術界教育家的支持，也不可能胸無城府，腹無點墨。哥倫比亞大學的狄白瑞（Theodore de Bary）即曾和我當面說起他和蔣介石暢談理學心學的經過。

可是蔣介石的哲學思想受王陽明的影響極深，陳榮捷是當代研究王陽明的威權，他的書中即說及王學知行合一，長於行事的果斷，缺乏邏輯上之綿密。我們看來也與孔子所說「知其不可而爲之」、與孫文所說「不知而能行」極爲接近，嚴格言之，這種種東方哲學，都缺乏科學精神。從蔣介石的事業談起，也只有這種不顧程序的幹勁，才能完成抗戰大業。中國受日本欺負，逼得暴虎馮河，挺而阻險，也顧不得科學非科學，邏輯不邏輯。如果嚴格按照《孫子兵法》裏面的「廟算」仔細琢磨，早已用不著抗戰，還不如和汪精衛一起去投降。他蔣介石先接受千鈞重荷，退而分配斤兩，他自己承擔的責任既已超過他本身足能支付的能力，那也就顧不得駁下時的合理守法了。只是這種以直覺（intuition）作主，蠻幹的辦法更倚之爲行事的方針，是不能爲一般美國人所能容的，史迪威覺得蔣無教育，大致由於這思想上的根本差異之所致（倒是日本人反能欣賞這作風）。《史迪威文件》又有一則提及：「中國人先造屋頂，只要最低度的支撐物和根基。誰也看不出地底下是甚麼，何苦去考究它？只有我們才受罪的去對付低層基構，使這建築物站得住脚。」他所發牢騷同一源於兩方心理上和思想上之南轅北轍。

蔣介石能極端的容忍，可是有時他也在激忿情形下也仍暴露他的弱點。在重慶時侍從室人員生活艱苦，要是改行經商，倒有不少發財的機會。蔣之副官處長陳希曾即此請離職，蔣一怒之下，將面前桌案整個的推倒在地。因爲他視陳爲家鄉子弟，現爲近侍而不能與他共體時艱，情不可恕。一九四五年國民黨六中全會在重慶開會時，有一位王姓委員循著西方代議政治的辦法對當前軍事提出質問，也蒙著總裁兼軍事委員會委員長蔣的雷霆與咆哮。在他看來前方將士救死扶傷之不暇，後方受他們保護的黨員不思量國軍缺兵欠餉，以爛部隊抵擋敵方的貔貅，還要在此時效法西方之時尚，作個人出門面的憑藉，也是無可寬貸。如此事迹，應當據實提出，尤且應當把周圍的條件，一併加入，使讀者同時看出蔣介石之長處和短處，即這兩件事也可看出中國傳統以道德代替法律的精義之由來。

即是西方對蔣之批判，也仍著重於「他想做道德上的威權」著手，最近史景遷（Jonathan Spence）所著中國近代史的教科書即提出上海英租界有蔣在巡捕局的檔案，原文未敍係刑事偵緝或因政治關係而得，總之則無可隱諱。我希望有熟悉此間情節的人士，據文件將詳情提出。從現有的資料看來，蔣介石壯年與中年的行徑不同。他在上海的一段生涯，似有做遊俠浪人的趨向。如果確實，則他在兩段生活之間必有一重發憤立志的轉變。據實直書不足以爲他盛德之累，倒反增加他傳說裏的多重色彩與人情味（我個人即不相信世間有十全十美的啄木鳥，而羨慕血氣旺盛的志士）。

田漢是中國現代的戲劇家，也是「義勇軍進行曲」的作詞者。我年輕時只知道他是左派名流，不料最近讀到他在一九三〇年寫的《我們的自己批判》內中竟有以下一段。文中所劃×未經改動，但是「校長」具有括號，亦如原排，則爲蔣介石。

……所以我以爲我們是應該先完成北伐，何況由廣州而武漢而上海隨著「校長」而來的友人×××君替我們談起國民黨分裂之如何可嘆，「校長」如何以國民黨的文天祥陸秀夫自任，這樣一來自能引起我一種對於歷史悲劇似的痛嘆與對他們「校長」那種英雄的（heroic）的心事底

▷蔣介石與夫人宋美齡攝於四〇年代。

▷乘轎上下廬山的蔣介石，攝於1937年對日戰爭爆發後。

同情，於是我雖不曾想過直搗所謂「赤都武漢」卻願意隨他們「校長」渡河殺賊，遂所謂「直搗黃龍」之願。

所以當日局勢動盪，很多人都無法保持一貫的方針。從此我們也可以看出：直接間接與蔣介石有關的資料還待發掘，也可能車載而斗量，我們無法即說至矣罄矣。

第二，寫他傳記的資料固然還待發現與整理，然則蔣介石在歷史上的地位卻相當的鞏固。這樣的說法，好像也是本末顛倒。然則當中有一個重要的因素則是對日抗戰的意義不可磨滅。蔣介石採取行動時，站在歷史之前端，很多未來情事，尚不可捉摸。我們今日則站在史實之後，對已經發生的事情當中的因果關係以及時間上之湊合（timing）已有相當可靠之根據，而以我們只注重當中粗枝大葉的情態時爲尤然。

中國自秦始皇統一以來，在歷史已經產生了九個大朝代和十多個小朝代，可是我們以財政稅收作根據劃分時，則又可以將這些朝代併合而爲三個大帝國，秦漢自成一系統，隋唐宋又成一系統，明清又成一系統。明清的「第三帝國」的財政賦稅帶收斂性，這比隋唐宋的「第二帝國」之帶擴張性的截然不同。在辛亥革命時，明清帝國的制度已經經歷了五百四十三年的長時期，本來就「氣數將盡」，以現實的情形來說，即是起初創建時心理過於內向，法律過於單簡，稅收過於短少，政府平日對內不設防，無操縱經濟的能力，純靠社會力量，以「尊卑，男女，長幼」和均一雷同的方式統率全國。這些條件本來就已不合時宜，何況一九〇五年廢除科舉，更先使上下脫節。民國肇造之後，所接收過來的財政機構無庫存，無充實的稅收來源，軍隊也當然不應命，所謂總統內閣，其本身即是社會上的一種游體，所頒佈的法律與社會實際情形風牛馬不相及。是以軍閥割據爲必然現象。因爲過渡期間只有私人軍事的力量，才能夠在三兩個省的地區內有效。

我們提到軍閥混戰，蔣介石北伐統一全國的過程中，不能憑己意以爲此人無識見，那人道德虧損作爲一切問題的解釋。自一九一一年至今，不僅是換朝代，而且包涵著再造帝國式的險阻艱辛。其內外煎逼工程浩大的情形，至少也要和「不知有漢無論魏晉」的過程中相比。也要和忽必烈以元朝入主，左右都找不到出路，迄至朱元璋削平群雄頒佈大誥的階段相比。

而且尚不止如此，今日世界上落後的國家，無不企圖「現代化」，當中途徑紛紜，既有資本主義與社會主義之軒輊，也有馬克思的階級鬥爭。我也花了上十年的時間，不顧意識型態，單從技術角度鑽研先進國家完成現代化的程序，則發現其重點無非從以農業作基礎的管制方式進而採取以商業爲主體的管制方式。其先決條件在對外能自主，對內剷除社會上各種障礙，使全部經濟因素概能公平而自由的交換，然後這樣一個國家才能「在數目字上管理」。

在數目字上管理即全民概歸金融及財政操縱。政府在編製預算，管理貨幣，釐定稅則，頒發津貼，保障私人財產權利時即已普遍的執行其任務，而用不著張三挨打，李四坐牢，用「清官萬能」爲宗旨，去零星雜碎的去權衡各人的道德，再釐定其與社會「風化」的影響。只是農業社會裏人與人之關係爲單元，商業社會裏凡事都屬多元。去舊迎新，有等於脫胎換骨，改變體制時通常發生流血慘劇。大凡近世紀的革命運動與獨立運動都和這體制上的改變有關，其詳情已列入我所作《資本主義與廿一世紀》，大概最近即可出版。

這樣一來有似於更換朝代改造帝國的艱難不計，中國近世紀的奮鬥，更添上了一段維新與現代化的要求，於是萬緒千頭，問題更複雜了，現在看來蔣介石的一生事業乃是在此多種需要之下替中國創造了一個高層機構（只是在台灣則因一九五三年耕者有其田法案及其他措施，已能使農業上的財富與商業上的財富交流，較大陸上進入數目字管理的境界已先進一步）。他雖非完全赤手空拳，但是當初以私人身分借債支持黃埔軍校，次打敗軍閥再邀請他們合作，終以零拼雜配的門面完成抗戰，如此固定了中國的國際地位，至少也是無中生有，總之則在千方百計的覓法創造，怪不得過分批評他的人說來好像他蔣介石繼承了一筆大家私，只因他揮霍而蕩然無存時，跟隨他到底的人也索性不服輸，偏不承認他有任何差遲與過失，硬要把一代偉人說成一個天人神人。

陳志讓的英文《毛澤東傳》裡提及蔣待人經常有三個方法：一是感情上的激勸，一是以金錢策動，還有一個則是用武力制壓。其實說來說去，所謂三個方法仍爲一個，此即不循組織條例，注重人事關係。再考究之則仍爲農業社會裡的習慣，因爲人與人之關係爲單元。蔣介石召見團長縣長級人員，親自派遣出國人選，侍從室裡保存著各人的自傳，他也自己道出：「……即如我自己的經驗來看，我覺得我並沒有旁的什麼多大本事，不過我每到一個機關或部隊，就是注重考察那個機關或部隊裡面的人，並從人事的改進以求那個機關組織的健全。」

說來也難能相信，抗戰勝利也靠他這樣領導的力量支撐了八年，才贏得最後勝利。蔣雖企圖改造中國，他所創造的高層機構下面卻仍是成千上萬的農村，要不是他的激勸策動和制壓，抗戰的力量即團結不起來。即時至今日，中國尚未完全轉變爲一個多元的商業社會，做到凡事都可以由數目字管理的程度，我們再看抗戰期間死難的高級將領如佟麟閣、趙登禹、王銘章、張自忠最初都出於雜牌部隊，亦即是軍閥部隊收編過來之後身。

第三，撰修歷史卻與寫作傳記不同。我們處在一個大時代裡，群衆運動的進出經常超過人身經驗。因之歷史與傳記，並不是始終天衣無縫的密節，寫歷史的務必注重每一事物的長期之合理性，寫傳記的則不能在這種大前提之下一味隱惡揚善，或隱善揚惡。蔣介石一怒之下將胡漢民拘禁於湯山。他看到抽調的壯丁用繩索牽引而來，即槍斃兵役署長程澤潤。尤特里女士（Freda Utley）可算對蔣最爲友善的外國作家之一，在她著的《中國最後的機會》（*Last Chance in China*）對於蔣在清黨期間殘殺共產黨員一節則毫不假借。她寫出：「在那暴怒、復仇、虐刑與死亡的日子，因之喪失生命，成爲囚徒，變爲玩世不恭，或從茲不與聞政治的青年，都是全國的精英。」我們知道蔣介石對親屬半公半私的經商曾極度震怒，可是他卻始終無法洗刷這貪汚的惡名。我們寫歷史的人，不能在這些題目上過量的做文章，因爲最基本的歷史輪廓還沒有劃畫都淸楚，將「負」因素高度渲染，即妨礙「正」因素之展開。

在這情形之下，我只好引用孔子（好在他也是歷史家）評管仲的一段作結論。孔子曾斥管仲不儉而不知禮，可是子路和子貢都抨擊管仲時，他卻出面支持他。

子曰：「桓公九合諸侯，不以兵車，管仲之力也，如其仁！如其仁！」

子曰：「管仲相桓公，霸諸侯，一匡天下，民到於今受其賜。微管仲，吾其被髮左衽矣！」

一九九一年三月六日《中國時報》人間副刊

克倫威爾

英國歷史中最容易引起爭執的人物無過於克倫威爾。當代研究克倫威爾的專家以艾詩立（Maurice Ashley）博士爲首屈一指。他寫克倫威爾的傳記，就出了兩本。第一部出於一九三七年，題爲《克倫威爾——保守的獨裁者》。內中對克無一句好話可說。二十年後艾博士又刊行新書，書名則爲《克倫威爾的偉大》。不僅前書所敍專橫獨斷見識陳舊的篡位人成了後書中的民族英雄，而且著者也自承過去有眼不識泰山，以致本末顚倒。又在「引用書目」之中將自己舊著提出，稱之爲反對派的意見。

原來十七世紀的英國處在一種前後兩端不相啣接的環境裏，由於內外交通發達，國際間接觸頻繁，人口增加，政府的功能與職責和以前的不同。要增強軍備則需要向全民徵稅，要維繫人心則需要著重教堂的威權。國王查理第一本人信教虔誠，也有爲民造福之宏願，只是在企圖擴大職權時，和議會派人士格不相入，又引用大主教勞德（William Laud）對清淨教徒横加迫害。他又多年不召開議會，獨斷專行。後來蘇格蘭和愛爾蘭兩處造反，國王準備派兵削平，才召開議會。可是議員剛一集會，先不替國王籌餉，倒又提出各項要求，更要撤銷主教，並且把軍事指揮權劃歸本身掌握。於是一六四二年國王出走，內戰展開。查理的保皇黨稱爲騎士黨（Cavaliers）。議會派的軍人則稱爲圓頭黨（Roundheads）。雙方血戰四年。結果議會派大獲全勝，國王於一六四六年被俘。

克倫威爾是圓頭黨的領導人物。他首先爲議員，由議會授予上尉官銜，招募騎兵連，後來部隊擴充，克也以軍功升上校，而升中將，掌握全部騎兵，所有重要的戰役，無不有他參加，他的部隊稱爲「鐵軍」(Ironsides)。內戰結束時，他已是當日英國唯一的軍政首腦，其威望遠在總司令菲法克斯 (Sir Thomas Fairfax) 之上。

查理第一雖爲階下囚，克倫威爾仍希望以他爲名義上之君主，而以議會掌握實權。他謁見查理時，曾以臣下之禮節吻國王之手，國王也允稱來日封克爲伯爵。

但是此時議會之多數議員在宗教上屬長老會，也算是卡爾文派，他們雖沒有國王所掌握之英格蘭教堂的禁錮性，卻仍有統領全國的教堂組織與教規。克倫威爾和他軍中將士則多屬獨立派，有似今日之公理會，只有各地的教堂，而無上層之束縛，在信教的立場上更進一步。這種宗派上之參差，也在意識形態之中，代表著社會階層之出入，隨著又影響到政治思想之取捨。只是一切都在微妙之中，即當事人亦難能劃出涇渭分明的界線，因此其糾葛更不容易廓清。

議會提議裁軍，又準備將全部軍隊遣赴愛爾蘭，卻又不籌發欠餉。軍隊則被左翼政治思想迷惑，將士更對當前政治提出主張，也有叛變的可能。被囚禁的國王看穿當中的矛盾，希望坐收漁利，又與蘇格蘭人密約，也一度企圖脫逃。王后原爲法國人，此時也在歐洲大陸買馬招兵。在這種種情形之下，乃有第二次內戰之爆發。雖然國王仍被看管，勤王派已滲入了蘇格蘭人士及長老會的信徒。只是他們隊伍參差不齊，尚未集結完畢，即被克倫威爾迅速的各個擊破。第二次內戰在一六四八年半年之內解決。

戰後克倫威爾組織特別法庭，以「叛國罪」的名義判查理第一死刑，於一六四九年一月執行，至此宣揚了國家最高主權人爲全國人民的原則。菲法克斯不同意這種作法而離職，克倫威爾更成爲了有一無二的強人。

可是以前查理第一不能掌握全國，至此克倫威爾也不能掌握全國。他最初尚想片面保持原有的議院，只派兵把守議院的大門，不許一百四十多個屬於長老會的議員入內，餘下議員約九十人，以後逐步減少至五、六十人，時人稱之爲「臀部議會」。然則即臀部議會也不合作，由克倫威爾親自率兵入院解散。由他另自召開的議會凡反對派都不敢參與，也等於提名指派。到頭仍是與政府負責人爲難。克倫威爾最後的五年，稱「護國公」（Lord Protector），協助他的機構爲「國務委員會」（Council of State），委員四十一人，全係他的親信。全國分爲十一個軍管區，各有少將一人督管。他於一六五八年去世，遺命以兒子黎察爲下一任護國公。此人未建軍功，也無政治魄力，而人心望治。查理第一之長子查理第二流亡海外，至此宣佈除以前參與籌劃弒君的人物不赦之外，其他概不追究。於是軍中將領擁護查理第二於一六六〇年復辟，英國爲民國者只此一次，共十一年。

復辟之後，克倫威爾之屍體被剖棺掀出，與其他屍體二具懸吊示衆六小時後又將首級割下。屍體就地草率的掩埋，頭顱仍簽在有鐵尖之長木之上。以後不知如何此頭顱流入私人手中，也曾多次被當作古董買賣。遲至一九六〇年才由劍橋大學蘇遂絲學院（Sidney Sussex College）收得，今日埋葬在該書院教堂之旁，因一六一六年至一六一七年克倫威爾爲書院之學生也。

所以克倫威爾無從「蓋棺論定」似有歷史淵源。不僅歷史家前後二十年對他的觀點可能改變，有如艾詩立博士者，即我們稍不留心，亦可以在一篇文字內，混淆兩種不同的看法。從近距離的觀點看來，我們很難對克同情，更用不著說發生好感。他自稱因宗教自由發難，可是他掌權之日，雖保障教友會及猶太人之信教自由，其恩澤不及於天主教及英格蘭教堂的信徒。當日激進分子之平均

▷克倫威爾論政圖。

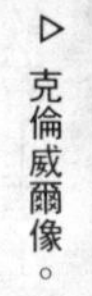

▷克倫威爾像。

主義者（Levellers）要求自由，他曾很輕蔑的說：「他們有呼吸的自由。」他的軍士將平均主義者的傳單擺在軍帽之上，他命令取下，並且當場槍斃不應命的軍士一人。他也曾說：「這裏需要一個貴族（nobleman）一個仕紳（gentleman）一個小自耕農（yeoman）和一個莊稼人（husbandman）。此乃事理之當然。」

克倫威爾之民國，對內對外用兵幾乎無日無之。在內戰時拉士卑（Naseby）一役，他的部下即曾殺俘。他的進兵於愛爾蘭，更是殘酷少恩。他曾向與英國同為新教的荷蘭宣戰，也曾與信奉天主教的法國結盟，而向另一個天主教的國家西班牙宣戰。

克為護國公時，自奉並不菲薄，而極奢華。他除了傳位於子之外，幾個女兒也與他的將領聯姻，聲望顯赫。他部下也有好幾位將領則因內戰起家成為大地主。

此人既已身敗名裂，照理應為英國人唾棄。可是一八九九年為克倫威爾三百年生辰，英國議員發起為克倫威爾鑄銅像，今日此像尚卓立而面向議會廣場，較若干國王之銅像更為雄偉。二十世紀的作家讚揚他偉大的更不僅只艾詩立，有如貴族女作家法塞爾（Antonia Fraser）一九七三年所作克傳也是暢銷書，即在結論裏寫出：「他的偉大，無法否定。大凡了解他的人，是友是敵，不會打算褫奪他這品質。」

其所謂偉大，乃是應付當日艱難局面不顧局部矛盾之氣魄。這也只能從長遠的歷史中看出。英國當日從一個中世紀的組織蛻變而為一個現代國家，不僅政府的功能與職責未備，即社會的基層組織亦未改組就緒。因之才產生了一個多數人「既不能令又不受命」的局面。克倫威爾並沒有解決當日的問題，他只重新創造了一個高層機構，推翻了斯圖亞特王朝所提倡的王權神授說，而使整個組織改變方向。一六六〇年的復辟，表面上一切復原，而實際上查理第一與查理第二所戴王冠業已變質。以後還要經過幾次的改變，最重要的乃是一六八九年的光榮革命，才鞏固了議會至上，民主制度能在王冠之下繁榮的趨向。克倫威爾不能在十七世紀推行今日之自由平等，看樣子他也無意作飛越三世紀的改革。可是倒因爲他膽敢向歷史前猛進一步，今日之政教分離、普及性的民權和自由平等才能進一步逼一步，在事實上成爲可能。歷史家稱揚他的偉大，只此而已。這當然不是說他所作所爲完全功德無虧，而更不是一切都應當爲今人效法。

一九九〇年十二月二十二日《中國時報》人間副刊

白修德

白修德（Theodore H. White）曾被若干美國人稱爲「蔣委員長之敵」。他在一九四六年與賈可比夫人（Annalee Jacoby）合作的《雷霆後之中國》問世之後，又於一九四八年將《史迪威文件》編輯成書。兩書都對蔣介石有極苛刻的批評。而蔣著《中國的命運》之英文版在美國發行，白又以書評者的地位對之攻擊不遺餘力。蔣書中縷述中國被帝國主義宰割的一段被白指責爲「仇視西方」；蔣講到中華民族過去偉大的事蹟，白不諒解其爲鼓舞國人的自信，又斥其爲提倡人種優秀說（racial superiority）。大概第二次大戰之後美國人士已不耐煩中國戰時成爲西方民主國家之贅疣，而且杜魯門反蘇反共，卻又不願捲入中國內戰之漩渦，正不能保持其政策邏輯上之前後一致，白修德及艾薩克（Harold Isaacs）一爲《時代》雜誌的中國特派員，一代表《新聞周刊》，同時鼓吹蔣委員長及國民政府爲一種失去人民支持的政權，正符合白宮及國務院「不預聞政策」（hands off）理論上之憑藉，於是兩人都名聞一時。而白修德的觀察細膩，他的新聞採訪，進入很多人視而不見的角度，言之有物，更引起讀者的興趣。他生平著書十多種，幾乎無一種不爲高度的暢銷書，他的一生也受過美國新聞界和出版界無數的榮奬。

我還記得當《雷霆後之中國》暢銷之日，我正在美國陸軍參謀大學上學。此書關於中國軍隊一章，開始即提及歐洲第一次大戰時德國的魯登道夫將軍觀察奧軍後提出的報告稱，「我們與僵屍結盟」。再又說到「被抓入中國軍隊，即等於被判死刑」。我們年輕的軍人，當日正撐挨過八年的抗戰，只指望戰後得到美國援助，在一、二十年來建設一個富強康樂的中國。可是抗戰勝利之日亦即是內戰展開之時，蘇聯進出東北即將軍械交付與共軍，而美國對我們則責罵多於援助。白修德的書籍，更是臨頭一盆冷水，我們的反感可想而知。然則白所作實地的報導則又在耳聞之餘，加著目見。美國同學問及書中內容是否可靠時，我只好說有時事實上全部存眞的報導，可能得到一個完全相反的結論。《雷霆後之中國》說及中國軍隊沒有傳統，連軍階領章也模倣日本。殊不知中國目前最大的困難則爲傳統的力量過多過強過深，無法擺脫。可見得局部之正確，並非全書的正確。

白修德往中國之前，在哈佛大學攻讀中國歷史，可是他的觀察仍不能包括歷史上應有之縱深。然則我們對他所作書文之反應也只能表現當日之感情作用。又直到今日近乎半個世紀之後，我們才能在全部歷史發展之過程中開始看出四、五十年前各種發展之長久意義，此絕不可能爲當日意料之所及也。

白氏之自傳或回憶錄稱《我在追尋歷史》（*In Search of History*）發行於一九七八年，內中述及他祖先係俄國之猶太人，父系姓托德羅斯（Todros），直到他的父親移居美國，自稱白大衛（David White），才脫離了做猶太教教士之傳統。即白修德在哈佛大學唸書時，仍屬猶安山復國主義者（Zionist）中之活動份子。但是他的父親又以社會主義者自居，對中國之革命抱有期望。如此之背景對白修德以後之出處深有影響。他之以道德觀念解釋政治，顯然與宗教思想有關。他在一九三九年加入重慶國民政府之國際宣傳處工作，即因爲中國在「反抗法西斯」，而他初時對蔣介石也極爲仰慕。《追尋歷史》裏面又說及作者之成爲中國通，初時也出於一種意外之緣分。白修德原有意於西洋史，可是哈佛大學之閱覽室既擁擠又冒水氣，對面之哈佛燕京圖書館則空無一人。他起先則佔便宜的往中國閱覽室，次翻閱古裝中國書籍，對漢文產生好奇心而視爲一種挑戰，終有志作中國歷史教授。他在哈佛大學之教師爲費正淸（John K. Fairbank），顯然的，他們師生關係良好。白修德唯一之兒子即以費氏之姓爲當中的名字，最近費正淸尙在一段書評裏寫出，他自己一生桃李雖多，其中最得意之門徒仍只有兩人，女生爲Mary Wright，男則白修德（這書評裏也說及瑪琍終將所學傳及於天分極高之史景遷〔Jonathan Spence〕），只是白氏以後發現他自己的才能在做新聞記者，而非大學教授之材料。

一九三八年白修德二十三歲，因爲哈佛大學畢業時成績優異而獲得遊歷獎學金，得以周遊世界。他由美而歐，又入巴勒斯坦，再逗留於上海，原擬經過香港轉河內而乘滇越鐵路至昆明，以參觀抗戰期間之中國。只因逗留香港時向國民政府之辦事處接洽，時爲一九三九年四月，去白氏二十四歲生日尙有數星期。恰巧此時重慶之國際宣傳處張羅一位西方報人主持對外報章之文稿工作，白氏因前曾向《波士頓地球報》（*Boston Globe*）投稿，即以剪報出示作證明，立即被辦事處代國際宣傳處僱用。於是白修德放棄河內昆明一段行程，兩天後乘夜班飛機往重慶下降於九龍坡機場。從此打開了白修德作新聞記者及作家之生涯，而國民政府之國際宣傳處則業已僱得日後給它本身作對之最大能手。

《追尋歷史》內述及一九三九年作者初蒞中國大後方時，對抗戰之精神至堪仰佩，只是除此一兩句話外，並未敍及其詳情。對當時日本空軍於重慶之「疲勞轟炸」倒敍得相當詳細。內中又提及周恩來饒有興趣。周曾設筵招待白於重慶冠生園，席間徧陳豬肉，白修德仍因爲正規之猶太教，不能下箸，周即談笑風生的說起，「Teddy，這是中國，看，仔細再看，這像豬肉，但是在中國，這不是豬肉，這是鴨子。」白修德從當日起正式放棄教規，開戒吃肉。他也在書中寫出，「我希望我的祖先原恕我」。一九四一年初國軍解決新四軍時，白修德懷疑其命令出自蔣介石，可是周恩來雖然極端憤怒，反向白解說，蔣委員長事前並不知情。可是蔣也別無他法，他必須平衡手下各派系。

白修德只在國民政府工作八個月。一九三九年年底，他即爲《時代》雜誌聘爲特約記者。他往西北旅行一次，出入前線後，將當日決心寫在回憶錄裏：「我不能再相信蔣介石和他美國化的政府是一個眞實的政府。他們不能控制事情之發生，我決心和他們脫離關係。」在另一段他又將他在國際宣傳處的經驗寫下：「實際上我被僱去左右美國輿論。美國對抗日之支持，是這政府生存的一線希望。操縱美國新聞界至爲重要。所以用說謊和欺騙，用任何方法去傳說美國，中美合作共同抵制日本乃是前途之希望。」

當日國民政府希望美國援助確係實情。可是尚沒有料到竟有珍珠港事變之發生，而使美國直接參加戰事，而使遠東之戰事及歐洲戰事結成一體而構成歷史上之第二次世界大戰。凡是交戰國一般的情態：對敵方仇恨，可是暗中佩服；對同盟國表面上共生死，實際傾軋。中國抗戰後期，表現得無一是處，已經使很多美國人極不耐煩，而以後又有史迪威事件，而戰後又有馬歇爾調停國共衝突之失敗。杜魯門也在他的回憶錄《考驗與希望的年份》(*Years of Trial and Hope*)裏寫出如果要美國再進一步的干預中國情事，則「這種意見還未提出已爲美國人所否決」。所以白修德第一部傑作出世，被選爲每月書社之首選，銷行四十五萬册不爲無因也。

可是這不是批評白修德之不誠，我與白無一面之緣，倒有共同的友識，知道他立場之誠懇。他的回憶雖非懺悔錄，可是他也曾將自己大小犯規之事，甚至虛僞之用心全部托出。至於揭穿黑幕(exposé)更是美國新聞從業員一脈相承的基本工作。其帶著理想主義，起先對中國期望過深過速，以後失望之後反應過激，也非白氏特色。《新聞周刊》之艾薩克，前已提及。而在他們之前於二十年代來華之盛安(Vincent Sheean)著有《自我歷史》(*Personal History*)對武漢左翼政府特別同情，更是他們兩人之前輩。

白修德指摘中國國際宣傳處希望左右海外視聽（何種政府不如是？）事誠有之。說他們說謊欺騙，則言之過甚。《追尋歷史》裏提供的製造統計數字，誇稱戰勝，獲得「武器無算」等等並非蔣介石所發明，也非國民政府之新政策。而是中國傳統社會之產物，而且因文化與組織而存在，可以追溯到中國歷史深度裏去。因爲國家之構成即係金字塔到砌，歷來利用想像力及紀律的成分多，施展實際技能的力量少，眞理總是由上至下，其「假信爲眞」(Make Believe)既如「皇帝之新衣」，尙且與詹姆士(William James)所提倡「以意志力去相信」(Power to believe)接近。這一套只能在簡單農村社會閉關自守，因此知識份子能擔當其成果，又不向其他人負責才能廣泛的利用，此亦中國官僚主義之一大特色（與猶太人爲一種城市文化私人財產權鞏固最爲逕庭）。蔣介石承襲這辦法，乃因新的下層組織尙未構成，法制未備，統計無從著實，這也是我經常提及中國「不能在數目字上管理」之由來。所以國民政府至此自食其果，並非創造其因，所謂「殲敵三萬」，前鋒部隊卻又向後方「轉進」，並非僅以蒙蔽友邦，實際也在欺哄自己，所以也可以當作當日騎虎難下苦肉計中之一部。

我們在一九四〇年代對白氏生氣，不僅因他使我們的幻夢無法實現，而且我們已經難於維持的士氣，至此更一落千丈。一九四九年後我在東京駐日代表團任團長之隨從副官，團長朱世明將軍就常向美國新聞記者發牢騷：「要是希特勒取得鄧魁克之日，有了你們諸位先生高唱英國完了，英國也可能眞的完了。」有時白修德的上司前國際新聞處處長董顯光也在座。

可是幾十年後看來，白修德在追尋歷史，他並未製造歷史。他在《雷霆後》裏已寫出：「在我們這一代希望中國安定，可算幼稚。中國若不改變，則會死亡。」同時他在《尋覓歷史》裏也寫出，國民政府控制著前方的軍隊，與軍閥構成必要之聯盟，又靠著僅有的幾條公路下達鄉鎮，內有保甲。所謂政府僅此而已。保甲之下，另有政府。這樣，即自他的文字看來，國民政府和蔣介石對新中國的貢獻，乃是製造一種高層機構，完成抗戰，使中國不致淪亡。要想改造中國的低層機構，則除非大規模的輸血，只有開刀。如此也可以看穿共產黨與毛澤東所走的路線了。總之，使一個龐大的農村社會改造而爲一個商業化，凡事用數目字管理的社會，已不是道德問題，而爲一種技術問題。我們一定要從生理上想，有等於一個動物之脫胎換骨。一九四○年間，白修德和我們自己都沒有看穿當前問題之龐大。即蔣毛杜馬諸人也不可能一眼看穿他們所面臨問題之實質，因缺乏歷史之縱深也。

一九六○年間白修德向《新聞周刊》的訪問者說起，他以前沒有看清蔣介石手中問題之複雜。我因共同友識的介紹，寫了一封信給他，他也回了一封很友誼的覆信，囑我任何時去紐約，可以告訴他，他將邀我一飲，只因彼此各處奔走（我當日在密西根和伊利諾，以後又去英國；他在這期間寫每四年一度的大選），這邀請未曾兌現。一九七九年中國大爲開放；我又寫了一封短信給他。至此我對高層機構與低層機構的看法較前更爲堅定（重訂上下間法制性之聯繫仍爲艱巨的工作）。只是也不願在大作家面前自稱此爲個人創意，所以囑他此信過目之後可以歸檔於字紙簍，信去之後，也已忘卻。不意一年五個月之後收到他的覆信，影製如件。這次由他提議看我，可是我也始終沒有接到過他的電話。如是又五年。一九八六年一個早晨閱報，發現上有白修德的訃聞與照片，他已因心臟病發作而去世。現在距他逝世又已五年，這信之發表似可當作歷史文件看待了。

一九九一年六月二十四日《中國時報》人間副刊

THEODORE H. WHITE 168 EAST 64 STREET NEW YORK, N. Y. 10021

February 24, 1981

Ray Huang
10 Bonticouview
New Paltz, N.Y. 12561

Dear Dr. Huang:

I send you a quick note of apology. You wrote me a letter on September 25, 1979 which I read and enjoyed.

I have this week read your letter again and have been astouned by how much more significantly it reads now than then.

I have not, as you suggested, "simply filed this letter with (my) wastebasket." I will keep it. It's good thinking.

If I pass through New Paltz any time in the near future, I will try to telephone you and perhaps we can catch a drink together.

Sincerely yours,
Theo White
Theodore H. White

THW:hhg

親愛的黃博士：

我以此短函向你道歉，你在一九七九年九月二十五日給我一信，我讀過而欣賞著。

這星期我展開再讀一遍，而感到此信今日之意味遠勝於當日，令人驚異。

我沒有如你吩囑，閱後即「歸檔於字紙簍裏」。我準備收藏起來。這是一種有用處的思想。

最近期間我如經過紐普茲，我準備給你一個電話，或者我們可能在杯前聚首。

誠懇的，白修德(簽名)

霍布斯

前些日子我接到從大陸來的一位民運人士的電話。他的提議我無從應命，而最後他提及：「我們一切根據理性，是不是？」這一句話倒引起我深切之惶恐。掛過電話之後我還是爲之不安，從他的談話裏我們也可揣想到中國民運潛在之危機。

甚麼是理性？這是一個非常廣泛的觀念，等於民主與自由。如此抽象之名辭，其本身沒有固定的內涵，因之也言人人殊。首先我們就從沒有聽到任何人說及「我們做事全部以非理性與反自由爲宗旨。」反面說來，也可見得用這種籠統的大名目作標榜，必牽涉到很多目的與動機全不相容而又各以己見爲最後之眞理的人物。次之以一個空泛的觀念作大規模群衆運動之宗旨，可能將理想主義帶到最極端。法國大革命即出於這樣的立場。當啓蒙運動(Enlightenment)達到最高潮時，當日有識之士也認爲過去之作爲全屬錯誤，如此有權力之人，即可以將社會後面之背景全部忽略不計，歷史也可以擯棄不要。重新創造時一切以理智爲依歸，這樣以無限制的抽象觀念爲主只有越來越極端，終釀至大革命時之恐怖，使斷頭台上流血不止。

今日中國一般人士尚未完全瞭解的，西方之個人主義與自由主義不以人性之善爲基礎，而以猶太教、基督教之性惡論爲基礎。於是承認個人「最初的基本之過失」(original sin或作「原罪」)作出發點。因爲人類最基本之天性即爲「自存」(self-preservation)。如果要讓這天性儘量的發展下去，可以做出無限損人利己之事。在組織民主與自由之政體時，其第一步工作即是限制各個人自存的企望之過度發展，而不是鼓勵各人自行其是。英國十七世紀政治理論家霍布斯(Thomas Hobbes)在這點發揮得最爲剴切。他所著書《海中怪獸》(*Leviathan*)至今猶爲美國不少大學必讀書之一。在今日知識份子仍在舉棋不定之際，筆者認爲有提出綜合介紹之必要。

霍布斯生於一五八八年，亦即是西班牙艦隊全部出動征英，出師不利大部漂沒的年頭。他在牛津上學又値英國在十七世紀需要現代化，因之在社會上發生劇烈顛簸的日子。也直到最近我們才可以看出：其幕後原因乃是經濟發達，科技進步，國際間交往衝突頻繁，英國過去的體制已不符需要。此時在籌謀軍備，增加稅收，策動外交和整備司法各方面講，政府都有擴大職權之必要，只是當日情況突然，無成例可沿。如果由國王主持，則必成專制政體；如由議會主持，按理也可推行而爲今日之民主形式。只是民主則必由政黨政治作主。然則政黨代表社會各階層不同之利益，又需要民智展開，私人則產權確定，一切具體化全部可以在數目字上磋商等等預備工作。在英國說，迄至十七世紀中期此種條件尚無著落。所以內戰展開兩次。一六四九年初克倫威爾當權，將國王查理第一處死，其子查理第二流亡海外。克倫威爾雖然大權獨掌，也仍擺佈不出來一個民主體制，只因爲他有錢有兵，在特殊情形下做了一個事不由己的獨裁者。他於一六五八年去世，查理第二於一六六〇被邀復辟。

霍布斯像。

霍布斯也多年在大陸遊歷，結識了不少各國的科學家。他因人介紹，成為查理第二之私人數學教師。《海中怪獸》於一六五一年在倫敦出版，仍是克倫威爾當權之日。書中所述海中怪獸，無非一個有全能性的政府，也可以解釋而為國家最高主權人，他有權確定私人財產權利，他也能給全國人民生命財產作保障。人民服從他，無非他有此能力。雖說他明白寫出海中怪獸為「虛構之人」，其為單獨一人或多數人無關宏旨。只是此書問世，查理第二流亡政府內人物全認為他替克倫威爾張目，他只好又逃回英國。

霍布斯是一個獨立的思想家，他書中對國王派及議會派都不同意，而尤以他的無神論得罪當日保守派的人士愈多。查理第二復辟之後，他在英國的地位又將不保。傳說他一日在倫敦街頭，遇見國王，查理向他脫帽為禮，他因此出入宮廷還每年得津貼一百鎊。他也仍不斷的受人攻擊，可是「快樂國王」始終不以他的數學教師為忤，也一直在袒護他，有時還勸他莫作犯眾怒的言論。只是此人江山易改本性難移。他活到九十一歲，臨死前幾個月內又著一部關於英國內戰的書籍，又對交戰兩方都有批評。

霍布斯所著書雖多，其他多不流傳，而只有《海中怪獸》最膾炙人口。作者從人之生理和心理說起。自感覺、想像、判斷講到激情；又從思想、決心、權力、舉止講到宗教。驟看起來這與中國政治哲學家所標榜的「格物、致知、誠意、正心、修身、齊家、治國、平天下」的層次相近。可是《大學》裏面劈頭開始就揭揚了一個「古之欲明明德於天下者」的大帽子，其所敘之人為「倫理之人」。霍布斯所敘則為「生理之人」。他說：「一件物品運轉於人之耳目，產生形態。如果運轉是多方的即產生多方的形態。」又說：「好壞出於人之愛憎，相對的使用於此等字樣之人，並沒有它們本身之絕對性。」如此看來，人類的感覺情緒和思潮都產生於物體之轉移位置(displacement of bodies relative to one another)這樣的觀點把個人主義、自由主義和唯物主義發展到極端。也就說政治基於心理，心理基於物理，物理基於幾何。

他又用物理學上「動者恆動靜者恆靜」的原理解釋人類一有慾望，就會繼續發展下去永無止境，其內在之原因，也仍是「自存」。他說：「在我看來人類有一種共同的趨向，他們總在無止境而不休歇的追求權力，至死方休。這也不僅是在現況之外，一定要找到更高度的愉快，或是中庸之度的權力必不能滿足。而是一個人除非抓扯著更多，他不能相信，現有豐衣足食的條件與能力，已確切在自己掌握之中。」

也因爲如此，初民已經常處於一種危險狀態之中。因爲人類大體上都有同等的力量，即使某人身材小，體力縱不如人，他也會用計謀。既然人類都有同等或相似的力量，勢必追求相同相似之事物，又都不知適可而止，只有互相競爭，大作猜忌，有時更引起虛榮作祟。他們首先打算侵犯旁人，使用暴力，使自己成爲旁人之主宰，驅使旁人人身妻子兒女與牲畜，次之又要保障其既得，更次之還要防衛自己之聲名，因之一言不合，一笑之不當，一句輕蔑的話冒犯了他們的親戚朋友，違犯了他們的自尊心都可以造成死對頭。寫到這裏，霍布斯仍不承認他筆下之人爲壞人，所作之事爲壞事。他只輕描淡寫的道出：「如此以統治權駕凌於人的辦法，既爲人之繼續生存之必要，那也只好任之聽之。」

可是其不妙則是這侵略性之後果，不久必臨在侵略者本人頭上。「因此人類發現與旁人交結毫無好處，而只有無端苦惱，因爲沒有權力可以使所有的人全部馴服畏懼。」

這種想像之中的無政府狀態，「所有的人和所有的人作戰」。這也談不上公平與不公平，因爲這在初民狀態裏公衆的權力還沒有產生，旣無政府，則無法律，旣無法治，就談不上公平。在作戰的情形下，也只有力量與欺詐才能算數。其結果則是：「在此條件之下無從產生工業，因爲其成果無保障，於是世界上也沒有文化，也沒有海上交通，也無水運貨品，更沒有寬敞的建築物，因爲凡此事物都需要大規模的武力支持。因此也無從產生關於地球上之知識，沒有計時的才能，無美術，無文學，無社會。而最可怕的則是無邊際的恐懼，和暴力死亡下的危險，人類的生命只有孤獨，窮困，卑劣，粗暴而又短暫。」

直到這樣的境界，人類才發現有組織國家與政府之必要。這組織出於一種國民公約。原來每個人都有侵犯旁人之權力，只要力之能及，儘管無法無天。現在他放棄這權力，只要旁人也放棄此權力。所謂國家由此產生。國家最高主權屬於一人和一群人，此即「海中怪獸」、「虛構之人」。他或他們不爲國民公約之簽字人，而爲其執行人。

表面看來這書中有無數荒唐矛盾之處。這一方面也仍由於霍布斯之古怪性格。另一方面則是由於當日英國尙在風雨飄搖之際，原來是權力與經濟的衝突，被雙方解釋爲宗教信仰道德諸問題，是以具體爭端更是神乎其神的抽象化。霍布斯索性從人類的壞性格寫起，放棄各項僞裝，反能使一切具體化現實化。我們仔細讀來，則發現其非完全憑空創造，在西方的傳統裏《海中怪獸》所表彰的約束能力有似於「摩西十誡」的形影。我他從未在任何讀物裏看到有人說及霍布斯爲最後之眞理，可是他給以後之功利主義派之自由主義(utilitarian liberalism)有極大之影響，也影響到西方很多國家之憲法法(constitutional law)及刑法。在很多章節裏《海中怪獸》好像有否定歷史的趨勢，可是作者仍說出英國私人財產權在威廉第一於一〇六六年征服英國時確定，可見他仍尊重歷史之仲裁。

我不主張中國全部模倣西方，尤其不主張在西方支持之下模倣西方。只是一向醉心於西方之人士務必對西方更有深切之瞭解，霍布斯之《海中怪獸》也是增進瞭解門徑之一。

一九九一年五月二十五日《中國時報》人間副刊

崔浩

自從公元二二〇年東漢政權瓦解之後，中國進入歷史上的「魏晉南北朝」。北方既有「五胡十六國」的擾攘；而南方宋齊梁陳之間的嬗替，也是小朝廷，短時代。迄至隋文帝於公元五八九年滅陳而重新統一中國，當中有三個半世紀以上的分裂局面。內中北魏拓跋氏，胡人漢化，初都平城，即今日山西之大同，繼又重建洛陽，統一了華北，雖說以後又因內部分裂，成為北齊和北周，至此已替隋朝打下了統一的基礎。隋文帝以北周皇帝之岳父的身分先滅北齊，繼篡北周皇位，才席捲江南，而且以後隋唐大帝國的行政工具有如均田制、府兵制、三長制、租庸調法都已在北魏時代樹立了根底。亦即是一個大帝國的低層機構已在少數民族入主中原時規模初具。

拓跋民族屬於鮮卑系，發源於中國的東北部，其為遊牧民族，無文字，部落之間亦無私人財產。直到公元三一〇年他們受晉朝的并州刺史劉琨乞援，才開始投入中國內部的戰事，又直到三九九年拓跋珪在平城稱帝，才創造了一些新政權的高層機構。崔浩的父親崔玄伯被拓跋珪所執，初任為黃門侍郎，以後參與軍國機要，草創制度，官至吏部尚書，封白馬侯。

崔浩是崔玄伯的長子，襲爵，他在拓跋珪的治下已任給事秘書等職，只是聲名未著，到第二個皇帝拓跋嗣登極，他才以御前顧問的身分參與重要的決策。他在戰略上的主張，為一貫的南守北攻。公元五世紀初北魏已擁有今日之山西，又已進駐今日之河北、山東、河南之各一部，並及於遼寧，也算是北方之一雄。四一九年偏安江左的東晉以劉裕爲大都督，率兵西北上攻略今在陝西羌族之後秦。拓跋嗣的朝臣都以爲對劉裕不可放鬆，應當先發制之。崔浩單獨主張不加干預。他估計劉裕必勝，後秦必亡，但是南人也無法久駐陝西一帶，況且劉裕勝後也必回師篡晉皇位，不如從旁監視，秦地「終必爲我有」。後來全部的發展都如他預料。劉裕滅晉後爲宋主，此即宋齊梁陳之宋。整個的西北則爲北魏囊括，更長期展開南北對峙的局面。

崔浩主張對北方的遊牧民族予以殲滅戰的方式解決。第三個皇帝拓跋燾曾用他的計謀攻蠕蠕，俘獲其大量的牲畜人口，進兵西北滅夏，以其人口充實京師，又派中土豪強的戶口去充實西北。每一戰勝拓跋燾就在俘虜面前執崔浩手，誇示此人爲他的智囊：「汝曹視此人，尪纖懦弱，手不能彎弓持矛，其胸中所懷乃踰於甲兵。」不過拓跋燾的南下掠地，崔浩也不能全部諫勸阻止。

崔浩在北魏的另一計謀，爲以有普及性的道教，今日西方學者謂之爲「新道教」(Neo-Taoism)者去排斥佛教。浩不喜讀老莊書，因爲純哲學性的著作，與他的施政不相關，倒奉張道陵爲天師。尊拓跋燾爲「北方太平眞君」，改年號爲「太平眞君」。拓跋燾也曾頒發「宣告征鎭，諸有佛像胡書，皆擊破焚燒，沙門無少長悉坑之」的殘酷法令。

最後魏主於公元四五〇年殺崔浩，甚死事也慘極人寰。浩被任爲司徒，有等於當今之文化部長和教育部長，奉派「修國史」，也就是將拓跋政權的經歷「務從實錄」。只是鮮卑民族至此距其蠻荒的型態未遠，我們看到《魏書》裡面子弒父、兄殺弟的情節多起，殺降人則動輒五千，其他不堪傳頌的事必多。崔浩的國史內容如何不得而知。只是他以中國傳統作史的態度「彰直筆」，又刻成碑文與五經一同留於天郊「方百三十步，用功三百萬乃訖」。也就是方形碑林每邊六百五十尺，列在國都附近，約以一萬人作工經營三百天完工。結果「北人無不忿恚」，亦即拓跋民族識漢字的看到都極端憤怒。由於皇帝的命令將崔浩擺在檻車之中「使衛士數十人溲其上，呼聲嗷嗷，聞於行路」。這樣還不算，「清河崔氏無遠近、范陽盧氏、太原郭氏、河東柳氏皆浩之姻親，盡夷其族」。

至此我們如何解釋崔浩的一生？說他是好人還是壞人？《魏書》在他傳記結尾處提出，「豈鳥盡弓藏，民惡其上？將器盈必概，陰害貽禍？」也仍是希望以道德觀念蓋棺論定，錢穆的《國史大綱》則稱「大抵如王猛崔浩之倫皆欲在北方異姓主下而展其抱負者。浩則樹敵已多，得罪不專爲修史者也」。

崔浩的故事尚可以在本人榮衰之外解釋。中國的專制皇權建立在億萬軍民之上，亦即皇帝不待中層之諸侯即可以向全民徵兵抽稅。東漢之滅亡，即因各達官要人豪宗巨姓私自設塢（碉堡等防禦工事）結盟，皇室失去這樣的力量。曹家之魏頻年征討，司馬家之晉並且以宗室爲王希望能統治這些基層機構裡的分化力量，都沒有達到這種目的。及至「五胡亂華」，各部落間的酋長更是新貴族，據《晉書》所說，更在華北構成胡漢合作的「堡壁」三千多所。

北魏的政策，先不直接去與這些有軍閥性格的力量衝突，而是建造自己的新生力量。在軍事上以大規模的包圍方式囊括遊牧民族的全部人馬，牛羊即分散，其酋領及家屬無少長處死，人民則計口授田強迫的改爲新朝廷的農民。如果崔浩之父崔玄伯不是這政策的獻計人，至少也參預謀劃。他的傳記出於《魏書》說及他建議攻胡，也在拓跋跬消滅匈奴劉衛辰部時出現（後單于曾降漢賜劉姓）。

這樣的整備需要長久規劃，不到本身力量充沛不問鼎中原。崔浩反對遷都於鄴，也是基於這種著想。佛教最容易爲異姓貴族把持，而方丈國師等也容易與清一色的官僚集團衝突，於是也要擯斥，而代之以普及性的道教，因爲其陰陽修服養性各節，尚可以由儒士把持。崔浩自己也掌握著「天人之際」熒惑神降各種神秘色彩的工作，於是更以宗教的力量，鞏固皇權。至於修史，更是中國傳統的政治工具。再有則拓跋朝中也向華北各巨家大室「徵賢」指名勒派爲政府服務的辦法。《魏書》就說及「辟召賢良，而州郡多逼遣之」，可見得名爲徵賢，實則逼迫參加，強爲人質。是否出於崔浩之主意尚不得知，總之也與以上中央集權的政策相符。

崔浩的得罪諸人，而尤冒犯拓跋民族內的貴族可想而知。這些不是我們一般讀史者亟於知道的細節。這也就是說我們用不著替崔浩訴不平或爲之歌頌。只是因著他的故事，看清中國秦漢帝國崩潰之後重建隨唐帝國間之縱橫曲折。如此不僅崔浩爲歷史衍進之工具，而整個拓跋朝廷也是歷史衍進之工具。有了拓跋珪、拓跋燾、崔玄伯、崔浩諸人，則以後拓跋宏遷都洛陽，去胡服用漢語，以李沖爲謀士，創造「周禮式」的間架性設計，更是一步逼一步，促成中國之再統一了。

一九九一年二月九日《中國時報》人間副刊

歷史與現場⑰

地北天南敍古今

著者——黃仁宇
發行人——臧遠侯
出版者——時報文化出版企業有限公司
台北市10911和平西路三段240號四F
發行專線—(〇二)三〇六六八四二
讀者服務專線—(〇二)三〇二四〇九四
(如果您對本書品質與服務有任何不滿意的地方，請打這支電話。)
郵撥——〇一〇三八五四~〇時報出版公司
信箱——台北郵政七九~九九信箱

主編——吳繼文
責任編輯——李濰美
校對——林玉琴・陳錦生
排版——正豐電腦排版有限公司
製版——高銘製版有限公司
印刷——華展彩色印刷有限公司
初版一刷——中華民國八十年十一月十五日
初版二刷——中華民國八十年十一月二十五日
定價——新台幣二二〇元

◎行政院新聞局局版台業字第〇二一四號

ISBN 957-13-0352-6

國立中央圖書館出版品預行編目資料

地北天南敘古今 / 黃仁宇著. -- 初版. -- 臺北
市 : 時報文化, 民80
面 ; 公分. -- (歷史與現場 ; 17)
ISBN 957-13-0352-6(平裝)

1. 史學 - 論文,講詞等

607 80004068